Fränkische Vergeltung

Jacqueline Lochmüller wurde in Bayreuth geboren, zog als junge Frau für sechzehn Jahre nach Hof und ist mittlerweile mit ihren beiden Töchtern zurückgekehrt. Unter diversen Pseudonymen schreibt sie seit etlichen Jahren Unterhaltungsliteratur.

JACQUELINE LOCHMÜLLER

Fränkische Vergeltung

KRIMINALROMAN

emons:

Bibliografische Information der Deutschen Nationalbibliothek
Die Deutsche Nationalbibliothek verzeichnet diese Publikation in der Deutschen Nationalbibliografie; detaillierte bibliografische Daten sind im Internet über http://dnb.d-nb.de abrufbar.

MIX
Papier aus verantwortungsvollen Quellen
FSC® C083411
FSC www.fsc.org

Umschlaggestaltung: Tobias Doetsch
Gestaltung Innenteil: César Satz & Grafik GmbH, Köln
Lektorat: Dr. Marion Heister
Druck und Bindung: CPI – Clausen & Bosse, Leck
Printed in Germany 2016
ISBN 978-3-95451-811-1
Originalausgabe

1

Sebastian Kroll sauste mit seinem Rennrad die Eremitagestraße hinunter. Auf Höhe der Hölzleinsmühle reduzierte er die Geschwindigkeit und bog unmittelbar nach der lang gezogenen Kurve in den Radweg zu seiner rechten Seite ein, ohne ein Handzeichen zu geben. Hier bremste er endgültig ab und stieg von dem schmalen Sattel. Obwohl die Sonne mittlerweile tief stand, war es noch ordentlich heiß an diesem Mittwoch Ende Mai. Der Schweiß lief ihm in Strömen über den Rücken und unter dem Helm hervor. Er löste den Kinngurt seines Kopfschutzes und nahm ihn ab. Die dunklen Locken klebten ihm feucht an Stirn und Schläfen, außerdem schmerzte ihn das Gesäß. Er hatte sich für die erste Tour in diesem Frühjahr eindeutig zu viel zugemutet. Sebastian lehnte sein Rad an einen der dickstämmigen Bäume am Ufer des Roten Mains, die sich in Schräglage dem Gewässer zuneigten, und setzte sich auf den Grünstreifen zwischen Radweg und Fluss. Vögel zwitscherten, der Main plätscherte träge durch seinen Lauf, und die Straße entlang der Hölzleinsmühle lag verlassen inmitten der Natur. Tief atmete er die warme, nach Blüten duftende Abendluft ein. Herrlich, diese Ruhe. Er würde den Rest seines Zitronenwassers trinken und dann gemütlich nach Hause fahren. So gemütlich man mit einem Rennrad eben fahren konnte.

Eben wollte er die Kunststoffflasche aus dem Getränkehalter nehmen, der am Rahmen des Gefährts befestigt war, als er nahezu im selben Moment den Motor eines Fahrzeugs hörte und gleichzeitig ein hellgraues Auto die Eremitagestraße hinunterschoss. Der Wagen hielt direkt auf ihn zu. Sebastian saß wie in Zement gegossen, sein Herz jagte und krampfte sich zusammen, und gleichzeitig spürte er einen imaginären Schlag in den Magen. Er vernahm ein ohrenbetäubendes Krachen und Splittern, kleinere Teile flogen um ihn herum, das Geräusch verebbte, und dann hing das Auto gleich einer zerknüllten Metallkugel an einem der Bäume, nur wenige Meter von Sebastian entfernt.

Er hielt den Atem an und versuchte, die unwirkliche Szene zu erfassen. Hatte er tatsächlich überlebt? Er hörte ein Keuchen. Doch ja, die Katastrophe war knapp an ihm vorbeigedonnert. Er selbst war es, der schnaufte. Er wollte aufspringen, um zu sehen, ob er für den oder die Verunglückten etwas tun konnte, doch seine Gliedmaßen reagierten nicht auf seine Befehle. Mit brennenden Augen und pumpendem Herzen starrte er auf das Bild des Schreckens. Es mochten nur Sekunden gewesen sein, in denen sich der Unfall abgespielt hatte.

Ganz langsam flaute die Todesangst ab, die er gespürt hatte, als das Auto auf ihn zugerast war. Er war sicher gewesen, dass sein Leben vorbei war. Jetzt erst merkte er, dass seine Fingerspitzen eiskalt geworden waren. Trotz der Wärme des Abends überlief ihn ein Schauer. Wie rasch alles vorüber sein konnte. Er versuchte zu schlucken, doch sein Mund und seine Kehle waren staubtrocken.

Steh auf und tu was!, hämmerte es in seinem Gehirn. Er stemmte die Hände ins Gras, ein Ästchen piekte in seinen Handballen, und er richtete sich auf. Tatsächlich, er konnte sich wieder bewegen. Mit staksigen Schritten ging er zu dem Blechknäuel, das einmal ein Auto gewesen war. Die Furcht vor dem, was er im Inneren zu sehen bekommen würde, hielt er von sich fern, so gut er konnte.

2

Polizeihauptmeister Konrad Wittgen schob seine Dienstmütze hin und her und kratzte sich am Kopf. Er stand seitlich der Eremitagestraße neben dem rot-weißen Absperrband, das die Kollegen gezogen hatten, damit niemand Unbefugtes den Radweg und die Unfallstelle betrat. Ihm war heiß in seiner Uniform, und er war sauer auf die Kollegin Ulla Bartels, die sich für heute krankgemeldet hatte, sodass er ihren Dienst übernehmen musste.

Nicht, dass er etwas Besonderes vorgehabt hätte. Aber zu einem

Unfall mit Todesfolge gerufen zu werden, war immer eine scheußliche Angelegenheit. Vor einer halben Stunde war der Notruf in der Zentrale eingegangen. Ein völlig aufgelöster junger Mann, ein gewisser Sebastian Kroll, hatte angerufen. Ein Wagen wäre frontal gegen einen Baum gefahren, gegenüber der Hölzleinsmühle. Eingeklemmt hinter dem Steuer des zerbeulten Fahrzeuges saß ein Mann, von dem der Zeuge nicht hatte sagen können, ob er noch lebte. Der kurz vor der Polizei eingetroffene Rettungsdienst hatte jedoch mittlerweile den Tod des Fahrers festgestellt.

Wittgen kramte nach seinem Notizbuch. Es half nichts, er musste sich um die Befragung von Kroll kümmern und sich auch den Toten näher ansehen. Er persönlich tippte ja auf einen Schlaganfall, auch wenn der Mann noch verhältnismäßig jung schien. Die auffällige rotviolette Verfärbung seines aufgedunsenen Gesichts erinnerte ihn an seinen Großvater, der unter massivem Bluthochdruck gelitten hatte. Wittgen straffte die Schultern. Am besten sprach er zuerst mit dem Zeugen. Dieser stand, wachsbleich, in einigem Abstand zum Geschehen und sah aus, als würde er jeden Moment umkippen.

»Konrad? Haste mal einen Moment?«, hörte er seinen Kollegen Ulrich Gebauer rufen.

Er nickte, stellte die Befragung von Kroll hintenan und näherte sich der Unfallstelle. Der Tote lag mittlerweile in einem noch offenen Zinksarg. Wittgen bahnte sich seinen Weg durch die Männer der Spurensicherung, wich dem Kollegen aus, der die notwendigen Fotos machte, und wäre beinahe auf den zersplitterten Außenspiegel des Unfallfahrzeugs getreten, obgleich daneben bereits ein kleines gelbes Nummernschildchen platziert war.

Gebauer wartete bei dem zerbeulten Auto, das sich beim näheren Betrachten als ein Golf vermutlich älteren Baujahrs herausstellte. Er zeigte ins Fahrzeuginnere. Wittgen reckte den Hals. Durch einen Spalt konnte er auf den Boden des Beifahrersitzes sehen. Dort lag ein Flachmann.

»Kann sein, er hat während der Fahrt getrunken«, erläuterte Gebauer lapidar.

»Kann sein«, brummte Wittgen und kratzte sich am Hinterkopf. »Das Ding scheint keinen Airbag zu haben«, fuhr er fort.

Gebauer schüttelte den Kopf. »Wie kommst du denn dadrauf? Nur weil das Auto schon älter war? Die werden doch schon seit dreißig Jahren oder so eingebaut. Der hat bestimmt auch einen. Manchmal gehen sie halt nicht auf. Kommt auf den Aufprallwinkel an. Der Wagen ist schräg gegen den Baum geknallt. Wenn da noch ein Beifahrer drin gesessen hätte, der wäre jetzt total …«

»Schon gut!«, fuhr Wittgen den Kollegen an. Heftiger Widerwillen stieg in ihm auf, und beinahe zwanghaft sah er vor sich, was Gebauer eben hatte schildern wollen. Dieser schürzte beleidigt die Lippen.

Wittgen wandte sich ab und stieg durch das knöchelhohe Gras zu dem Zinksarg, neben dem der Mediziner des Rettungsdienstes kniete, der eben seinen Bereitschaftskoffer schloss.

»Falls Sie irgendwelche Fragen an mich haben, ich kann Ihnen nicht viel sagen«, erklärte der Arzt, noch ehe Wittgen sich zu Wort gemeldet hatte. »Nur so viel: So ramponiert, wie das Auto aussieht, der Unfall selbst wäre wohl nicht tödlich gewesen. Er hat weder Kopfverletzungen noch Knochenbrüche und auch keine inneren Verletzungen, die ich hier vor Ort erkennen kann. Dafür hat er etliche Schrammen, und sicherlich ist der Brustkorb geprellt, aber die Rippen scheinen heil zu sein.«

»Hm«, machte Wittgen. »Woran ist er dann gestorben? Herzinfarkt? Schlaganfall?«

Der Arzt zuckte mit den Schultern. »Das muss die Rechtsmedizin feststellen.«

»Woher hat er die komische Gesichtsfarbe?«, fragte Wittgen.

»Die ist in der Tat eigenartig. Aber die Verfärbungen sind nicht nur im Gesicht. Hier, sehen Sie.« Der Arzt zog das Hemd des Mannes, dessen oberste Knöpfe offen standen, auseinander. Auch im Brustbereich schimmerte die Haut violett.

Wittgen nickte.

»Es gibt Vergiftungen, bei denen sich die Haut verfärbt. Aber wie gesagt, Genaueres ist Sache der Rechtsmedizin.« Er nickte ihm zu, und ehe Wittgen zu einer Antwort ansetzen konnte, wandte der Arzt sich ab und verließ die Unfallstelle. Wittgen zog die Nase kraus. Er wollte nach Hause und unter die Dusche. Ein leichtes T-Shirt und eine kurze Hose anziehen, ein kühles Radler trinken und die Füße hochlegen. Stattdessen musste er noch mit dem Zeugen reden. Falls der nicht schon schlappgemacht hatte.

3

Kommissarin Benita Luengo stand im Flur ihrer Zwei-Zimmer-Wohnung, hielt ihre Katze Momo im Arm und streichelte das schwarz glänzende seidige Fell des Tierchens. Momo rieb den Kopf an ihrer Schulter und schnurrte vernehmlich.

»Ich muss gehen, meine Kleine«, sagte sie leise zu dem Kätzchen. »Aber heute ist Freitag, und ich habe das ganze Wochenende frei. Kein Bereitschaftsdienst. Was hältst du davon?« Die Katze schnurrte weiter.

»Dann bist du nicht so viel allein. Das gefällt dir, ich weiß.« Sie drückte das Tier noch einmal an sich und ließ es behutsam auf den Flurteppich gleiten. Momo setzte sich und begann, eine ihrer Vorderpfoten zu lecken.

»Bis später«, verabschiedete sich Benita.

Sie nahm ihre kleine blaue Handtasche vom Garderobenhaken und lauschte hinter der Wohnungstür ins Treppenhaus. Keinesfalls wollte sie wieder Müggemann über den Weg laufen. Von außen war nichts zu hören, was jedoch nichts heißen musste. Oft genug hatte der gegenüber wohnende Nachbar schon hinter seiner eigenen Tür gelauert, bis sie ihre Wohnung verließ, um dann, ganz zufällig natürlich, seine vier Wände zu verlassen. Woraufhin er ihr ein Gespräch aufdrängte oder versuchte, ihr eine Verabredung abzunötigen, womit er jedoch regelmäßig scheiterte. Zwei Atemzüge später zog Benita die Tür hinter sich zu und huschte mit leichten Schritten die Steintreppe hinunter. Müggemann ließ sich nicht blicken. Sicher war er schon auf dem Weg zum Richard-Wagner-Gymnasium, wo er seine Schüler mit Deutsch und Geschichte plagte.

Benita verließ das acht Parteien zählende Mehrfamilienhaus durch die Eingangstür, statt wie üblich auch noch die letzte Treppe bis in die Tiefgarage zu nehmen, wo ihr Mercedes parkte. Ein bisschen Zeit hatte sie noch, ehe sie, möglichst um acht Uhr, im Präsidium sein musste. Sie wandte sich nach links, Richtung Innenstadt, ging an der Klinik am Hofgarten vorbei, die mit einem Schriftzug an der gläsernen Eingangstür damit warb, Kinderwunschzentrum zu sein, und lief weiter in die Fußgängerzone. Das Asia-Bistro, in dem sie gelegentlich aß, hatte um die frühe Stunde – es war gerade halb acht Uhr – noch geschlossen. Ihr Ziel war die Bäckerei Fuchs. Sie hoffte, dort zwei Schokoladencroissants zu bekommen und zwei Laugenstangen.

Sie hatte die Bäckerei bis auf wenige Schritte erreicht, als sie in geschätzten fünfzig Meter Entfernung auf Höhe des Coffee-Stores eine Gestalt schlurfen sah, die in ihre Richtung unterwegs war. Benita fuhr das Entsetzen wie ein Stich in die Magengrube. Das konnte nur ein Irrtum sein. Unwillkürlich ging sie langsamer und kniff die Augen zusammen. Die Morgensonne blendete sie, und doch war sie von Sekunde zu Sekunde sicherer.

Der Alte schlurfte die Fußgängerzone entlang und kam direkt auf sie zu. Sein linker Arm hing schlaff und wie ein Fremdkörper an seiner Schulter. Kalter Schweiß brach ihr aus allen Poren, und ihr Herz fing an zu rasen. Was zum Teufel machte er hier? Ihr erster Gedanke war, auf dem Absatz umzudrehen und davonzurennen. Sie spürte eine Berührung am Ellbogen.

»Alles okay?«, fragte eine weibliche Stimme. Benita zuckte zusammen. Erst jetzt merkte sie, dass sie die ganze Zeit den Atem angehalten hatte.

»Ja. Danke«, stieß sie hervor. Die Frau, die sie angesprochen hatte, mochte etwa ihr Alter haben und hielt ein kleines Kind an der Hand.

»Sicher? Sie sind kreidebleich«, insistierte die Frau.

»Ganz sicher. Alles gut.«

Nur kein Aufsehen erregen. Der Alte war jetzt schon auf Höhe der Takko-Filiale. Sein Blick war zu Boden gerichtet. Benita stürzte förmlich in die Bäckerei, ohne sich weiter um die Passantin zu kümmern. Drei Leute standen vor der Theke. Sie stellte sich ganz links an, um von außen möglichst nicht gesehen zu werden. Ihr Herz schlug noch immer viel zu schnell.

»Bitte schön! Was kriegen Sie denn?«, schnarrte eine junge

Verkäuferin mit blau gefärbten Haaren und einem auffälligen Tattoo in Form einer Rosenranke am Hals. Sie konnte weder denken noch antworten, stattdessen schielte sie zwanghaft zu der großen Glasscheibe, die den Verkaufsraum von der Fußgängerzone trennte. Er musste jeden Moment hier vorbeikommen. Im selben Augenblick surrte ein Handy. Benita brauchte einige Sekunden, bis sie begriffen hatte, dass es das ihre war. Eilig tastete sie über die Taschen ihrer Jeans. Da war es nicht. Hartnäckig surrte der Apparat weiter. Sie fand ihn in ihrer Handtasche, ignorierte den missbilligenden Blick der Verkäuferin und erkannte Julius' Büronummer auf dem Display.

»Dann eben nicht«, hörte sie die beleidigte Stimme der Bäckereiangestellten. »Der Nächste, bitte.«

»Julius, guten Morgen. Was gibt's?« Wenigstens zitterte ihre Stimme nicht. Sie fixierte den Eingang des Ladens. Was, wenn er auch hier reinwollte? Es gab keinen Fluchtweg.

»Morgen, Chefin. Wann sind Sie denn da?«

»Circa zwanzig oder dreißig Minuten, je nach Verkehr. Warum? Ist was passiert?«

»Vermutlich. Am Mittwochabend gab es auf Höhe der Hölzleinsmühle einen Verkehrsunfall mit Todesfolge. Es sieht so aus, als läge Fremdverschulden vor. Aber das erzähl ich Ihnen, wenn Sie da sind. Kommen Sie zufällig bei einem Bäcker vorbei? Ich hab noch nicht gefrühstückt.«

Sie hätte gern gelächelt, aber der Gedanke an den Alten ließ das nicht zu.

»Zufällig bin ich gerade beim Bäcker. Wie wäre es mit einem Schokoladencroissant?« Während sie sprach, merkte sie, wie sie ruhiger wurde. Er hätte längst hier sein müssen. Bestimmt war er am Laden vorbeigeschlurft, als sie ihr Handy gesucht hatte.

»Das wäre super. Oder besser zwei. Ich koch uns Kaffee, okay?«

»Prima.« Nun musste sie doch lächeln. »Bis gleich, Julius.«

Sie drückte die Aus-Taste und sah ihren schlaksigen Mitarbeiter vor sich, wie er seinen Bürostuhl zurückstieß und seine langen, hageren Beine unter dem Schreibtisch vorzog, um sich um den versprochenen Kaffee zu kümmern.

»Also? Wissen Sie jetzt, was Sie wollen?«, erkundigte sich die

Verkäuferin mit den blauen Haaren und stützte die Hände auf die Arbeitsfläche der Theke.

»Drei Schokoladencroissants, bitte«, entschied Benita.

4

Der Duft frisch gebrühten Kaffees empfing sie, als sie eine halbe Stunde später den Büroraum im zweiten Stock des Polizeipräsidiums in der Ludwig-Thoma-Straße betrat, den sie sich mit Julius teilte. Sie hörte ihren Mitarbeiter in der winzigen, an das Büro anschließenden Küche hantieren.

»Morgen, Julius«, grüßte sie, ohne ihn zu sehen.

»Morgen, Chefin.« Mit freundlichem Grinsen schob Julius Schwarz den Kopf durch die offen stehende Tür. »Der Kaffee ist so gut wie fertig. Gab es Croissants?«

»Klar.« Mit einem Lächeln legte sie die Papiertüte mit dem Gebäck auf seinen Schreibtisch. Julius zog die Augenbrauen hoch.

»Alles für mich? Und Sie?«

Benita feixte. »Von wegen. Ein Croissant ist für mich.«

»Ach, tatsächlich? Ich dachte, Sie mögen nix Süßes? Oder ist eines mit Schinken und Käse dabei?«

»Nein.« Zu dumm. Auf die Idee hätte sie auch selbst kommen können. Croissants gab es ja auch salzig. Julius verzog sich schulterzuckend zurück in die Küche. Kaum eine Minute später saßen sie sich an ihren Schreibtischen gegenüber, ihr Frühstück vor sich.

»Also, jetzt erzählen Sie«, bat Benita und nippte an ihrem heißen Kaffee.

»Hm«, machte Julius mit vollen Backen. Wie üblich krümelte er seinen Arbeitsplatz mit dem blättrigen Gebäck voll. Er kämpfte sichtlich mit dem wohl zu großen Bissen und nahm einen Schluck Kaffee hinterher.

»Wie gesagt, am Mittwochabend gab es einen Unfall auf Höhe der Hölzleinsmühle. Sie wissen, wo das ist?«

Benita nickte.

»Zwischen Ortsteil Laineck und der Eremitage.«

»Genau«, bestätigte Julius. »Ein Autofahrer ist in hoher Geschwindigkeit gegen einen Baum geprallt. Gründe sind bisher nicht bekannt. Der Mann war allein im Fahrzeug, der Airbag ist nicht aufgegangen, wohl wegen des Aufprallwinkels. Dazu brauchen wir aber noch die Ergebnisse der KTU. Ein Radfahrer, der eben eine kleine Pause eingelegt hatte, hat das Ganze beobachtet und die Polizei gerufen. Und jetzt kommt es: Laut Rechtsmedizin war der Unfall gar nicht tödlich. Der Wagen sieht zwar schlimm aus, aber normalerweise hätte der Mann Glück im Unglück gehabt. Ein paar Kratzer und Prellungen, eventuell eine Gehirnerschütterung, und das war es. Hätte jemand auf dem Beifahrersitz gesessen, dem wäre es viel schlechter ergangen. Auffällig sind aber die Hautverfärbungen des Toten.«

Julius biss in sein Croissant.

»Welche Hautverfärbungen?«

»Sein Gesicht war rotblaulila oder so ähnlich verfärbt. Deswegen dachte Wittgen, der vor Ort war, auch erst an einen Schlaganfall. Ich hab ihn heute Morgen im Flur getroffen, da hat er mir das erzählt. Köhler schließt einen Schlaganfall aber definitiv aus.«

»Aha«, machte Benita. »Und woher kommt die Verfärbung?«

»Das wollte ich Ihnen gerade erzählen. Jedenfalls hat der Mann vor seinem Tod ein Pilzgericht gegessen, das in Verbindung mit Alkohol starke Vergiftungserscheinungen hervorruft. In seinem Wagen lag übrigens ein offener, ausgelaufener Flachmann mit Cognac«, nuschelte Julius mit vollem Mund.

»Das heißt, er ist an einer Pilzvergiftung gestorben, die ihn mit voller Wucht im Auto erwischt hat? Und was hat das mit uns zu tun?«

Julius winkte ab.

»Nein, ist er nicht. Ich hab vorhin mit Köhler gesprochen. Er sagt, der Tote, er heißt übrigens Hanno Reichert, hat Faltentintlinge gegessen, die in Verbindung mit Alkohol zu starken Vergiftungserscheinungen führen. Man bekommt Herzrasen, Seh- und Sprechstörungen, Schwindelgefühle et cetera. Auch ein Kreislaufkollaps ist möglich. Das heißt, rein theoretisch hätte der Unfall allein deswegen passieren können. Aber wie gesagt, der war ja nicht tödlich.«

Er stopfte den Rest seines ersten Croissants in den Mund.

»Nun machen Sie es doch nicht so spannend, Julius. Ich will endlich wissen, weshalb wir uns mit dem Fall befassen sollen«, drängte Benita, die allmählich ungeduldig wurde. Der Kaffee schmeckte ihr heute Morgen nicht, und an das Schokocroissant zog es sie auch nicht, seit Julius von Schinken und Käse gesprochen hatte.

»Köhler hat eine Einstichstelle im Oberschenkel des Toten gefunden. Ganz winzig. Sie ist ihm aber trotzdem gleich aufgefallen, weil sie gerötet war. Er dachte nur zuerst an einen Mückenstich. Darinnen hat er … Moment«, Julius hob seinen Teller und zog einen Zettel hervor, »Spuren von Zinkoxid und Glycerol gefunden, außerdem Protamin.«

»Was heißt das?«

»Er sagt, das weist auf eine Insulin-Injektion hin. Nach ersten Ergebnissen war Reichert aber kein Diabetiker. Die Rötung spricht für eine Unverträglichkeit vom Wirkstoff.«

»Moment. Mir schwirrt der Kopf. Ich krieg das nicht ganz zusammen.« Benita beugte sich vor und stützte die Ellbogen auf den Schreibtisch. »Irgendjemand hat diesem Reichert also Insulin verpasst, das er nicht vertragen hat. Soweit ich weiß, stirbt ein Nichtdiabetiker so oder so an Insulin, oder?«

»Stimmt. Sagt Köhler auch. Bis heute Mittag will er uns seine gesamten Ergebnisse vorlegen.«

»Das heißt, die Pilzvergiftung hat sich zufällig mit dem Insulin getroffen.«

»Davon ist auszugehen. Sie spielt zumindest für seinen Tod keine Rolle, nach dem, was wir bisher wissen. Moment, ich google das gleich.«

Julius tippte auf seinem Computer herum. Benita probierte nun doch ihr Gebäck. Es schmeckte nicht übel. Weich und süß und schokoladig.

»Hier. Der Faltentintling ist grundsätzlich essbar. Alkoholverzicht für etwa vier Tage vorher und nachher ist aber zwingend erforderlich, weil sonst heftige Vergiftungserscheinungen auftreten. Herzrasen, Brechreiz, unstillbarer Durst und so weiter. Und eine starke Verfärbung der Haut tritt auf, besonders im Gesicht. Rotviolett steht hier.«

Er lehnte sich im Stuhl zurück, die Augen noch immer auf den Bildschirm gerichtet.

»Paradox ist, je mehr Abstand zwischen Alkoholgenuss und Pilzgericht liegt, umso stärker wirkt das Gift.«

»Okay. Er ist also vermutlich an dem Insulin gestorben«, überlegte Benita.

»Vermutlich.«

»Wissen wir sonst noch etwas über den Mann?«

»Bisher nicht. Er hatte den üblichen Kram bei sich. Ein Handy, das noch ausgewertet werden muss, Geldbeutel, Ausweis, Führerschein. Nix Aufregendes. Laut dem Radfahrer, einem gewissen Sebastian Kroll, war auch niemand außer Reichert auf der Eremitagestraße unterwegs, weswegen er hätte ausweichen müssen oder so. Das nur nebenbei.«

»Gut.« Benita legte die Fingerspitzen aneinander. »Warten wir auf die endgültigen Ergebnisse von Köhler. Sind die Angehörigen von Reichert schon verständigt worden?«

»Laut Wittgen waren bislang keine ausfindig zu machen. Der Tote hatte eine Wohnung in der Cosima-Wagner-Straße gegenüber vom Hofgarten. Dort ist er allein gemeldet. Ob er verheiratet ist oder sonst in einer Beziehung war, wissen wir noch nicht.«

»Und was war er von Beruf?«

Julius zuckte mit den Schultern.

»Keine Ahnung.«

Benita seufzte.

»Also wissen wir fast nichts. Ich schlage vor, wir fangen mit seiner Wohnung an. Vielleicht finden wir irgendwelche Hinweise auf Verwandte oder seinen Arbeitsplatz.«

Noch während sie sprach, klingelte das Telefon. Benita erkannte die Durchwahl von Köhler.

»Guten Morgen, Herr Köhler, hier Luengo«, meldete sie sich freundlich.

»Guten Morgen, Frau Kollegin. Der Fall Reichert ist Ihnen schon bekannt?«, erkundigte sich der Rechtsmediziner.

»Ja. Herr Schwarz hat mich eben informiert.«

»Gut. Ich habe etwas für euch, was ich gleich loswerden möchte. Nur damit ihr wisst, dass der Fall wirklich ein Fall ist. Ich gehe inzwischen definitiv von Mord aus.«

Köhler machte eine kunstvolle Pause. Benita wartete ab. Sie kannte ihn mittlerweile gut genug. Er würde auf jeden Fall gleich weitersprechen, um seine Erkenntnisse mitzuteilen.

»Sie wissen auch schon von der Einstichstelle im Oberschenkel?«, fragte er.

»Ja«, erwiderte Benita knapp.

»Reichert muss an einer Insulin-Injektion gestorben sein. Er war kein Diabetiker. Die Bauchspeicheldrüse ist völlig in Ordnung. Was mir aufgefallen ist: Ich habe im Einstich winzige Kunststofffasern gefunden. Das heißt, er hat die Injektion durch ein Kleidungsstück bekommen.« Wieder brach er ab.

»Aha«, machte Benita. Sie überlegte, ob dies ein Hinweis auf einen Mord sein konnte. Eventuell hatte der Mann Suizid begangen?

»Ja. Manche Diabetiker spritzen sich das Insulin durchaus durch die Kleidung, wenn sie es eilig haben. Reichert trug aber eine Jeans. Ich habe auch Baumwollfasern im Einstich gefunden. Es ist aber äußerst unwahrscheinlich, dass er über die Einstichstelle noch irgendwas aus Kunststoff gelegt haben sollte, um dann durch sämtliche Stoffschichten … na, Sie wissen schon. Abgesehen davon, dass er ja gar kein Insulin gebraucht hat.« Köhler klang, als sei er sehr zufrieden mit seinen Ergebnissen.

»Könnte er Suizid begangen haben?«, warf Benita ein.

»Nein, das glaub ich nicht. Das Zeug wirkt sehr rasch. Dann hätte er sich die Spritze im Auto geben müssen. Soweit ich weiß, war aber kein Insulinpen im Fahrzeug. Ach ja, noch was. Ich habe Spuren von Protamin gefunden. Das ist eine Verzögerungssubstanz, damit das Medikament länger wirkt als Normalinsulin. Wird unter anderem dann verwendet, wenn der Patient zusätzlich Antibiotika braucht. Aber auch darauf, dass er so was eingenommen hat, gibt es keine Hinweise.«

»Meine Güte. Wie soll ich mir das alles merken?«, murrte Benita.

»Sie kriegen ja alles noch schriftlich. Bis heute Nachmittag werde ich den Bericht fertig haben«, versicherte Köhler.

»Wir kommen zu Ihnen runter. Ich will mir den Toten ansehen, damit ich eine Vorstellung habe«, entschied Benita.

»Lieber nicht jetzt, Frau Luengo. Ich bin mitten in der Obduktion, Sie wissen doch, das ist kein schöner Anblick.«

»Gut. Dann später, wenn Sie ihn wiederhergestellt haben.«

»Okay. Ich sag Ihnen Bescheid.«

Benita bedankte sich und beendete das Gespräch.

»Und?«, erkundigte sich Julius und fegte die Krümel seines Frühstücks vom Schreibtisch direkt in den Papierkorb.

Benita fasste die Ergebnisse des Rechtsmediziners zusammen.

»Was halten Sie davon, wenn wir gleich in Reicherts Wohnung fahren und uns umsehen? Falls er doch irgendwelche Verwandte hat, wird es Zeit, dass die Bescheid wissen«, schlug er vor.

»Einverstanden. Gibt es einen Schlüssel, an den wir rankommen?«

»Ich hoffe es. Wir müssen uns den Schlüsselbund von der KTU besorgen, der im Fahrzeug steckte. Bestimmt ist da einer dran.«

5

Julius parkte seinen Peugeot unmittelbar neben dem dunkelbraun gestrichenen, zweistöckigen Gebäude in der Cosima-Wagner-Straße unter einer hochgewachsenen Linde.

»Sieht recht ruhig aus«, bemerkte er und zog den Zündschlüssel ab.

Benita zuckte mit den Schultern.

»Sind ja auch nur zwei Parteien, höchstens drei, wenn noch jemand im Dachgeschoss wohnt. Reichert ist tot, und die anderen sind wahrscheinlich auf der Arbeit. Also, bringen wir es hinter uns.«

Zur Haustür führten vier Steinstufen hinauf, links der Tür befanden sich drei verblichene Klingelschilder mit den Namen »Betz«, »Reichert« und »Ludmann«.

»Nach der Reihenfolge der Schilder wohnt er im ersten Stock«, plapperte Julius und probierte die Schlüssel, die ihnen von der KTU überlassen worden waren. Benita gab keine Antwort.

»Passt«, stellte er beim dritten zufrieden fest.

»Erfreulich«, sagte Benita und betrat hinter ihm einen düsteren, muffigen Hausflur. Eine schmale, steile Treppe führte nach oben. Tatsächlich stand der Name Reichert an der einzigen Tür im ersten Stock.

»Warten Sie«, sagte Benita zu Julius und drückte auf die Glocke neben dem Rahmen. Julius zog die Augenbrauen hoch.

»Ich glaub nicht, dass da jemand drin ist«, tat er kund.

»Ich auch nicht.« Benita lauschte. Alles blieb ruhig. »Aber sicher ist sicher. Nicht, dass wir jemand zu Tode erschrecken.«

Julius grinste.

»Okay. Machen Sie auf. Die Wohnung ist wohl wirklich leer.«

Sie betraten einen engen dunklen Flur, dessen Boden mit abgetretener grüner Auslegeware bedeckt war. Links stand ein schmaler Schuhschrank, daneben war eine Garderobenleiste auf Kopfhöhe angebracht. Etliche Jacken hingen übereinander, mehrere Paar Schuhe lagen unordentlich darunter. Drei Türen gingen vom Flur ab. Die erste rechts stand offen. Dahinter befand sich ein kleines Bad, ganz in Weiß und Rosa gehalten und überraschend hell.

Benita ging voraus und öffnete die anderen Türen. Hinter einer war eine kleine Küche, billig eingerichtet mit einer Küchenzeile, die wohl aus dem Selbstbausatz eines Möbeldiscounters stammte. Hinter der letzten Tür befand sich ein Wohnzimmer von etwa fünfzehn Quadratmetern, und von diesem ging es in ein beengtes Schlafzimmer, in dem nur ein Einzelbett und ein Kleiderschrank Platz hatten.

»Auf großem Fuß hat er nicht gelebt«, stellte Julius fest. »Und gelüftet hat er wohl auch kaum. Hier drin erstickt man doch.«

»Allerdings«, erwiderte Benita und trat an eines der Wohnzimmerfenster. Es lag zur Cosima-Wagner-Straße, und man konnte direkt auf den Hofgarten sehen.

»Wonach genau suchen wir?«, fragte Julius. Benita wandte sich um.

»Hinweise auf Verwandtschaft und Arbeitsplatz.«

Sie ließ den Blick durch das Wohnzimmer streifen. Auf einem

staubigen Regal standen zwei Modellbau-Autos und einige Sachbücher zum Thema Bonsai-Pflege. Grünpflanzen gab es jedoch keine im Raum. Auf einem durchgesessenen grünen Sofa lagen drei aufgerissene Briefumschläge. Benita nahm sie und warf einen Blick darauf. Auf allen dreien stand eine Chiffrenummer. Sie zog den ersten Brief aus dem Kuvert. Ein kleines Foto fiel mit heraus, das das Gesicht einer jungen Frau zeigte, die ernst in die Kamera sah.

»Sieh an«, murmelte Benita, während sie das Schreiben überflog. »Reichert hat Kontaktanzeigen aufgegeben.«

»Warum auch nicht?«, sagte Julius, kam näher und sah ihr über die Schulter.

»Das Schreiben ist aber schon vom Januar«, bemerkte er und nahm Benita das Foto aus der Hand.

»Die sieht doch ganz nett aus«, ergänzte er und musterte das Bild.

Benita schmunzelte.

»Hier.« Sie deutete auf das Schreiben. »Sie hat eine Handynummer angegeben. Wenn der Fall abgeschlossen ist, könnten Sie ja …«

»Schon gut, schon gut.« Julius winkte ab. Ein Hauch Röte stieg in seine meist blassen Wangen.

»Ich dachte nur. Oder haben Sie die Suche nach der Frau fürs Leben vorübergehend eingestellt? Oder hab ich was verpasst, und Sie sind fündig geworden?« Benita nahm ihm das Foto wieder ab und steckte es zurück in den Umschlag.

»Unsinn.« Sichtlich verlegen trat Julius von einem Fuß auf den anderen. »Wir sollten die Briefe mitnehmen«, schlug er vor.

»Sicher. Sie sehen sich in der Küche um und ich mich im Schlafzimmer«, wechselte Benita das Thema.

In diesem Augenblick schellte es an der Wohnungstür. Sie tauschten einen Blick.

»Ich gehe«, entschied Benita. Julius nickte.

Ehe sie öffnete, sah sie durch den Spion. Ein dünner junger Mann stand draußen. Er trug eine Kappe mit nach hinten gedrehtem Schirm und einen Kinnbart, der in einen kurzen geflochtenen Zopf auslief. Benita machte die Tür auf.

»Guten Morgen«, grüßte sie und überlegte im selben Augenblick, ob es für diesen Gruß nicht schon zu spät war.

»Guten Morgen.« Sichtlich verblüfft musterte sie der Mann.

»Ist Herr Reichert da?«

»Nein. Und wer sind Sie?« Der Angesprochene runzelte die Stirn.

»Das könnte ich Sie genauso fragen.«

Benita griff in die hintere Tasche ihrer Jeans und zog ihren Ausweis hervor.

»Kriminalpolizei. Mein Name ist Luengo. Also noch mal: Wer sind Sie?«

»Puh«, machte der Mann. »Kripo? Ist was passiert?«

In Benita stieg urplötzlich Wut hoch.

»Zeigen Sie mir Ihre Papiere!«, fuhr sie ihn an. Im Hintergrund hörte sie Julius' Schritte, den es offensichtlich nicht länger im Wohnzimmer gehalten hatte.

»Schon gut. Ludmann, Lucas. Künstlername Lulu. Ich wohne oben im Dachgeschoss. Eigentlich wollte ich mir von Reichert nur ein paar Teebeutel ausleihen. Ich hab vorhin die Haustür gehört und dachte, vielleicht hat er einen Tag Urlaub oder so. Normalerweise ist er ja um die Zeit auf der Arbeit.«

»Und was machen Sie so, beruflich?«, erkundigte sich Benita. Ihr Ärger ließ nach.

Ludmann sprach höflich und hatte ein freundliches Gesicht, auch wenn seine Kleidung mit der ausgebeulten braunen Stoffhose und dem Hemd im Patchwork-Look, das ihm bis über die Oberschenkel hing, gewöhnungsbedürftig war. Seine nackten Füße steckten in Sandalen.

»Ich bin Musiker. Cello und Bratsche. Ich bin heute Nacht erst von einer Tour zurückgekommen. Was ist denn jetzt passiert? Ist was mit Reichert?«

Benita zögerte einige Sekunden. Im Grunde war es kein Geheimnis.

»Reichert ist tot. Er hatte einen Unfall«, ließ sie Ludmann wissen.

»Ach du Scheiße.« Der Mann trat sichtlich bestürzt einen Schritt zurück.

»Hier? In der Wohnung?«

»Nein. Es war ein Autounfall«, sagte Benita.

»Das ist ja schrecklich. Das tut mir ehrlich leid. Aber was hat die Kripo damit zu tun?«

»Wissen Sie, ob Reichert Angehörige hat? Oder wo er arbeitet?«, erkundigte sich Benita, ohne auf Ludmanns Fragen einzugehen.

»Von Angehörigen weiß ich nix. Wir hatten eigentlich keinen Kontakt. Ab und zu trifft man sich halt im Treppenhaus oder so. Gearbeitet hat er in irgendeinem Büro, keine Ahnung, wo genau.«

»Wer wohnt außer Ihnen noch im Haus?«

»Niemand. Die Wohnung im Erdgeschoss steht schon seit etwa einem Jahr leer. Vorher hat ein Rentner dort gewohnt, aber der ist inzwischen verstorben. Soweit ich weiß, muss erst renoviert werden, ehe weitervermietet werden kann.«

Ludmann schob mit der Spitze seiner Sandale einen Kieselstein über den Steinboden. Benita hatte spontan den Wunsch, das Gespräch zu beenden.

»Gut. Wie können wir Sie am besten erreichen, wenn wir noch Fragen haben?«, fragte sie. Ludmann zeigte mit dem Finger nach oben.

»Wie gesagt, ich wohne im Dachgeschoss. Aber ich bin viel unterwegs, wegen der Musik. Ich kann Ihnen meine Handynummer geben. Ich glaube nur nicht, dass ich Ihnen helfen kann.«

»Wir werden sehen. Julius?« Benita sah über die Schulter. »Sind Sie so gut und nehmen die Daten von Herrn Ludmann auf?«

»Klar«, antwortete ihr Mitarbeiter.

»Was ist denn nun mit den Teebeuteln?«, kam der Nachbar auf den Grund seines Besuches zurück. »Ich meine, der Reichert braucht die doch eh nicht mehr. Er hat da so eine besonders gute Sorte …«

»Nein«, unterbrach Benita ihn entschieden. »Sie werden schon selbst einkaufen gehen müssen.«

Ludmann stopfte die Hände in die Hosentaschen.

»Schon recht. Hätte ja sein können«, murrte er.

Benita überließ den Mann Julius und ging in die Küche.

Auf dem Tisch lagen eine Packung Schnittbrot, Frischkäse mit Zwiebeln, eine ganze Gelbwurst, ein Viererpack Nussjoghurt und eine Aluschale mit Deckel, die noch zugeschweißt war. Auf der Schale lag ein Kassenzettel von Real, auf dem ebendiese Lebensmittel aufgelistet waren, einschließlich des Tagesmenüs, Spinat mit Beilagen. Datiert war der Zettel auf Mittwoch, den 17. Mai um siebzehn Uhr fünf.

»So, den sind wir los«, ließ sich Julius vernehmen, der gerade in die Küche kam.

»Schön«, sagte sie und öffnete vorsichtig den Deckel der Aluschale. Darinnen befand sich eine Portion Spinat mit Rührei und Kartoffeln.

»Schauen Sie, Julius. Es sieht ganz so aus, als wollte der Tote das hier zu Abend essen. Irgendwas muss ihm dazwischengekommen sein.«

»Wieso? Er hätte das Zeug doch auch für später oder den nächsten Tag besorgt haben können«, hielt Julius dagegen. Er setzte sich an den Küchentisch und stützte die Ellbogen darauf.

»Spinat mit Ei? Niemals. Spinat darf man gar nicht aufwärmen. Der entwickelt Giftstoffe, und das Ei wird staubtrocken. Schon gleich ohne Mikrowelle, und da seh ich hier keine. Reichert hat wohl sehr rückständig gelebt.«

»Spinat darf man wohl aufwärmen, Chefin. Da sind jetzt Sie rückständig. Die Ansicht ist völlig überholt und stammt noch aus der Zeit, als es keine Kühlschränke gab. Bei Zimmertemperatur oder mehr hat das Essen halt rasch Bakterien angesetzt.«

Benita wurde unangenehm warm, und für einen Augenblick kam sie sich Jahrzehnte älter vor als ihr Mitarbeiter. Dabei trennten sie lediglich zehn Jahre. Sie würde jedenfalls keinen Spinat aufwärmen, rückständig hin oder her. Abgesehen davon, dass sie dieses Grünzeug ohnehin nicht mochte.

»Wie auch immer. Die Wohnung hat er anscheinend ex und hopp verlassen und seine Einkäufe vergessen. Oder er hat geglaubt, es dauert nicht lange. Wurst und Joghurt gehören auf jeden Fall auch in den Kühlschrank.«

»Stimmt«, pflichtete Julius ihr bei.

»Und im Gestern hat er trotzdem gelebt. Allein wenn ich an

die Kontaktbriefe denke. So was macht man doch heutzutage über Internet, oder?«, fuhr Benita fort.

Julius zuckte mit den Schultern und lehnte sich im Stuhl zurück, die Daumen in die Gürtelschlaufen seiner Hose gehängt.

»Was fragen Sie mich das? Ich schau mich lieber im wirklichen Leben um.«

»So kommen wir nicht weiter.« Benita setzte sich auf den zweiten Küchenstuhl. »Es muss einen Grund gegeben haben, warum er so plötzlich weg ist.«

»Vielleicht hat er einen Anruf bekommen?«, überlegte Julius.

»Vielleicht. Ich seh mir das Telefon an. Kann sein, es ist was im Rufnummernspeicher«, sagte Benita.

»Okay.« Julius richtete sich auf. »Und ich schlage vor, wir schauen in jede Schublade und jede Ecke, ob wir irgendwas finden. Fotos, ein Adressbuch, Kontoauszüge, die vielleicht Rückschlüsse auf seinen Arbeitgeber zulassen, und so weiter.«

»Einverstanden.«

Eine gute Stunde später verließen sie die Wohnung. Benita verschloss die Tür mit einem Siegel. Sie war verschwitzt, fühlte sich staubig und klebrig, hatte Hunger und war schlechter Laune. Die Durchsuchung hatte kaum etwas gebracht. Die wenigen Rufnummern, die sie im Speicher des Telefons gefunden hatte, hatte sie notiert, um sie in Ruhe zu überprüfen. Die Antworten auf die Kontaktanzeige hielt Julius in der Hand sowie ein nicht eingelöstes Rezept für ein Schilddrüsenpräparat, das auf dem Schuhschrank im Flur gelegen hatte. Der schwache Arztstempel, der sich unter einer unleserlichen Unterschrift befand, ließ sich mühsam als Dr. Hartmut Gröger entziffern. Adresse und Telefonnummer konnte man nicht lesen.

»Was machen wir als Nächstes?«, fragte Julius.

»Ich hab Hunger, und ich will nach Hause unter die Dusche«, antwortete Benita missmutig.

»Die Dusche wird wohl noch warten müssen. Aber wir könnten was zu essen holen fürs Büro«, schlug Julius vor.

»Ja, gut. Ich will was vom Asia-Bistro, nur da ist um die Mittagszeit immer so viel los.«

»Dann nehmen wir den Metzger daneben. Mir reichen zwei Salamibrötchen«, entschied Julius. »Und für abends nehm ich auch gleich was mit. Vielleicht eine Bockwurst. Die mach ich in der Mikrowelle warm und kipp Ketchup drüber, und schon hab ich eine Currywurst.«

»Klingt überzeugend«, erwiderte Benita und überlegte, Julius' Rezept gelegentlich auch zu Hause auszuprobieren. Dafür fehlte es lediglich an der Mikrowelle, für die sie bisher keine Notwendigkeit gesehen hatte.

Eine halbe Stunde später betraten sie das Präsidium in der Ludwig-Thoma-Straße. Benita hatte sich eine Scheibe warmen Backschinken einpacken lassen und dazu Nudelsalat.

»Aufzug oder Treppe?«, fragte Julius. Benita folgte seinem Blick. Der Aufzug befand sich gerade ganz oben in der fünften Etage.

»Treppe«, antwortete sie. »Die zwei Etagen schaffen wir.«

Auf Höhe des ersten Stockwerks kam ihnen Zacharias Albrecht entgegen, ihr Vorgesetzter. Das cremefarbene Hemd spannte über seinem Bauch.

»Frau Luengo, Herr Schwarz, ich grüße Sie.« Kurzatmig blieb er auf dem Absatz der Treppe zwischen den Stockwerken stehen. »Wie ich höre, gibt es einen neuen Fall. Kann man schon etwas sagen? Ha, das riecht aber lecker.« Albrecht schnupperte hörbar. »Was gibt es denn?«

»Backschinken und Salamibrötchen«, erwiderte Benita.

»Das nenn ich mal eine Zusammenstellung! Haha! Sie wissen, was schmeckt, nicht wahr, Frau Luengo? Aber Spaß beiseite. Es geht um diesen Reichert. Ich habe eben mit Köhler gesprochen. Es war ja wohl eindeutig Mord. Haben Sie schon was unternommen?«

»Natürlich.« Ihr Backschinken würde kalt werden, und wahrscheinlich lief der Bratensaft durch die Alufolie in die Tüte, und dann klebte alles, und wenn sie nicht achtgab, gab es Fettflecke. So knapp wie möglich fasste sie den Besuch in Reicherts Wohnung zusammen.

»Wir wissen noch fast nichts über den Mann«, schloss sie ihren Bericht.

Albrecht nickte und strich sich über seine Glatze, die von einem dünnen Haarkranz umrahmt wurde.

»Wir könnten vorgehen wie üblich in solchen Fällen und ein Foto des Toten in den Nordbayerischen Kurier setzen. Andererseits ... nein, wir warten damit noch ab. Wenn er zum Beispiel eine Freundin gehabt haben sollte, stellen Sie sich vor, wie schockiert die Ärmste sein müsste, wenn sie die Zeitung aufschlägt. Ich meine, es kann ja vorkommen, dass man ein paar Tage nichts voneinander hört, nicht wahr?«

»Ich dachte, wir befragen als Erstes diesen Dr. Gröger«, umging Benita Albrechts letzten Satz.

»Ja, machen Sie das. Irgendwas kann er Ihnen vielleicht über den Mann sagen. Jetzt muss ich aber los.« Über das Gesicht des Vorgesetzten huschte ein Grinsen, was seine geröteten Backen noch dicker erscheinen ließ. »Ich muss zum Juwelier.« Vertraulich beugte er sich vor. »Meine Frau und ich feiern nämlich Hochzeitstag. Den zwanzigsten!« Er rieb sich die Hände. »Wer hätte das gedacht, nicht wahr? Haha!«

Benita musste lächeln.

»Dann suchen Sie was Schönes aus, Herr Albrecht. Nicht, dass es der letzte Hochzeitstag war.« Hastig brach sie ab. Wie peinlich, den Vorgesetzten so flapsig anzureden.

Albrecht lachte laut und klopfte ihr auf den Oberarm.

»Sie haben erstens recht und zweitens Humor, Frau Luengo. Das wusste ich bisher noch gar nicht. Sie halten mich auf dem Laufenden, ja? Bis später.«

Julius stieß einen Seufzer aus, kaum dass der Vorgesetzte außer Sichtweite war.

»Den zwanzigsten Hochzeitstag. Das schaffen heute nicht mehr viele.«

»Ich will jetzt mein Mittagessen«, erwiderte Benita.

Sie hatten den zweiten Stock erreicht. Zur rechten Seite erstreckte sich der Flur, auf dem ihr gemeinsames Büro lag. Im selben Moment öffnete sich die Tür des Aufzugs, und heraus trat Teresa Wibeck, die als Opferschutzbeauftragte der Dienststelle arbeitete.

»Hallo, Frau Luengo, grüß dich, Julius«, sagte sie freundlich und strich ihre langen blonden Locken zurück.

In Benitas Bauch zog sich etwas zusammen. Sie mochte die Frau nicht. Sie nickte ihr knapp zu.

»Und? Alles klar bei euch?«, fragte Teresa.

Julius zuckte mit den Schultern.

»Das wissen wir noch nicht. Wir haben einen neuen Fall. Über den Toten ist so gut wie nichts herauszufinden. Aber wir sind ja auch noch nicht lange dran.«

»Worum geht es denn?« Durch ihre weiße Bluse erkannte Benita einen spitzenbesetzten weißen BH, und der hellrote Lippenstift der Kollegin war offensichtlich frisch aufgetragen.

»Ich geh schon mal vor«, ließ sie Julius wissen, wandte sich ab und ging zügig zu ihrem Büro.

Benita holte aus der Küche zwei Teller, legte auf einen die Salamibrötchen für Julius und auf den anderen ihren Backschinken. Tatsächlich war der Bratensaft ausgelaufen.

Sie hatte die Hälfte ihrer Portion bereits gegessen, als ihr Mitarbeiter erschien, mit einem sehr zufriedenen Ausdruck im Gesicht.

»Na Julius, gründlich mit der Kollegin geflirtet?«, fragte Benita und schob etwas vom Nudelsalat auf ihre Gabel.

»Ja.« Julius grinste und setzte sich. »Aber nicht nur das. Ich hab auch was herausgefunden, was uns hoffentlich weiterhilft.«

»Kann ja gar nicht sein.«

»Nun seien Sie doch nicht so negativ. Was haben Sie denn gegen Teresa?« Er wickelte eines seiner Brötchen aus und nahm einen großen Bissen.

»Keine Ahnung. Ich mag sie einfach nicht mit ihrem Weibchen-Getue. Den Stöckelschuhen, den engen Röcken und immerzu den Hintern schwenken. So was kann ich nicht leiden.«

»Ich finde, sie sieht klasse aus. Schade, dass sie verheiratet ist. Aber jetzt zum Wichtigen.«

Benita verdrehte die Augen.

»Gleich sag ich gar nix mehr«, schmollte Julius.

»Legen Sie schon los.«

»Unser Toter hatte vor etwa einem halben Jahr eine Anzeige wegen Stalking. Das Verfahren ist zwar eingestellt worden, aber es gibt eine Akte über ihn! Na, was sagen Sie jetzt?« Triumphierend sah Julius sie an.

»Eine Akte? Das soll heißen, wir haben Angaben zu seiner Person, seinem Arbeitsplatz und so weiter?«

Ausgerechnet die Wibeck half ihnen auf die Sprünge.

»Richtig. Teresa sucht die Akte raus und bringt sie uns. Super, was?«

Benita verschluckte sich und hustete.

»Ich weiß nicht, ob mir das passt, dass Sie der brühwarm von unserem neuen Fall erzählt haben.«

Julius zog die Stirn in Falten und musterte sie finster.

»Frauen. Nie kann man es ihnen recht machen. Ich hab ihr eigentlich gar nix erzählt. Nur Reicherts Name ist mir rausgerutscht, und auf den ist sie gleich angesprungen. Das war es.«

»Schon gut. Ich bin ja froh, wenn wir eine Spur haben.«

6

Benita blätterte durch die Akte, die Teresa Wibeck wenige Minuten zuvor hereingereicht hatte. Gleich auf der ersten Seite prangte ein Foto des Toten. Er hatte ein rundes Gesicht mit unauffälligen Zügen und dünne dunkle Haare, die im korrekten Seitenscheitel gekämmt waren.

»Hanno Reichert, geboren am 6.6.1977, wohnhaft blabla«, las Benita vor. »Er wurde von einer Jasmin Neumann angezeigt. Er soll sie verfolgt und beobachtet haben, hat nachts angeblich vor ihrer Haustür herumgelungert und so weiter. Reichert hat das bestritten, die Neumann hatte keine Beweise, und nach einigem Hin und Her ist das Verfahren eingestellt worden. Hier steht, dass Reichert bei Elektro Fischer & Sohn gearbeitet hat.«

»Haben die nicht ihr Geschäft in der Innenstadt?«, fragte Julius.

»Ja. In der Sophienstraße. Da sollten wir vorbeischauen und bei dieser Jasmin Neumann auch.«

»Wo wohnt die?«

»In der Friedrichstraße. Das liegt alles dicht beieinander. Von der Neumann steht eine Telefonnummer hier. Ich ruf sie an.

Vielleicht können wir gleich nach Elektro Fischer bei ihr vorbeischauen.«

»Und was machen wir mit Gröger, dem Arzt?«, erkundigte sich Julius.

Benita winkte ab.

»Eins nach dem anderen. Jetzt wissen wir schon mal, wo Reichert gearbeitet hat, und da fangen wir an.«

Sie nahm den Hörer von der Gabel und tippte die Nummer von Jasmin Neumann in den Apparat. Benita zählte die Rufzeichen mit. Nach dem achten Klingeln legte sie auf.

»Nicht zu Hause. Aber es ist ja auch erst zwei Uhr. Vielleicht arbeitet sie noch. Hat ja nicht jeder Freitagnachmittag frei.«

Julius zog eine Grimasse.

»Unser Wochenende können wir wohl auch vergessen«, sagte er. »Aber das ist halb so schlimm. Meine Mutter hatte sich mal wieder angemeldet. Ich werde ihr sagen, wir haben einen Mordfall und ich hab leider keine Zeit.«

»Das wird nicht nötig sein. Bisher haben wir nicht den Druck, den Albrecht letzten Sommer bei Wachter gemacht hat«, hielt Benita dagegen. Sie bekam ein flaues Gefühl, sobald sie den Namen des Fleischfabrikanten ausgesprochen hatte, der vergangenen Juli in der Nähe seiner Villa im Wald am Roten Hügel erschlagen worden war.

»Schon.« Julius feixte. »Das weiß aber meine Mutter nicht.«

Benita verdrängte die ungute Empfindung. Der Fall Wachter war abgeschlossen, und das, was sie mit dem Mann verbunden hatte, war nie herausgekommen. Seither war sie noch vorsichtiger geworden, was ihr persönliches Problem betraf.

»Und deswegen werde ich mich darauf berufen«, ergänzte Julius und holte sie aus ihren Erinnerungen. Sie zwang sich zu einem Lächeln.

»Ist doch wahr«, fuhr er fort. »Jetzt bin ich achtundzwanzig und seit sieben Jahren zu Hause ausgezogen. Und sie meint immer noch, sie muss bei mir sauber machen und den Kühlschrank kontrollieren.«

»Machen Sie das, wie Sie wollen. Den Sonntag möchte ich uns schon frei halten. Und jetzt los, wir sehen uns den Arbeitsplatz des Toten an. Ach, Moment, zuerst sehen wir uns den Toten an. Wir kennen ja bisher nur das Foto.« Sie tippte auf die Akte. »Ich ruf Köhler an, ob er so weit ist.«

»Muss das sein? In der Rechtsmedizin wird mir immer schlecht«, jammerte Julius.

»Kommen Sie schon. Unser Doktor wird froh sein, wenn er nicht ständig allein mit seinen Leichen im Keller hockt.«

»Der hat sich seinen Job freiwillig ausgesucht«, hielt Julius dagegen.

»Ja, genau wie Sie.«

Zwanzig Minuten später verließen sie das Präsidium. Julius war grau im Gesicht und schlurfte demonstrativ hinter Benita her. Ihr war schlecht, und sie versuchte es zu ignorieren. Obwohl Köhler Reicherts Leiche tatsächlich schon wieder geschlossen hatte, war der Anblick eines Toten auf dem Seziertisch nie schön. Die in blauen, roten und violetten Tönen aufgetretenen Verfärbungen waren deutlich am Gesicht, am Körper und an den Extremitäten des Mannes zu sehen gewesen. Drastisch hob sich der für die Obduktion erforderliche Y-Schnitt vom Brustkorb des Verstorbenen ab. Reichert war etwa ein Meter siebzig groß gewesen, mit untersetzter Gestalt, und hatte ein paar Kilo zu viel gehabt. Köhler hatte ihnen die Einstichstelle am Oberschenkel gezeigt und seine Angaben hinsichtlich der Pilzvergiftung, des Insulins und des sonstigen Gesundheitszustandes des Mannes noch einmal bestätigt. Von seiner Seite her konnte die Leiche freigegeben werden.

»Ich fahre«, sagte Benita über die Schulter zu Julius und suchte in ihrer Tasche nach dem Schlüsselbund. Mit der Fernbedienung öffnete sie ihren schwarzen Mercedes SLK.

»Besten Dank, Chefin. Sie halten doch hoffentlich zügig an, falls ich …« Er machte eine vielsagende Handbewegung.

»Selbstverständlich. Ich lass mir doch den Wagen nicht versauen.«

Auf der kurzen Fahrt in die Innenstadt von Bayreuth schien Julius sich zu erholen. Langsam kehrte etwas Farbe in sein Gesicht zurück. Benita parkte neben dem Klavierhaus Steingräber.

Von hier aus waren es nur noch wenige Meter bis zu Elektro Fischer.

»Zu dumm, dass die Neumann vorhin nicht abgehoben hat. Wir hätten danach gleich zu ihr laufen können. Sie müsste gegenüber der Stadthalle wohnen, wenn ich das richtig sehe«, sagte Benita.

»Die sprechen wir schon noch. Sie haben doch gesagt, wir haben diesmal nicht so viel Druck«, hielt Julius dagegen. Benita gab keine Antwort.

Die Elektrofirma, für die Reichert gearbeitet hatte, schien von außen klein und unauffällig. Im Fenster standen Radiogeräte und Lampen in zeitlosem Design. Die gläserne Eingangstür gab einen melodischen Ton von sich, als sie den Laden betraten. Hinter einer Theke aus dunklem Holz stand ein Mann von etwa fünfzig Jahren. Er setzte ein geschäftsmäßiges Lächeln auf.

»Guten Tag, die Herrschaften. Womit kann ich dienen?«

Benita zog ihren Dienstausweis aus der Tasche und hielt ihn dem Mann entgegen.

»Guten Tag, Herr …«

Der Mann runzelte die Stirn.

»Fischer«, ergänzte er. »Worum geht es denn?«

»Sind Sie der Inhaber des Ladens?«, erkundigte sie sich. Fischer richtete sich auf.

»Das bin ich.«

»Bei Ihnen arbeitet Herr Hanno Reichert?«, fragte Benita weiter und steckte ihren Ausweis wieder ein.

Fischer nickte.

»Ja. Aber der ist heute und gestern nicht zur Arbeit gekommen. Ohne sich krankzumelden, das muss man sich mal vorstellen.« Er stützte die Hände auf die Theke. »Das gibt eine Abmahnung, das sag ich Ihnen. Warum fragen Sie nach ihm?«

»Herr Reichert ist tot. Er hatte einen Unfall am Mittwochabend«, informierte Benita den Mann.

»Nein.« Fischer schien ehrlich bestürzt.

»Leider doch. Herr Fischer, wir brauchen ein paar Informationen über Herrn Reichert. Unter anderem würden wir gern wissen, ob er Angehörige hat.«

Der Ladeninhaber nickte bedächtig.

»Ja, hat er. Seine Mutter.«

»Wie heißt sie, und wie können wir die Frau erreichen?«, fragte Benita und machte Julius ein Zeichen, mitzuschreiben. Unwillkürlich glitt ihr Blick an ihm hinunter, ob er wieder eine seiner Cargohosen mit den ausgebeulten Taschen trug, in denen er in der warmen Jahreszeit sein Schreibzeug bei sich hatte. Tatsächlich kramte Julius in der auf Höhe der Oberschenkel angebrachten geräumigen Tasche.

»Sie heißt Else Reichert und wohnt quasi in der Einöde. Sagt Ihnen die Obere Röth etwas?«

»Ja«, ließ sich Julius aus dem Hintergrund vernehmen.

»Mir nicht«, bekannte Benita.

»Die Obere Röth liegt seitlich der Äußeren Badstraße. Sie ist ausgeschildert. Aber Frau Reichert wohnt nicht in der Röth, sondern gegenüber. Es gibt auch nur eine Art Schleichweg zu dem Haus. Total abgeschieden. Es ist trotzdem ganz gut zu finden, weil an der Abzweigung zu ihr ein Briefkasten steht. Man muss den Pfad knapp fünfhundert Meter hinunter, und das einzige Gebäude weit und breit ist es.«

»Ich weiß, wo das ist«, meldete sich Julius wieder zu Wort.

»Gibt es noch andere Angehörige? War Herr Reichert liiert?«, fragte Benita.

Fischer zuckte mit den Schultern.

»Keine Ahnung.«

»Welche Funktion hatte er bei Ihnen als Mitarbeiter?«, erkundigte sie sich weiter.

»Er hat die Buchhaltung gemacht. War durchaus zuverlässig, der Mann. Er war erst seit knapp zwei Jahren bei uns.«

»Gab es Kollegen, mit denen er näheren Kontakt hatte?«

Fischer schüttelte den Kopf.

»Nicht, dass ich wüsste. Er war ein ruhiger Mensch, sehr zurückhaltend. Ich schau da auch nicht so drauf. Wichtig ist mir, dass die Arbeit gut läuft. Ich hab im Büro fünf Angestellte und bis vor Kurzem auch noch ein Lehrmädchen. Die musste ich leider entlassen, aber das tut ja hier nichts zur Sache. Im Außendienst hab ich dann noch zwölf Mitarbeiter.«

»Und es gab niemand, mit dem Reichert ab und zu privat geredet hat, Mittag gegessen hat oder so?«, schaltete sich Julius ein.

»Mir ist zumindest nichts aufgefallen. Sie können ja die Angestellten im Büro fragen, aber heute wird das nichts mehr. Freitag gehen alle schon um ein Uhr. Ich halte mit meiner Frau die Stellung für die Laufkundschaft, und um achtzehn Uhr ist für uns auch Feierabend.«

»Danke, Herr Fischer. Das hilft uns fürs Erste schon weiter«, sagte Benita.

Sie wollte raus aus der düsteren Enge des Geschäfts. Ein wenig erinnerte sie der Verkaufsraum mit seiner muffigen Atmosphäre an Reicherts Wohnung.

»Aber gern. Sagen Sie … ist es üblich, dass sich die Kripo bei einem Unfalltod einschaltet?«

»Gelegentlich ja«, erwiderte Benita. »Wiedersehen, Herr Fischer.«

Sie verließen den Laden. Für einen Moment fühlte sie sich von dem hellen Licht des Mai-Nachmittags geblendet. Benita atmete durch.

»Alles, was mit diesem Reichert zu tun hat, ist irgendwie dumpf, düster und altmodisch«, stieß sie hervor.

Julius nickte.

»Seh ich genauso. Jetzt suchen wir also seine Mutter auf. Liebe Zeit, davor graut mir echt.«

»Ja, mir auch. Finden Sie die Adresse, die wir nicht haben?«

»Da wird es wahrscheinlich gar keine geben. Ich kenne die Ecke auch nur, weil ich während der Schulzeit 'nen Kumpel hatte, der in der Röth gewohnt hat. Wir sind oft mit dem Fahrrad durch die Gegend gestromert, haben auf den Feldern Fußball gespielt und so. Und wo der Briefkasten steht, weiß ich auch.«

»Wunderbar. Wenn ich Sie nicht hätte, Julius. Bringen wir es hinter uns.«

7

Dank Julius' Ortskenntnissen fanden sie das Grundstück auf Anhieb. Es war mit einem morschen Jägerzaun eingefasst, dessen Latten an etlichen Stellen den Halt verloren hatten. Der Zaun war auf der Innenseite dicht an dicht von Büschen und Bäumen bewachsen. Die Zweige eines üppigen lilafarbenen Flieders hingen schwer über die Einzäunung. Auch auf der Außenseite wucherten Sträucher. Manche waren mit weißen Blüten übersät. Ein Strauch war eingegangen und hing voll mit braunen vertrockneten Blättern. Das niedrige alte Haus sah man erst auf den zweiten Blick, so dicht war die Vegetation. Benita stand mit laufendem Motor auf der geteerten Fahrbahn.

»Und jetzt? Ich kann doch nicht mitten auf der Schmalspurstraße stehen bleiben«, sagte sie ratlos.

»Fahren Sie einfach dicht links ran. Hier kommt normalerweise keiner vorbei. Die Straße geht nach ein paar hundert Metern in einen Feldweg über. Da fährt höchstens ein Bauer mit seinem Traktor vorbei, und der kann über die Wiese ausweichen.«

»Wie Sie meinen.«

»Gehen Sie vor«, bat Benita, nachdem sie ausgestiegen waren.

»Ungern«, antwortete Julius, machte sich aber auf den Weg. Einen geschätzten Kilometer weit weg erkannte Benita zwei Bagger, die gemächlich vor sich hin arbeiteten. Ein Teil der weitläufigen Landschaft im Hintergrund wirkte, als wäre der Rasen abgetragen worden, und nun sah man trotz der Entfernung nackte hellbraune Erde.

»Was machen die dahinten?«, erkundigte sie sich.

Julius blieb stehen und folgte ihrem Blick.

»Keine Ahnung. Könnte aber mit der Landesgartenschau zu tun haben, die im kommenden Frühling hier stattfindet«, antwortete ihr Mitarbeiter.

»Aha«, machte sie.

»Hier geht's rein.« Julius zeigte zu einem winzigen Tor, das offensichtlich nicht richtig schloss. Nacheinander betraten sie das Grundstück.

Das Haus von Else Reichert war aus großen Sandsteinen gebaut, mit kleinen Sprossenfenstern, die auf niedriger Höhe ins Mauerwerk eingelassen waren. Im Garten wucherten Blumen und Gras. Neben der Haustür stand eine Bank. Ehe Julius den gusseisernen Türklopfer bedienen konnte, wurde geöffnet. Eine zierliche alte Frau erschien im Rahmen. Sie trug eine blaue Kittelschürze mit gelbem Blumenmuster. Ihr graues Haar war offenbar im Nacken gebunden, ihr Gesicht war sonnengebräunt und voller winziger Fältchen. Sie verzog den schmalen Mund zu einem Lächeln.

»Wusste ich doch, dass sich jemand hierherverirrt hat. Ich hab den Motor von Ihrem Auto gehört. Sie haben sich bestimmt verfahren.«

Benita schob sich an Julius vorbei.

»Guten Tag. Sie sind Frau Reichert?«

Die alte Frau nickte.

»Mein Name ist Benita Luengo, das ist mein Kollege Julius Schwarz.« Sie holte unauffällig Luft. »Wir sind von der Kriminalpolizei.«

Sie war in Versuchung, ihren Ausweis zu zeigen, und hatte gleichzeitig das Gefühl, dass die Frau ihn gar nicht würde sehen wollen.

»Kriminalpolizei?«, wiederholte Else Reichert. Sie lächelte nicht mehr, sondern sah fragend zwischen Benita und Julius hin und her.

»Ja. Sie sind die Mutter von Hanno Reichert?«, erkundigte sich Benita. Jedes Wort fiel ihr schwer. Am liebsten hätte sie sich in Luft aufgelöst.

»Ja. Er ist ein guter Junge. Warum fragen Sie?«

»Frau Reichert, können wir einen Moment ins Haus kommen?«

Else Reichert trat einen Schritt zurück, umfasste gleichzeitig Türgriff und Rahmen und stellte sich in den Spalt.

»Ich kenn Sie doch gar nicht. Vielleicht sind Sie gar nicht von der Polizei.«

Behutsam griff Benita in die hintere Tasche ihrer Jeans und hielt der alten Frau am ausgestreckten Arm ihren Ausweis entgegen.

»Genügt das?«, fragte sie.

»Nein. So Zeug kann ja jeder fälschen.«

Sie ließ den Arm sinken. Ganz schön stur, die Frau.

»Frau Reichert, Ihr Sohn Hanno hatte einen Unfall«, begann sie, so vorsichtig sie konnte, ihre Mitteilung zu machen.

»Einen Unfall?« Erschrocken öffnete Else Reichert die Tür wieder ganz. »Was ist denn passiert?«

»Er ist mit seinem Wagen von der Straße abgekommen und gegen einen Baum gefahren.«

»Um Himmels willen!« Die alte Frau schlug die Hände vor die Wangen. »Wie geht es ihm denn?«

»Können wir nicht doch hereinkommen?«, fragte Julius sanft.

»Natürlich«, murmelte Else Reichert.

Benita sah, dass sie den rechten Fuß ein wenig nachzog. Sie folgten ihr in eine altmodische Küche, die von einem großen gusseisernen Ofen beherrscht wurde. Töpfe und Pfannen hingen an Haken darüber an der Wand, und zur linken Seite gab es einen massiven Holztisch mit vier Stühlen. Else Reichert setzte sich vorsichtig, als hätte sie Schmerzen, und überkreuzte die Arme vor der Brust.

»Er ist tot, nicht wahr?«, flüsterte sie.

Ihre Lippen schienen blutleer, die Lider ihrer wässrigen grauen Augen zitterten. Benita fiel auf, wie knotig ihre Finger waren, als plage sie die Gicht.

»Ja. Es tut uns sehr leid, Frau Reichert«, antwortete sie leise.

»Nein, nein, nein. Nicht mein Hanno. Nicht auch noch mein Hanno«, flüsterte die alte Frau und schüttelte unentwegt den Kopf.

Benita zog den Stuhl neben ihr zurecht und setzte sich.

»Brauchen Sie einen Arzt? Oder kann ich jemand für Sie verständigen?«

»Wie ist es denn passiert?« Frau Reicherts Stimme glich einem Röcheln.

»Er ist gegen einen Baum gefahren«, wiederholte Benita.

»Aber deswegen muss man doch nicht tot sein. Das kann er doch nicht machen.«

Erste Tränen rannen über die runzligen Wangen. Benita erkannte aus den Augenwinkeln, dass Julius stur geradeaus sah, in Richtung Küchenofen.

»Leben Sie allein hier?«, fragte Benita sanft.

Else Reichert nickte. Sie vergrub das Gesicht in den Händen und schluchzte auf.

»Mein Hanno. Neulich war er erst noch hier. Er hat immer wieder nach mir gesehen. Er war so ein guter Junge.«

Benita schluckte. Unmöglich, die alte Frau jetzt zu befragen. Sie suchte Julius' Blick. Dieser machte ein Zeichen, als ob er telefonieren wollte. Benita nickte und wandte sich wieder an Else Reichert.

»Frau Reichert, wir rufen jemand an, der zu Ihnen kommt, damit Sie die nächsten Stunden nicht allein sind.«

Hanno Reicherts Mutter reagierte nicht. Julius verließ den Raum.

»Ich hab doch niemand. Ich hatte doch nur noch den Jungen«, schluchzte sie plötzlich wieder. »Was soll denn jetzt werden?«

Benita hob die Hand und strich der alten Frau unsicher über den Arm. Es fühlte sich verkehrt an. Beklommen zog sie die Hand zurück. Julius kam wieder in die Küche.

»Es kommt gleich jemand«, sagte er leise zu Benita. Sie nickte.

8

»Liebe Zeit«, stöhnte Benita, nachdem sie zwanzig Minuten später die schmale Haustür des einsamen Anwesens hinter sich zugezogen hatten. Der verwilderte Garten lag in der milden Sonne des späten Nachmittags. Der üppige Flieder verströmte intensiven Duft.

»Sie tut mir wahnsinnig leid.«

»Mir auch«, stimmte Julius zu. »Ich frag mich, ob sie schon mal ein Kind verloren hat. Sie hat gesagt ›Nicht auch noch mein Hanno‹. Haben Sie das mitgekriegt?«

»Natürlich. Aber das klären wir die Tage. Ich hätte mich noch beschissener gefühlt, wenn wir sie gleich befragt hätten.«

Sie verließen das Grundstück. Hinter Benitas Wagen parkte ein beigefarbener Ford. Er gehörte der von Julius erbetenen Seelsorgerin der Dienststelle, Sabrina Küster, die auf seinen Anruf hin sofort losgefahren war.

»Ich bin froh, dass die Küster jetzt bei ihr ist. Mit solchen Situationen kann ich einfach nicht umgehen«, fuhr Julius fort. Benita öffnete ihren Mercedes mit der Fernbedienung.

»Das geht mir schon genauso. Aber dafür haben wir ja die Seelsorge.«

»Was machen wir jetzt? Zurück ins Präsidium?«, fragte Julius.

»Ja, aber nur, damit Sie zu Ihrem Auto kommen. Es ist gleich vier Uhr. Mir reicht's für heute«, ließ sie ihn wissen. »Ich versuche noch mal, die Neumann zu erreichen. Vielleicht kann ich für morgen mit ihr einen Termin ausmachen. Gröger verschieben wir auf Montag. Und Frau Reichert befragen wir, wenn es geht, auch morgen. Oder am Sonntag. Einverstanden?«

»Mir wird nichts anderes übrig bleiben«, erwiderte Julius.

Flüchtig ging Benita der Gedanke an ihr freies Wochenende durch den Kopf. Sie sah ihr Kätzchen vor sich, dem sie heute Morgen versprochen hatte, zwei Tage lang mehr zu Hause zu sein, und unvermittelt breitete sich eine große Leere in ihr aus. Kühl, grau und einsam fühlte sich alles an.

Momo, der einzige Mensch in meinem Leben, dachte sie voll Ironie und Bitternis, und noch während ihr das durch den Kopf ging, schämte sie sich, als hätte sie die vertrauensvolle Zuneigung des Tieres mit dieser Überlegung abgewertet.

Eine Viertelstunde später fuhr Benita ihren Wagen auf den Parkplatz des Präsidiums.

»Wollen Sie vom Büro aus versuchen, die Neumann noch mal anzurufen?«, erkundigte sich Julius, während er den Gurt löste.

»Ja. Ihre Nummer liegt auf meinem Schreibtisch.«

»Okay, ich komm mit. Ich hab meine Bockwurst oben liegen lassen.«

»Hoffentlich im Kühlschrank«, sagte Benita trocken. »Es ist heute richtig warm geworden.«

Julius warf ihr einen missbilligenden Blick zu.

»Natürlich im Kühlschrank. Die Frage hätte von meiner Mutter sein können.«

Benita grinste schwach. Gemeinsam betraten sie das Präsidium. Diesmal drückte Julius, ohne zu fragen, den Knopf des Aufzugs. Wenige Sekunden darauf glitt die Tür geräuschlos auf. Innen stand ein junger Mann, schlank, ein Stück größer als Benita und mit kurzen dunklen Haaren. Sie spürte einen scharfen Stich, der von ihrer Kehle bis in den Magen fuhr. Haltung, Benita, Haltung. Vielleicht erkannte er sie nicht.

»Hey.« Ein ungläubiges Lächeln glitt über sein Gesicht. Er verließ den Aufzug. »Das glaub ich ja jetzt nicht.«

Glutheiß durchlief es sie. Einen Atemzug lang überlegte sie, so zu tun, als kenne sie ihn nicht. Sein Lächeln verhinderte es. Er schien sich tatsächlich zu freuen.

»Hey«, würgte sie hervor und spürte Julius' Blick, so unbeteiligt er auch neben ihr stand.

»Was machst du hier?«, fragte der junge Mann.

Tom. Er hieß Tom. Das wusste sie noch genau. Ebenso wie sie wusste, dass er ihr derzeit seine Handynummer gegeben hatte, mit der Bitte, sich zu melden. Sie hatte es nicht getan.

»Ich arbeite hier«, antwortete sie hastig.

Konnte Julius nicht schon vorgehen? Konnte sie Tom nicht einfach stehen lassen und Eile vorgeben? Die Aufzugtür hinter ihm schloss sich wieder, und die Kabine fuhr nach oben.

»Ist nicht dein Ernst. Bist du Polizistin?«

»Ja.« Keine Details. Freundlich das Gespräch beenden und zur Tagesordnung übergehen.

»Das find ich ja cool. Darüber wüsste ich gern mehr.« Tom warf Julius einen schnellen Blick zu. »Ich hab nicht viel Zeit. Ich bin mit einer Bekannten hier, die ihren Mann vermisst gemeldet hat. Sie ist grad noch auf dem Klo. Ich wollte draußen am Auto auf sie warten. Hast du meine Nummer noch?«

»Ich … äh, ja. Ich denke schon.« Ihre Wangen brannten. Die Aufzugtür öffnete sich wieder. Eine schlanke junge Frau trat heraus. Sie hatte gerötete Augen, ein verquollenes Gesicht und knüllte ein Taschentuch in der Hand zusammen. Flüchtig sah sie von einem zum anderen.

Tom trat einen Schritt zur Seite.

»Das ist Nadine Meyer. Ihr Mann ist verschwunden. Nadine, das ist …« Tom stockte. »Das ist mir jetzt unangenehm. Ich hab deinen Namen vergessen.«

Ihr Mund fühlte sich an wie mit Sand gefüllt. Das wurde ja immer schlimmer. Sie hatte ihm ihren Namen seinerzeit nicht genannt.

»Benita Luengo«, presste sie heraus.

»Benita«, wiederholte er. Er sprach mit weichem Klang, als wollte er ihn auf der Zunge zergehen lassen. Unvermittelt hob er die Hand und strich ihr über den Arm.

»Meldest du dich? Oder gib mir deine Handynummer, bitte.« Er griff in seine hintere Hosentasche und zog ein Mobiltelefon hervor.

Auf ihren Körper schienen tausend Nadeln einzupieksen. In Sekundenschnelle jagten diverse Ausflüchte durch ihren Kopf. *Ich weiß sie nicht auswendig. Ich habe im Augenblick kein Handy.* Oder ein schlichtes *Nein*. Julius stand mit unbewegter Miene noch immer neben ihr. Die verweinte Frau Meyer wartete gleichfalls ab. Benita nuschelte ihre Nummer. Der Boden unter ihren Füßen schien zu glühen.

Tom tippte sie in den Nummernspeicher und lächelte wieder.

»Bis bald«, verabschiedete er sich.

Julius drückte noch einmal auf den Knopf des Aufzugs.

»Der schien sich echt zu freuen«, bemerkte er beiläufig. Benita rang um eine unverfängliche Antwort. Ihr wollte keine einfallen.

9

Es war kurz nach fünf Uhr, als sie ihr Auto in die Tiefgarage fuhr. Sie war noch immer aufgewühlt und durcheinander. Dass Tom jetzt ihre Nummer hatte, brachte sie völlig aus dem Konzept. Wie auch immer. Sowie er sich meldete, würde sie die Angelegenheit klären. Die Vorstellung hatte etwas Beruhigendes.

Diesmal nahm Benita den Aufzug nach oben. Hinter Müggemanns Tür war es noch immer ruhig. Auf dem Fußabstreifer vor seiner Wohnung lag ein dicker brauner Umschlag, der wohl nicht in den Briefkasten gepasst hatte.

Sie schob den Schlüssel ins Schloss und betrat ihre stille Wohnung. Momo stand mit steil erhobenem Schwanz unter der Tür zum Wohnzimmer und sah ihrem Frauchen hoheitsvoll entgegen. Benita streichelte die Katze, hängte ihre Tasche an den Garderobenhaken und streifte die Schuhe ab.

Schon vom Flur aus sah sie das rote Lämpchen des Anrufbeantworters blinken, der neben dem Sofa im Wohnzimmer auf einem Beistelltisch stand. Sie drückte die Abruftaste. Drei Anrufe waren aufgenommen. Die ersten beiden kamen von ihrer Mutter, der dritte von ihrer Schwester Carmen. Ihr Magen zog sich zusammen. Unvermittelt dachte sie an heute Morgen, als sie den Alten in der Fußgängerzone gesehen hatte. Seit zwölf Jahren wohnte sie nun schon in Bayreuths Innenstadt, und nie war ihr Alberto Luengo über den Weg gelaufen. Bis heute. Sie drückte auf Wiedergabe, um die Ansagen abzuhören.

»Benita? Ich muss dich sprechen. Bitte ruf mich zurück.« Margarita Luengos Stimme zitterte. Laut Aufzeichnung hatte die Mutter um neun Uhr früh angerufen. Der zweite Anruf war kurz nach ein Uhr eingegangen.

»Benita? Ich bin es noch mal. Du vergisst nicht, mich zurückzurufen, ja? Es ist wirklich wichtig, sonst würde ich dich nicht belästigen.« Diesmal klang die Ansage beherrscht. Benita ballte die rechte Hand zur Faust.

»Benita, hier ist Carmen. Mama hat heute mehrfach versucht, dich zu erreichen. Ist alles in Ordnung? Wenn du dich bis heute Abend um acht Uhr nicht meldest, komm ich vorbei.«

Ein kurzes künstliches Lachen drang durch die Leitung. Heißer Zorn schoss durch Benita hindurch. Sie schwankte zwischen einem augenblicklichen wütenden Rückruf bei ihrer Schwester, um ihrer Empörung Luft zu machen, und Abwehr. Nur kannte sie Carmen gut genug, um zu wissen, dass diese ihre Ankündigung umsetzen und Benita ihr Auftauchen auch noch als Besorgnis verkaufen würde.

Benita nahm den Hörer und wählte die Nummer ihrer Mutter. Margarita Luengo hob nach dem zweiten Läuten ab.

»Benita, endlich«, hauchte sie.

»Mama, was ist los?« Der bewusst erschöpfte Klang in der Stimme der Mutter zerrte an ihren Nerven.

»Warum rufst du denn jetzt erst zurück?« Benita sah das vorwurfsvolle Gesicht ihrer Mutter vor sich.

»Es ist Freitag und noch nicht mal halb sechs. Ich arbeite ganztags, du erinnerst dich? Außerdem hab ich ein Handy, falls was wirklich eilig sein sollte. Also, was ist los?«

»Was bist du wieder so … so … garstig? Ich hab extra auf dem Festnetz angerufen, um dich nicht bei der Arbeit zu stören. Es hätte ja sein können, dass du ausnahmsweise mal eher Feierabend machen kannst. Ich hab doch nur euch.«

Benita schloss für Sekunden die Augen und hielt den Hörer vom Ohr weg.

»Bist du krank?«, fragte sie, öffnete die Augen und brachte das Telefon wieder ans Ohr.

»Ich fühl mich ganz furchtbar. Es ist wegen deinem Vater.«

Hysterische Abwehr durchrann Benita. Am liebsten hätte sie den Hörer an die Wand geschmissen und darauf herumgetrampelt, bis das Plastikgehäuse zersplitterte. Sie gab keine Antwort.

»Benita? Bist du noch dran?« Ein leises Aufschluchzen folgte den Worten.

Benita wurde bewusst, dass sie in starrer Haltung neben ihrem Sofa stand. Sie konnte sich nicht setzen.

»Ich bin eben nach Hause gekommen. Ich bin müde, ich hab Hunger und einen anstrengenden Tag hinter mir. Sag mir einfach, was du loswerden willst.« Es gelang ihr nicht, ruhig zu sprechen.

»Dein Vater hat offensichtlich eine Freundin. Er ist zu ihr gezogen!«, platzte es aus Margarita Luengo heraus.

Benita glaubte, eine eiserne Hülle würde sie umschließen.

»Und?«, presste sie hervor.

»Und?« Die Mutter wurde laut. »Was soll das heißen? *Und?* Du bist doch wirklich eiskalt! Dein Vater ist zweiundsiebzig und hat eine Freundin. Das muss man sich mal vorstellen! Er ist zu ihr gezogen, und dich scheint das nicht im Geringsten zu interessieren.« Sie schluchzte auf.

»Es interessiert mich auch nicht! Ihr seid seit fünfzehn Jahren oder länger getrennt, und du …«

»Was? Sag es ruhig.« Margarita Luengo schluchzte weiter.

»Du machst einen auf betrogene und verlassene Ehefrau. Es kann dir doch egal sein, was er macht.« In ihrem rechten Augenwinkel begann es zu flimmern. Sie kniff die Lider zusammen und öffnete sie wieder. Es flimmerte noch immer.

»Ich bin seine Frau!«

»Ja, auf dem Papier. Sorry, Mama. Aber über diese lächerliche Eskapade kann ich mich nicht aufregen.«

Margarita Luengo rang hörbar nach Luft.

»Entschuldige, dass ich dich belästigt habe.«

»Schon gut.«

»Ach, noch was. Ruf bitte deine Schwester zurück. Sie hat sich Sorgen gemacht, weil du …«

»Lasst mich einfach in Frieden!«

»Benita, du bist unausstehlich! Kein Wunder …« Margarita Luengo brach ab.

»Kein Wunder? Was wolltest du sagen?« Sie zitterte jetzt von Kopf bis Fuß. Das Flimmern wurde stärker und kroch über den Augenwinkel langsam nach vorn. Über die weiße Raufasertapete hinter dem Sofa schien sich eine schillernde zackige Spur senkrecht zu ziehen. Verdammt, was war das? Sie presste die kühlen Fingerspitzen gegen die rechte Schläfe. Momo rieb ihren Kopf an Benitas Wade.

»Ach nichts. Andere Frauen in deinem Alter sind jedenfalls längst unter Dach und Fach. Wenn schon nicht verheiratet, dann wenigstens in einer Beziehung. Aber das ist deine Sache.«

»Richtig.« Sie wollte nur noch auflegen. Dazu brauchte es einen Abschiedsgruß, und ihr wollte keiner über die Lippen kommen.

»Melde dich bei Carmen. Und wenn du es mir zuliebe tust.«

Du kannst ihr sagen, dass wir telefoniert haben. Dann kannst du dich auch gleich wieder über mich aufregen, dachte sie. Sie sprach es nicht aus.

»Tschüss, Benita.«

»Tschüss.«

Sie war nicht sicher, ob die Mutter ihre Antwort abgewartet hatte. Sie ließ sich aufs Sofa fallen. Das Flimmern vor ihrem Auge machte ihr Angst. Hatte sie eine Sehstörung? Es war ein ähnlicher Zustand, als hätte sie in grelles Licht gesehen. Oder war etwas in ihrem Kopf? Eine Geschwulst, die irgendwo draufdrückte und das Flirren auslöste?

Dumpf starrte sie vor sich hin. Ihr war flau im Magen, eigentlich war ihr sogar übel. Ganz langsam schob sich das Flimmern bis in den inneren Augenwinkel. Wie lange der Zustand gedauert hatte, hätte Benita nicht sagen können. Plötzlich war ihre Sicht wieder klar. Im selben Moment bekam sie Kopfschmerzen. Momo sprang aufs Sofa und kuschelte sich an sie. Aus dem Flur hörte sie ein surrendes Geräusch. Benita stand auf und schleppte sich hinaus zum Garderobenhaken, an dem die Tasche mit ihrem Handy hing. Auf dem Display war Julius' Nummer zu sehen.

»Julius, was gibt's?« Sie merkte, wie schwach ihre Stimme klang, und ärgerte sich. Sie hörte sich an wie ihre Mutter. Sie vernahm ein Kratzen und Schaben.

»Chefin? Sorry.« Julius lachte. »Ich wollte Sie gar nicht anrufen. Ich hab mich aus Versehen aufs Handy gesetzt, und das hat wohl zu Ihnen durchgewählt.«

»Ach so.« Sie versuchte zu lächeln, doch es wollte nicht gelingen.

»Alles okay? Sie klingen so komisch.«

»Ja, schon. Ich hab nur …« Sie brach ab. Das ging den Mitarbeiter nichts an.

»Was?«

»Kopfschmerzen. Und ich hatte eben so ein eigenartiges Flimmern vor den Augen.« Zu viel der Information. Am liebsten hätte sie den letzten Satz zurückgenommen.

»Klingt nach Migräne. Hab ich auch manchmal.«

»Migräne?« Sie war verblüfft und spürte einen Funken Erleichterung. Migräne hatten viele Menschen. Das klang harmlos. Dann waren weder ihre Augen kaputt, noch hatte sie einen Gehirntumor.

»Ja. Ich kann dann immer nicht richtig sehen. Das dauert so etwa zwanzig Minuten, und danach krieg ich Kopfweh. Wenn es ganz schlimm ist, häng ich auch mal über der Kloschüssel. Sie wissen schon.«

Nein, wusste sie nicht. Aber dass manche Menschen sich bei Migräne erbrachen, weder helles Licht noch Geräusche ertrugen und sich hinlegen mussten, hatte sie schon gehört.

»Haben Sie Paracetamol da? Das soll am besten sein. Außerdem viel kaltes Wasser trinken und hinlegen. Ist ein Tipp von meiner Mutter. Mir hilft's.«

»Danke, Julius. Mach ich.«

»Haben Sie denn jetzt Paracetamol da?«, forschte ihr Mitarbeiter.

»Ja«, log sie. Wohl kaum. Vielleicht ein Aspirin oder Ibuprofen. Irgendwas würde sie finden.

»Gute Besserung. Wenn Sie morgen nicht fit sind, sagen Sie einfach Bescheid. Die Reichert können wir auch am Sonntag noch befragen. Haben Sie eigentlich die Neumann erreicht?«

»Nein. Ich hab es noch gar nicht wieder versucht. Ich hab vorhin nur noch die Nummer mitgenommen.«

»Kein Stress. Jetzt legen Sie sich erst mal hin. Bis morgen, Chefin.«

»Bis morgen, Julius.«

Ihr lag auf der Zunge, sich noch mal zu bedanken, doch sie beherrschte sich. Zu viel des Guten. Er hatte ihr lediglich einen Tipp gegeben. Dr. Julius Schwarz. Sie spürte den Anflug eines Lächelns. Sie stemmte sich vom Sofa hoch und ging in die Küche. Im Schrank über der Spüle befand sich ein alter Schuhkarton ohne Deckel, in dem sie ihren bescheidenen Vorrat an Medikamenten aufbewahrte.

Mit einem Glas kalten Leitungswasser schluckte Benita ein Ibuprofen, füllte das Glas noch einmal und legte sich im Wohnzimmer aufs Sofa. Das Bild des schlurfenden alten Mannes erschien vor ihr, und sie setzte sich wieder auf. Er war zu einer Freundin gezogen.

Ob er jetzt hier in der Nähe wohnte? Sie hätte die Mutter fragen sollen, wo diese Freundin lebte. Heftige Unruhe erfasste sie. Bisher hatte er in Heinersreuth gewohnt, etwa vier Kilometer von Bayreuth entfernt. Was zur Folge gehabt hatte, dass sie, von seltenen Ausnahmen abgesehen, nicht Gefahr lief, ihm zu begegnen. Und überhaupt, woher wusste die Mutter von der Sache? Egal.

Sie wollte nicht darüber nachdenken. Sie wollte alles vergessen. Ihre Kindheit, den Mann, der ihr Erzeuger war, alles, was mit ihm zusammenhing. Der Angst und Grauen in ihre Seele gepflanzt hatte. Sie stützte den Kopf in die Hände. Sie konnte nicht vergessen, nur im Alltag verdrängen.

Momo hockte sich vor sie und maunzte. Die Katze hatte bestimmt Hunger. Benita sah auf die Uhr ihres Handys. Kurz nach sieben. Zeit fürs Futter, und sie konnte jetzt auch etwas essen. Die Schmerztablette wirkte, der Druck im Kopf ließ nach. Ein Schreck durchzuckte sie. Carmen hatte verkündet, vorbeikommen zu wollen, wenn sie sich bis acht Uhr nicht meldete.

Benita entschied sich, ihr eine SMS zu schreiben, dass alles in Ordnung wäre und sie mittlerweile auch mit der Mutter telefoniert hatte.

10

Samstagmorgen, halb zehn. Benita sah durch das Wohnzimmerfenster zur Richard-Wagner-Straße hinunter. Die Sonne schien, die Vögel zwitscherten, und durch die gekippte Scheibe drang milde Frühlingsluft. Julius parkte bereits mit seinem Peugeot am Straßenrand. Sie war nicht sicher, ob er zu ihr hochsah, hob dennoch kurz die Hand zum Gruß und eilte in den Flur.

Vor einer Stunde hatte sie Jasmin Neumann erreicht und mit ihr verabredet, um zehn Uhr bei ihr vorbeizusehen. Eigentlich hätte sie den Weg bis zu deren Wohnung auch zu Fuß bewältigen können. Doch Julius, den sie angerufen hatte, um ihn zu informieren, hatte darauf bestanden, sie abzuholen, zumal sie im Anschluss noch zu Else Reichert fahren wollten. Benita hatte sich rasch überreden lassen. Solange sie nicht wusste, wo genau

Alberto Luengo jetzt wohnte, wollte sie Gänge durch die Stadt möglichst meiden. Sie zog die Wohnungstür hinter sich zu. Das Päckchen vor Müggemanns Tür war weg. Nichts wie los, ehe er auftauchte. Im Erdgeschoss vor den Briefkästen stand der Nachbar und nahm soeben den Nordbayerischen Kurier aus dem seinen.

»Frau Luengo, guten Morgen.« Er strahlte sie an, versuchte nebenbei, den Postkasten zu schließen, und verlor dabei seine Zeitung. Rasch und verlegen bückte er sich.

»Guten Morgen«, grüßte sie ihn kurz und wollte an ihm vorbei. Ein Zipfel seines rot karierten kurzärmeligen Hemdes war aus dem Bund seiner Cordhose gerutscht. Auf seinen hageren blassen Armen sprossen lange dunkle Haare.

»So in Eile? Gibt es denn schon wieder etwas aufzuklären?«, versuchte er, sie aufzuhalten.

»Immer, Herr Müggemann, immer.« Sie rang sich ein Lächeln ab und schlüpfte durch die Haustür. Mit wenigen Schritten war sie bei Julius' Wagen. Sie war sicher, Müggemann sah ihr nach.

»Morgen, Chefin. Geht's besser?«, empfing Julius sie.

»Viel besser. Wie gut, dass Sie aus Versehen angerufen hatten. Ich dachte echt, ich …« Sie brach ab, und ihr wurde heiß. Sehstörung, Gehirntumor. Sie war ja schon paranoid.

»Ja, ja. Ich weiß noch, wie erschrocken ich war, als mir das das erste Mal passiert ist. Ich dachte, jetzt geht's mit mir zu Ende.«

Benita lachte kurz und griff nach dem Gurt.

»Eben.«

Julius ließ den Motor an und setzte den Blinker.

»Hatten Sie Stress? Da gibt's oft einen Zusammenhang.«

»Stress? Nein, gar nicht«, log Benita. Sie öffnete ihre Handtasche und kramte darin herum, als würde sie etwas suchen.

Julius sagte nichts mehr.

Sie fanden einen Parkplatz in unmittelbarer Nähe von Jasmin Neumanns Adresse. Tatsächlich wohnte die Frau gegenüber der Stadthalle in einem gepflegten Sandsteinhaus.

Ein Türsummer ertönte, kaum dass Benita auf die Glocke gedrückt hatte. Im Flur war es dunkel und kühl. Jasmin Neumann wohnte unter dem Dach. Einen Aufzug gab es nicht, sie mussten die drei Etagen zu Fuß nehmen. Eine kleine stämmige Frau stand unter einer geöffneten Wohnungstür, als Benita und Julius oben eintrafen.

»Guten Morgen. Frau Neumann?«, erkundigte sich Benita der Form halber.

Die Frau nickte. Sie mochte Anfang dreißig sein und hatte sehr kurze braune Haare. Sie trug ein enges T-Shirt, und über dem Bund ihrer Hose zeichnete sich ein Fettröllchen ab. Benita hielt ihr ihren Ausweis entgegen. Jasmin Neumann warf nur einen flüchtigen Blick darauf.

»Kommen Sie rein«, sagte sie und ging durch einen geräumigen Flur in ein helles Wohnzimmer.

Auf dem Boden war honigfarbenes Parkett verlegt, unter einem Fenster stand ein breites rotes Sofa, daneben zwei große Grünpflanzen. Jasmin Neumann machte eine Handbewegung, mit der sie Benita und Julius aufforderte, Platz zu nehmen. In der Wohnung roch es nach kaltem Rauch.

»Sie sagten, es geht um Reichert? Gibt es neue Erkenntnisse? Komme ich doch noch zu meinem Recht?« Jasmin Neumann griff nach einem Päckchen Zigaretten, das vor ihr auf dem Tisch lag, und klopfte eine heraus.

»Welches Recht?«, fragte Benita überrascht.

»Schmerzensgeld und Schadensersatz. Der Mann hat mir elend zugesetzt und mich sogar meine Beziehung gekostet.« Sie schob die Zigarette zwischen die Lippen.

»Dass Sie finanzielle Forderungen hatten, steht gar nicht in Reicherts Akte«, sagte Benita. »Hatten Sie denn irgendwelche Auslagen? Einen Anwalt, die Änderung Ihrer Telefonnummer oder Ähnliches?«

»Nein.« Jasmin Neumann wich Benitas Blick aus. »Aber ich hab Ihren Kollegen damals gleich gesagt, dass der Kerl das nicht umsonst getan hat.«

Benita beschloss, diesen Punkt fürs Erste außen vor zu lassen.

»Frau Neumann, könnten Sie bitte kurz zusammenfassen, wie es zu der Anzeige gegen Herrn Reichert kam?«, begann sie das Gespräch.

Sie sah, dass Julius seinen Notizblock und einen Bleistiftstummel aus seiner Cargotasche kramte.

Jasmin Neumann ließ ein Feuerzeug aufschnappen, zündete die Zigarette an und nahm einen tiefen Zug. Bedächtig blies sie den Rauch aus.

»Verfolgt er jetzt noch andere?«

»Überlassen Sie bitte im Augenblick die Fragen uns«, erwiderte Benita.

Der Rauch störte sie ungemein. Wie mochte es Julius damit gehen, der sich die Qualmerei mühsam abgewöhnt hatte? Ihr Mitarbeiter verzog keine Miene.

Jasmin Neumann legte die Stirn in Falten.

»Na hören Sie mal! Sie rufen mich an meinem freien Samstag zu nachtschlafender Zeit an und wollen mir nicht einmal sagen, weshalb genau Sie hier sind?«

Benita ließ sich sekundenlang Zeit mit einer Antwort und fixierte dabei die Frau, bis diese ihrem Blick auswich. Jasmin Neumann hatte etwas Maskulines an sich, was sie störte.

»Hanno Reichert ist tot«, erwiderte sie schließlich.

Jasmin Neumann wurde knallrot. Hektisch zog sie an ihrer Zigarette.

»Erwarten Sie bloß nicht, dass mir das leidtut. Denken Sie, ich hab was damit zu tun?«

»Wie kommen Sie darauf, dass es Fremdverschulden war?«, fragte Benita.

»War es nicht?« Mit brennenden Wangen drückte die Frau ihre halb gerauchte Zigarette aus. Benita legte die Handflächen auf die Knie.

»Sie erzählen uns jetzt einfach, was wir wissen wollen. Ansonsten sprechen wir uns im Präsidium«, sagte sie ruhig.

Jasmin Neumann stieß gegen ihren Aschenbecher und fing ihn eben noch auf, ehe er über die Tischkante rutschte. Ihre Hand zitterte.

»Ich hab den Kerl in der Apotheke kennengelernt. Ich bin Apothekenhelferin«, stieß sie hervor.

»Wo?« Die Frage kam von Julius.

»In der Mohrenapotheke. Er hat sich oft bei uns rumgedrückt,

Kosmetik angesehen und Vitaminsäfte und so was. Er hat immer versucht, sich von mir bedienen zu lassen. Ich mochte ihn gleich nicht. Eines Tages wollte er mit mir ausgehen. Ich hab Nein gesagt. Dann fing das Theater an.« Sie atmete tief durch.

»Genauer, bitte«, sagte Benita.

»Er hat mich abends abgepasst, wenn ich Feierabend hatte. Hat es immer wieder versucht. Einmal hatte er Kinokarten dabei und wollte mir eine aufdrängen. Ich hab ihm gesagt, dass ich … gebunden bin.« Sie sah Benita herausfordernd an.

»Und?«, fragte sie.

»Zuerst schien er das zu akzeptieren. Ich habe ein paar Tage nichts von ihm gehört und gesehen. Eines Morgens stand er dann vor meiner Haustür. Er hatte eine Rose dabei und Pralinen. Babsi, meine Freundin, hat das vom Fenster aus gesehen.« Sie atmete tief durch. »Babsi ist ein furchtbar eifersüchtiger Mensch. Sie hatte immer Angst, ich könnte nicht zu unserer Beziehung stehen, dabei stimmte das gar nicht. Sie hat mir ein Verhältnis mit Reichert unterstellt. Und Reichert hat sich nicht abweisen lassen. Er ist mir oft nach der Arbeit gefolgt, egal, wo ich hin bin. Ich hab kein Auto und gehe eigentlich meistens zu Fuß oder nehme den Bus. Von hier ist es ja nicht weit bis zur Mohrenapotheke, und ich krieg in der Stadt alles, was ich brauche. Reichert arbeitet bei Elektro Fischer, an dem ich jeden Tag vorbeigehe. Manchmal hat er auch dort gewartet und ist mir dann nach. Irgendwann hab ich ihn angezeigt.« Ihre Wangen waren noch immer gerötet, und ihre Hände zitterten.

»Wie hat Ihre Freundin reagiert? Stand sie Ihnen letzten Endes bei?«, fragte Julius, der eifrig mitgeschrieben hatte. Jasmin Neumann sah zu Boden.

»Nein. Sie hat getobt und Szenen gemacht und mich nach ein paar Wochen verlassen. Sie hat mir einfach nicht geglaubt, dass ich mit Reichert nie was hatte oder haben wollte.« Sie sprach leise. »Sie hat geglaubt, ich bräuchte zwischendurch einen Mann.« Die Nasenflügel der Frau bebten.

»Haben Sie Reichert in letzter Zeit gesehen?«, erkundigte sich Benita.

»Nein.«

»Laut Akte ist das Verfahren gegen ihn eingestellt worden«, fuhr sie fort.

»Ja. Man konnte ihm nichts nachweisen. Er hat sich darauf berufen, dass alles Zufall war. Er wäre nun mal Kunde in der Mohrenapotheke, was die Kolleginnen bestätigt haben. Dass er seinen Arbeitsplatz bei Elektro Fischer hat, an dem ich täglich vorbeikomme, wäre ihm nicht anzukreiden. Und die wenigen Male, bei denen er den gleichen Weg hatte wie ich, könnte man ihm nicht zur Last legen. Er hat sich tatsächlich rausdrehen können und hat sogar behauptet, ich hätte einen Verfolgungswahn. Ich hatte Alpträume wegen dem Kerl und hab mich kaum noch vor die Tür getraut! Und Babsi hat mir kein Wort geglaubt.« Verbittert griff sie wieder nach ihren Zigaretten.

»Wie lange hat er Sie gestalkt?«, erkundigte sich Julius und kritzelte weiter auf seinem Block.

»Ungefähr drei Monate. Dann war ganz plötzlich Schluss. Vielleicht hat er eine andere gefunden, auf die er sich eingeschossen hat.« Sie zündete die Zigarette an und blies kleine Rauchringe in die Luft.

»Gut, Frau Neumann, das war es für den Moment«, sagte Benita und stand auf.

»Wie ist der Kerl denn jetzt gestorben?«, wollte Jasmin Neumann wissen.

»Das können wir Ihnen im Moment noch nicht sagen«, wich Benita aus und fragte sich, ob es nötig war, sich bedeckt zu halten. Bestimmt stand die nächsten Tage was in der Zeitung. Oder heute schon, sie abonnierte ja den Kurier nicht und bekam daher meist erst über Julius mit, was Wichtiges drinstand.

»Hoffentlich ging es ihm dreckig!«, stieß Jasmin Neumann hervor.

Benita gab keine Antwort. Julius steckte seinen Block ein, und sie verabschiedeten sich. Unter der Wohnungstür wandte sich Benita noch einmal um.

»Frau Neumann, wo waren Sie am Mittwochabend?«

»Aha. Ich brauche ein Alibi. Ich hab mich schon gewundert, warum Sie bisher nicht gefragt haben. Wann genau?« Sie verschränkte die Arme vor der Brust.

»Sagen wir, zwischen siebzehn und neunzehn Uhr«, sagte Benita.

»Ich habe bis achtzehn Uhr gearbeitet. Dann bin ich in der Stadt gewesen, bei der Post, bei Karstadt und bei Norma. So gegen halb acht war ich zu Hause.«

Benita nickte. Ohne weiteren Gruß ging sie vor Julius die Treppe hinunter. Bis sie auf der Straße standen, sprachen sie kein Wort. Erst als die Haustür hinter ihnen zufiel, machte sich Benita Luft.

»Mit der Frage nach dem Alibi bin ich mir ja echt blöd vorgekommen. Wir wissen doch nicht genau, wann der Reichert das Insulin bekommen hat. Dabei kommt die Neumann als Apothekenhelferin bestimmt problemlos an das Zeug.«

»Vielleicht kann Köhler die Zeit noch etwas eingrenzen«, schlug Julius vor. »Der Unfall ist um achtzehn Uhr vierzig passiert. Köhler sagt, das Insulin wirkt schnell. Was heißt schnell? Zehn Minuten? Eine Minute? Eine halbe Stunde?«

»Ja, fragen wir ihn. Aber bevor wir zu Else Reichert fahren, will ich noch zur Mohrenapotheke, und zwar sofort.«

»Das Alibi der Neumann überprüfen?«, riet Julius.

»Richtig.«

Sie brauchten weniger als fünf Minuten, bis sie die Apotheke erreicht hatten.

»Was ein Glück«, sagte Benita, die durch die Scheibe spähte, ehe sie eintraten. »Ich sehe gerade keine Kundschaft.«

»Dann geht es hoffentlich fix«, bemerkte Julius.

Hinter einer der Theken der alteingesessenen Bayreuther Apotheke stand eine blonde Frau mit sorgfältig geföhntem Pagenkopf und lächelte ihnen entgegen.

Benita stellte Julius und sich vor und zeigte ihren Ausweis. Die Augen der Frau, auf deren weißem Kittel ein Namensschild mit der Aufschrift »R. Knab« angebracht war, weiteten sich vor Überraschung.

»Kripo? Was führt Sie denn zu uns?«

»Können wir irgendwo kurz reden, ohne gestört zu werden?«, fragte Benita.

»Sicher. Kommen Sie.« Frau Knab winkte sie an der Theke vorbei in einen Raum dahinter, der offenbar als Teeküche diente.

»Worum geht es denn? Möchten Sie nicht lieber den Chef sprechen?«

»Im Moment nicht. Wir haben auch nur eine Frage. Können Sie uns sagen, ob Ihre Kollegin Jasmin Neumann letzten Mittwochabend hier war?«

»Jasmin? Doch ja, die war bis kurz nach sechs Uhr da. Da bin ich sicher. Sie hat noch die Küche hier aufgeräumt.« Frau Knab machte eine Handbewegung, die wohl den kleinen Raum umfassen sollte. »Warum fragen Sie?«

»War sie zwischendurch, sagen wir, ab siebzehn Uhr, außer Haus? Auch wenn es nur kurz war?«

»Nein.« Entschlossen schüttelte Frau Knab den Kopf. »Wir haben unsere feste Mittagspause und für Botengänge einen extra Angestellten. Jasmin war hier. Sagen Sie bloß, sie hat was angestellt?«

»Was sollte sie denn angestellt haben?«, fragte Benita und blickte die Frau scharf an.

Frau Knab wurde verlegen.

»Nichts. Ich dachte nur.« Sie sah an Benita und Julius vorbei. »War es das?«

»Nein. Was sollte die Frage eben?«, schaltete sich Julius mit ruhiger Stimme ein.

Frau Knab zuckte mit den Schultern.

»Hören Sie, das war dumm von mir. Es ist nur so … Jasmin hat vor einiger Zeit einen unserer Kunden angezeigt, wegen Stalking. Das Verfahren wurde aber eingestellt. Danach hat sie immer wieder rumgezetert, dass sie schon für Gerechtigkeit sorgen wird, wenn die Polizei nichts unternimmt.« Die Apothekenangestellte war rot geworden.

»Hat sie sich genauer ausgedrückt?«, fragte Benita.

»Nein«, antwortete sie. »Der Mann war auch immer ganz höflich. Er hat sich halt in sie verguckt. Wir alle fanden die Anzeige echt übertrieben.«

»Danke, Frau Knab. Das war es schon«, sagte Benita.

»Sie sagen ihr aber nicht, dass ich Ihnen das erzählt habe?«, bat die junge Frau. Auf ihrem Gesicht lag ein ängstlicher Ausdruck.

»Ich kann Ihnen nicht versprechen, dass sich das vermeiden lässt«, beendete Benita das Gespräch.

Eine halbe Minute später standen sie und Julius wieder vor der Apotheke in der Fußgängerzone. Die Kirchturmuhr der Spitalkirche läutete zweimal.

»Halb zwölf«, sagte Julius mit einem Blick auf sein Handy. »Was machen wir jetzt?«

»Wir fahren noch mal zur Mutter von Reichert«, erwiderte Benita. Auf einer Bank vor der Apotheke saß ein alter Mann und las die Tageszeitung. Er kämpfte mit den großen Seiten, die ihm wegknickten.

»Haben Sie eigentlich heute schon Zeitung gelesen?«, fragte Benita.

»Flüchtig durchgeblättert. Wenn Sie wissen wollen, ob was über die Sache drinsteht, nein. Aber gestern war ein kleiner Artikel drin, dass es am Mittwochabend einen Unfall mit tödlichem Ausgang bei der Hölzleinsmühle gegeben hat.«

»Aha«, machte Benita. Sie war überzeugt, dass es spätestens am Montag Schlagzeilen geben würde.

11

Das Haus von Else Reichert lag verlassen in der Mittagssonne. Die niedrigen kleinen Fenster lugten wie dunkle Augen aus der Mauer. Der Wagen der Seelsorgerin war weg.

»Vielleicht hätten wir doch bis morgen warten sollen«, bemerkte Benita beklommen, während sie den Gurt löste.

»Nun sind wir hier, jetzt bringen wir es hinter uns«, entschied Julius und stieg aus. »Falls sie überhaupt zu Hause ist. Nicht, dass die Küster sie doch zum Arzt bringen musste und der hat sie sicherheitshalber ins Krankenhaus gesteckt. Nervenzusammenbruch oder so.«

Benita gab keine Antwort. Sie ging voraus. Der gusseiserne Türklopfer in Form eines mit Blumen gefüllten Korbes war warm von der Sonne. Sie pochte zweimal gegen das Holz. Im Haus war es ganz still. Benita und Julius tauschten einen Blick.

»Klopfen Sie halt noch mal«, schlug Julius vor.

Unvermittelt ging die Tür auf, und Benita zuckte zusammen. Ein Geruch nach Angebranntem schlug ihr entgegen. Else Reicherts graues Haar hing strähnig um ihr Gesicht. Sie trug die gleiche Kittelschürze wie am Vortag, doch diesmal war sie schief geknöpft. Auf ihrer Stirn standen winzige Schweißperlen.

»Sie? Noch mehr schlimme Nachrichten?«, fragte sie ohne Gruß.

»Nein. Grüße Sie, Frau Reichert. Wir haben noch ein paar Fragen. Dürfen wir reinkommen?«, erkundigte sich Benita. Der beißende Geruch, der offenbar aus der Küche kam, war unerträglich.

»Ja. Moment.« Else Reichert ließ die Haustür offen und eilte Richtung Küche.

Wieder fiel Benita auf, dass sie ein Bein nachzog. Sie ging ihr nach. Die alte Frau stocherte in einer Pfanne, die auf dem Ofen stand.

»Das kann ich wohl wegwerfen«, murmelte sie. »Alles verkohlt.«

Benita warf einen Blick auf die schwarzen Fleischstücke. Else Reichert öffnete ein Fenster.

»Gehen wir ins Wohnzimmer. Hier drin hält man den Gestank ja nicht aus«, sagte sie.

Der Wohnraum war klein und düster, mit niedriger Decke und einem breiten Sofa, das mit dunkelgrünem Samt bezogen war. Zwei zur Couch passende Sessel vervollständigten die Sitzgarnitur. An der rechten Wand stand eine breite Kommode und auf dieser ein messingfarbener fünfarmiger Kerzenständer. Else Reichert setzte sich auf die Sofakante und machte eine Handbewegung zu den Sesseln.

»Was wollen Sie denn wissen?«

Zögerlich hockte Benita sich auf eines der Sitzmöbel. Sofort sank sie tief ins Polster und rutschte gleichfalls vor an die Kante. Julius blieb stehen und kramte nach seinem Block.

»Frau Reichert, nach ersten Untersuchungen können wir bei dem Unfall Ihres Sohnes Fremdverschulden nicht ausschließen«, begann sie. Wie umständlich das klang. Ob die alte Frau sie überhaupt verstanden hatte?

Else Reichert starrte Benita an.

»Fremdverschulden?«, wiederholte sie. »Das heißt, jemand anderes als Hanno ist schuld, dass er gegen den Baum gefahren ist?«

»So ähnlich.«

Benita überlegte, ob sie nicht einfach der Mutter des Toten alles sagen sollte, was sie bisher herausgefunden hatten. Dass er eine Pilzvergiftung gehabt hatte, Alkohol im Blut, eine Insulin-Injektion, die ihn das Leben gekostet hatte. Eventuell sogar die Anzeige wegen Stalking. Aber von der wusste sie möglicherweise schon. Vielleicht waren diese ganzen Informationen auch zu viel für die geschockte alte Frau.

Benita rutschte noch ein Stück weiter vor an die Kante. Der Sessel war furchtbar unbequem. Überhaupt war die ganze Einrichtung schrecklich. Ein massiger Schrank aus dunklem Holz stand links an der Wand. Benita war es, als könnte das Möbelstück nach vorn kippen und sie erschlagen. In einer Ecke des Zimmers befand sich ein Kohleofen.

»Erzählen Sie uns etwas über Ihren Sohn«, bat sie.

»Was denn?« Else Reicherts Blick flackerte. »Er war ein guter Junge.«

»Ihr einziges Kind?«, fiel Julius ein.

Die alte Frau nickte.

»Er hat mich regelmäßig besucht. So ungefähr alle zwei Wochen.« Ihre Stimme wackelte.

»Wann war er zuletzt hier?«, fragte Julius.

»Warten Sie. Das muss letzten Sonntag gewesen sein.« Sie schniefte und kramte in ihrer Kittelschürze. Sie zog ein bereits benutztes Stofftaschentuch heraus und wischte sich über die Nase. »Wir haben einen Tee zusammen getrunken und ein bisschen geredet. Dann ist er wieder gefahren.« Sie stopfte ihr Taschentuch zurück in den Kittel. »Was heißt denn das jetzt mit dem Fremdverschulden?«, fragte sie und sah ängstlich zwischen Benita und Julius hin und her.

»Das heißt, dass Hanno nach unseren bisherigen Erkenntnissen … getötet wurde«, sagte Benita. Über kurz oder lang würde es Else Reichert ja doch erfahren.

»Oh Himmel!« Hanno Reicherts Mutter schlug die Hände vors Gesicht. »Aber warum? Wer macht denn so was?«

»Ebendas wollen wir herausfinden, Frau Reichert«, sagte Julius. Er setzte sich jetzt ebenfalls und nahm dazu den zweiten Sessel.

»Hatte Ihr Sohn mit jemand Streit? Hatte er Feinde?«, fragte er.

Else Reichert schüttelte heftig den Kopf.

»Nein, nein. Warum auch? Er war ein friedfertiger Mensch.«

»Wissen Sie, ob er eine Freundin hatte?«, schaltete sich Benita wieder ein.

»Ich glaube nicht. Nein, bestimmt nicht. Das hätte er mir erzählt.« Sie ließ die Hände in den Schoß sinken.

»Wie ist er denn … na, Sie wissen schon. Hat jemand was an seinem Auto gemacht? Mit den Bremsen oder so?« Ihre Stimme zitterte.

»Nein. Ihrem Sohn wurde Insulin verabreicht. Nach den Erkenntnissen unserer Rechtsmedizin war er kein Diabetiker. In so einem Fall wirkt Insulin tödlich«, sagte Julius ruhig.

»Die Wirkung des Insulins ist während seiner letzten Autofahrt eingetreten. Es sieht so aus, als wäre er deswegen von der Straße abgekommen. Der Autounfall selbst wäre nicht tödlich gewesen«, ergänzte Benita.

Die alte Frau sah zu Boden und schüttelte immer wieder den Kopf.

»Nein, nein. Das ist ja ganz furchtbar. Ich versteh das alles nicht. Wer macht denn so was? Der Hanno hat doch niemand was getan.«

»Hatte Ihr Sohn Freunde? Bekannte, mit denen er sich ab und an getroffen hat?«, fragte Benita.

»Ich weiß es nicht. Ich glaube nicht. Ich …« Sie beugte sich vor, als wollte sie eine vertrauliche Information weitergeben. »Ich hatte immer das Gefühl, er ist zu viel allein.« Sie lehnte sich wieder zurück und verschränkte die Arme vor der Brust. »Außerdem hat er zu viel getrunken. Da hab ich mir schon Sorgen gemacht. Aber was hätt ich denn tun können?« Sie presste die Lippen aufeinander.

Benita hatte das deutliche Gefühl, mit ihrer Befragung nicht vorwärtszukommen.

»Wo ist denn der Unfall überhaupt passiert?«, fragte Else Reichert unvermittelt.

»Gegenüber der Hölzleinsmühle. Am Mittwoch, etwa um achtzehn Uhr vierzig. Haben Sie eine Ahnung, warum er dort entlanggefahren ist? Könnte er jemand besucht haben?«, erkundigte sich Julius.

»Ich weiß es doch nicht. Was mach ich denn jetzt, ohne den Jungen?« Ihre Schultern hingen, und ihr Kinn lag beinahe auf ihrer Brust. Zwei Tränen rannen über ihre runzligen Wangen.

»Eine letzte Frage noch, Frau Reichert«, sagte Benita. »Als wir gestern bei Ihnen waren, sagten Sie: ›Nicht auch noch mein Hanno.‹ Haben Sie schon einmal ein Kind verloren?« Sie hatte einen bitteren Geschmack auf der Zunge und überlegte, ob es besser gewesen wäre, diese Frage ungestellt zu lassen.

Else Reichert zupfte an ihrer Schürze.

»Nein. Ich hab von meinem Mann gesprochen. Aber das ist viele Jahre her.«

»Wie ist er gestorben?«, fragte Julius.

»Er ist nicht gestorben. Er ist verschwunden. Einfach so, über Nacht.« Sie schluckte. »Eine Postkarte hat er geschickt, nach ein paar Wochen. Aus dem Schwarzwald. Stand aber fast nix drauf. Damals dachte ich noch, er braucht halt mal Zeit für sich und kommt wieder. Ist er aber nicht. Es war auch das letzte Mal, dass ich was von ihm gehört hatte.« Sie verknotete die Finger vor den Knien.

Benita stand auf.

»Es tut mir leid, Frau Reichert.«

Sie wollte nur noch hier raus, aus dieser dunklen Enge des Hauses, die ihr das Atmen schwer machte. Julius klappte seinen Block zu. Das Papier schabte am Stoff seiner Hose, als er ihn wegsteckte.

Sie verließen das Wohnzimmer. Else Reichert kam ihnen hinterher.

»Wie geht es denn jetzt weiter?«, fragte sie und öffnete ihnen die Haustür. »Ich meine, Hanno muss doch … irgendwann …«

»Ja.« Benita nickte. Das hätte sie beinahe vergessen. »Von unserer Seite aus können Sie alles für die Bestattung in die Wege leiten.«

12

»Und nun?«, erkundigte sich Julius, während er seinen Peugeot aufsperrte.

Benita stieg ein. Es war sehr warm im Auto geworden, das von den überhängenden Zweigen aus Else Reicherts Garten kaum vor der Sonne geschützt worden war. Sie ließ die Tür offen.

»Ich würde mir gern noch einmal gründlich Reicherts Wohnung vornehmen. Der muss doch außer seiner Arbeit irgendwelche Kontakte gehabt haben. Und um die Kontaktanzeigen müssen wir uns kümmern«, sagte sie.

»Okay.« Julius' Stimme klang gedehnt. »Alles noch heute?«

»Wenn ich es mir recht überlege, ja. Vor allem die Frauen, die ihm geschrieben haben, werden wir heute und morgen bestimmt eher erreichen als ab Montag. Wer weiß, wo die arbeiten, dann müssen wir die Befragungen wieder auf den Abend verschieben.«

»Ist wahr«, sagte Julius und seufzte.

»Reicherts Wohnung kann ich mir auch allein vornehmen«, überlegte Benita.

»Hm«, machte ihr Mitarbeiter.

Benita sah ihn an.

»Was ist? Haben Sie was Besseres vor? Gestern sagten Sie noch, Ihre Mutter will Sie besuchen und …«

»Schon gut. Meine Mutter hat ihren Besuch auf nächstes Wochenende verschoben. Sie hat sich den Magen verdorben und fühlt sich nicht gut. Ich wollte nur Krümels Käfig putzen, bisschen was einkaufen und so.«

Julius sah stur geradeaus.

»Der Hasenkäfig ist doch schnell geputzt. Und fürs Einkaufen werden Sie auch nicht ewig brauchen. Bei Ihnen in Aichig gibt's doch gleich den Norma. Oder steckt noch was hinter dem ›und so‹, was Sie mir nicht sagen wollen?«

Julius zuckte mit den Schultern. Seine Wangen bekamen eine rosige Farbe.

»Na ja, wenn ich ehrlich bin, ich hab heute Morgen eine Einladung im Briefkasten gefunden. Im Haus gegenüber ist eine neue Nachbarin eingezogen, und die gibt heute Abend eine Begrüßungsparty, zu der ich eingeladen bin.«

Er stemmte die Hände gegen das Lenkrad. Benita grinste.

»Verstehe. Sie ist bestimmt jung und hübsch und vielleicht Single.«

»Jung und hübsch ist sie.« Nun grinste auch Julius. »Den Rest will ich heute herausfinden.«

»Alles klar. Wann steigt die Party?«

»So ab acht Uhr.«

»Dann machen wir jetzt zügig weiter. Wir fahren ins Präsidium. Sie kümmern sich um zwei der drei Kontaktanzeigen, und ich nehme eine der Anzeigen und wühle mich zusätzlich noch mal durch Reicherts Wohnung.«

Benitas Handy meldete mit einem zweifachen Schnurren den Eingang einer SMS. Sie kannte die Nummer nicht und zögerte.

»Ist was?«, fragte Julius mit einem raschen Seitenblick.

»Nein.« Sie öffnete die Nachricht.

Hey Benita. Morgen schon was vor? Gruß Tom

Sie hatte es geahnt. Benita schloss die SMS.

»Ärgerliche Nachrichten? Sie schauen so finster.«

»Nein. Nur Unwichtiges.«

Eine halbe Stunde später saßen sie sich an ihren Schreibtischen im Präsidium gegenüber. Julius legte nach dem zweiten Telefonat den Hörer auf.

»Und, Chefin? Wie viel haben Sie mitbekommen?«

»Nicht viel. Ich hab ja selbst telefoniert. Ich hab nur gehört, dass wir eine der Damen erst am Montag befragen können.«

»Genau.« Julius wedelte mit einem der Briefe, die sie in Reicherts Wohnung gefunden hatten.

»Bianca Balke. Sie ist Erzieherin und arbeitet im Kindergarten ›Grüne Au‹ in Seulbitz. Sie will übers Wochenende nach Stuttgart zu einer Freundin fahren und war eigentlich schon aus der Tür. Ich hab sie eben noch erwischt. Wir können sie am Montag im Kindergarten besuchen.«

»Okay«, erwiderte Benita. »Und die andere?«

Julius nahm den zweiten Umschlag.

»Gudrun Stiefler. Sie hat morgen den ganzen Tag für uns Zeit. Wir können sozusagen kommen, wann wir wollen. Sie wohnt in Laineck, in der Odinstraße. Das ist kurz nach der alten Bahnstation. Und bei Ihnen?«

»Meike Tellmann. Sie behauptet, Reichert nie getroffen zu haben. Er hat ihr ein Foto geschickt, und danach war das Interesse von ihrer Seite gleich null«, informierte Benita ihren Mitarbeiter.

»Glauben Sie ihr das?« Julius kramte in seiner Schreibtischschublade und zog einen Kaugummi hervor.

»Brauchen Sie immer noch Nikotinersatz?«, fragte Benita.

»Nein. Ich glaub, ich hab es echt geschafft. Das ist ein ganz normaler Kaugummi. Wollen Sie einen?«

»Nein, danke. Zu Ihrer Frage: Fürs Erste glaube ich ihr das. Wegen mir können Sie jetzt in den Rest vom freien Samstag starten. Kaufen Sie sich ein neues Hemd oder T-Shirt und ein gutes Aftershave oder was auch immer. Zur mentalen Vorbereitung auf Ihre Party. Ich nehme mir Reicherts Wohnung noch mal vor.«

Julius schnitt eine Grimasse.

»Ich hab alles, was ich brauche. Was machen wir mit der Stiefler?«

»Was halten Sie von morgen Nachmittag um vierzehn Uhr? Dann haben Sie wenigstens ausgeschlafen. Wir treffen uns in Laineck vor ihrer Wohnung.«

Und sie hatte einen Grund, Tom abzusagen. Sie brauchte sich auch gar nicht zu melden. Aber nachdem er nun ein paar Details von ihr wusste, würde er sich vielleicht noch mal und noch mal melden. Und so, wie er sich gefreut hatte, sie zufällig wiedergetroffen zu haben, hatte er zumindest Ehrlichkeit verdient.

»Chefin? Hören Sie mir zu?«

»Natürlich. Was haben Sie gesagt?« Benita verzog keine Miene.

Julius grinste breit.

»Dass ich mit allen Ihren Vorschlägen einverstanden bin. Und nun viel Erfolg in Reicherts staubiger Wohnung. Ich geh dann mal.«

»Ja. Bis morgen.«

13

Es war halb sechs, als Benita die Tür ihrer Wohnung aufschloss. Momo hockte auf dem Fensterbrett im Wohnzimmer und warf ihr aus schmalen Augen einen geringschätzigen Blick zu. Benita streifte die Schuhe ab, hängte ihre Tasche an den Garderobenhaken und ging zu der Katze, um sie zu begrüßen.

»Hallo, meine Kleine«, sagte sie, hob die Hand und streichelte das Tier. Momo machte einen Satz von der Fensterbank und stolzierte mit hocherhobenem Schwanz aus dem Zimmer.

»Aha, Madame sind beleidigt«, bemerkte Benita. »Ja, ich weiß. Ich hatte dir versprochen, dass ich das Wochenende zu Hause …«

Sie brach ab. Ein quietschendes Geräusch ging ihr durch Mark und Bein. Was war das? Der eigentümliche Ton war unerträglich.

»Mau«, machte Momo.

Ihre Nackenhaare sträubten sich. Benita zog die Stirn in Falten. Sie glaubte, eine Art Melodie herauszuhören, schrecklich schief und unbeholfen. Hier übte jemand ein Instrument. Und sie vermutete, dieser Jemand übte in Müggemanns Wohnung.

Heftige Empörung stieg in ihr auf. Es war Samstag und fast schon Abend. Gab er seit Neuestem etwa Musikunterricht? Was fiel ihm ein? Benita schlüpfte eilig in ihre Flipflops, die an der Garderobe standen, nahm den Wohnungsschlüssel an sich und betrat den Flur.

Tatsächlich drangen die nervenzerrenden Töne aus Müggemanns Quartier. Energisch drückte sie auf die Klingel. Augenblicklich brach das Spiel ab, und Sekunden später öffnete der Nachbar mit rotem Gesicht die Tür. In der Hand hielt er eine Geige und einen Bogen dazu.

»Ha, Frau Luengo.« Er schnaufte und lockerte den Kragen seines karierten Hemdes. »Ich habe Sie doch wohl nicht gestört? Es ist nämlich so …«

»Durchaus haben Sie mich gestört. Es ist Samstagabend! Seit wann spielen Sie überhaupt Geige?« In ihrem Bauch brodelte es.

»Ach, wissen Sie, wir planen im Gymnasium die Gründung einer Lehrerband. Als junger Spund hatte ich seinerzeit ein paar Jahre Instrumentalunterricht.« Müggemann grinste, was sie bei ihm noch nie gesehen hatte.

»Jedenfalls erlaube ich mir, meine Kenntnisse aufzufrischen. Selbstverständlich will ich die Nachbarn nicht unnötig belästigen. Ich habe allenthalben Bescheid gegeben, nur Sie habe ich leider nicht erreichen können. Ich habe heute zweimal bei Ihnen geläutet.«

»Und jetzt?« Benita verschränkte die Hände hinter dem Rücken. »Ich hatte einen anstrengenden Tag.«

»Ich weiß.« Bekümmert sah Müggemann sie an. »Sie waren ja heute Morgen schon recht in Eile. Was ist denn passiert? Wieder ein Mord? Unsere Welt wird immer schlechter. Möchten Sie hereinkommen? Ich habe einen Eistee im Kühlschrank. Der kühlt das Gemüt.« Er lächelte. Eine dünne Haarsträhne hing in seine Stirn.

»Nein, danke. Ich will nur meine Ruhe haben. Sie können doch nicht ernsthaft hier im Haus üben.«

»Nun denn.« Müggemann straffte die Schultern. »Solange ich die Ruhezeiten einhalte, kann ich dies wohl.«

»Ruhezeiten? Das Gequietsche ist unerträglich.« Vielleicht hatte Momo seit Stunden Müggemanns Übungen ertragen müssen und war deswegen so schlechter Laune.

»Ich muss doch bitten, Frau Luengo. Es ist noch kein Meister vom Himmel gefallen. Pünktlich ab zwanzig Uhr werden Sie kein Tönchen mehr von mir hören. Wobei ich anmerken darf, dass ich so lange wohl gar nicht mehr spielen werde. Aber bis dahin erlaube ich mir, das Gebrauchsrecht meiner Wohnung wahrzunehmen. Wenn Sie mich jetzt entschuldigen wollen. Umso eher ist Schluss für heute. Guten Abend.«

Benita schnappte nach Luft. Der Nachbar schloss die Tür, ehe sie zu einer Antwort ansetzen konnte. Sekunden später fiedelte er auf der Geige. Sie hatte das Verlangen, gegen das Holz zu treten. Hinter ihrer rechten Schläfe stach es.

Nicht aufregen, nur nicht aufregen, sagte sie sich. Nicht, dass sie eine neue Migräneattacke bekam.

Sie schloss ihre eigene Tür hinter sich und lehnte sich mit dem Rücken daran. Momo hockte mit schmalen Augen in der Höhle ihres fast neuen Kratzbaumes, den Benita kürzlich gekauft hatte, in der Hoffnung, die Katze würde dafür die allmählich abgewetzte Rückenlehne des Sofas verschonen. Wirklich erfüllt hatte sich diese Erwartung nicht. Momo nutzte den Kratzbaum nur selten.

Was mach ich denn jetzt?, dachte sie. Bis acht Uhr sind es noch über zwei Stunden. Das hält doch kein Mensch aus.

Benita presste die Handflächen gegen die Ohren, was das Gewinsel des Instrumentes nur unwesentlich dämmte. Sie nahm ihre Tasche vom Haken, wechselte die Schuhe und verließ die Wohnung. Ihr Herz hämmerte vor Empörung. Es konnte doch nicht sein, dass sämtliche Nachbarn außer ihr mit Müggemanns neuem Hobby einverstanden waren. Sie stieß die Haustür auf und atmete tief die warme Luft des Maiabends ein. Endlich Ruhe. Nur noch ganz gedämpft drangen die musikalischen Übungen des Nachbarn auf die Straße herunter.

Ein paar vorüberfahrende Autos und das Gebrüll eines trotzigen Kleinkindes waren dagegen der reinste Balsam. Benita wandte sich nach links. Sie würde im Asia-Bistro zu Abend essen und sich viel Zeit lassen. Bis acht Uhr würde sie allerdings nicht brauchen, selbst wenn sie die doppelte Portion aß. Notfalls konnte sie danach noch ein paar Schritte im Hofgarten spazieren gehen. Irgendwie musste sie die Zeit doch rumbringen.

Wenige Minuten darauf betrat sie das kleine Lokal. Etwa die Hälfte der Tische war besetzt. Sie wandte sich zum Tresen, um dort ihre Bestellung aufzugeben, und für eine Sekunde setzte ihr Herzschlag aus. Ebenda stand Tom und wartete offensichtlich auf sein Essen. Benita wollte auf dem Absatz umdrehen und gehen.

»Benita!« Er klang freudig wie gestern im Präsidium. »Das ist ja schön.«

Sie blieb wie festgefroren stehen, in etwa zwei Metern Abstand zu ihm.

»Hey. Grüß dich«, würgte sie heraus. Lächeln war unmöglich. Siedend heiß fiel ihr die unbeantwortete SMS ein.

»Was machst du denn hier?«, plapperte er weiter.

Sie zuckte mit den Schultern.

»Ich hab Hunger. Du nicht?«

»Doch. Ich würde jetzt gern mit dir zusammen was essen, aber das geht leider nicht. Ich hole eben für Nadine, die Kleine und mich etwas.« Benita nickte und spürte einen Anflug von Erleichterung.

»Ich hab dir eine Nachricht geschrieben«, fuhr er fort und ließ sie nicht aus den Augen.

»Ja, ich … wir waren gerade in einer Befragung.« *Und dann hab ich es vergessen, und ich wollte sowieso nicht antworten, und morgen hab ich auch keine Zeit. Nein, ein anderes Mal auch nicht.*

»Ah, okay. Trinken wir was zusammen? Bis mein Essen fertig ist, dauert es noch so fünfzehn Minuten.«

Nein, nein, nein.

»Gut.«

»Was magst du?«

»Cola, bitte. Oder nein, Wasser.«

Tom steuerte den ersten freien Tisch an. Sie folgte ihm und hatte das Gefühl, sich ungelenk zu bewegen. Fünfzehn Minuten. Die konnten endlos werden.

»Ich fand es schade, dass du dich damals gar nicht gemeldet hast«, sprach er sie auf den ersten sensiblen Punkt an.

Sie sah eine Disco vor sich und einen Gang, in dem Tom stand und ihr einen Bierdeckel mit seiner Handynummer überreichte. Es war über ein Dreivierteljahr her.

Benita nippte an ihrem Wasser, das ihnen die Bedienung bereits am Tresen überreicht hatte. Der Bierfilz lag noch bei ihr zu Hause, zwischen diversem Kram in der Küche.

»Du arbeitest also bei der Polizei«, sagte er, als sie keine Antwort gab. »Was genau machst du da?«

Sie stellte ihr Glas ab.

»Ich kläre Mordfälle auf.«

»Boah! Echt?« Tom grinste. »Wahnsinn. Damit gehörst du quasi zur Spitze vom Polizeiapparat.«

Sie rang sich ein schwaches Lächeln ab.

»Passiert denn in Bayreuth so viel, dass du ständig damit zu tun hast?«, wollte er wissen.

»Ab und zu passiert schon was. Und wenn nicht, haben wir genug alte ungelöste Fälle, die wir uns vornehmen. Manchmal gibt es Jahre später neue Erkenntnisse, die zu einem Täter führen.« Benita legte die Fingerspitzen aneinander. Sie traute dem Gespräch nicht. Bestimmt kam er gleich wieder auf Privates zurück.

»Wie sieht es aus, wenn jemand vermisst wird? Bist du da auch dabei?«

»Nein. Normalerweise nicht. Es sei denn, es liegt der begründete Verdacht auf ein Verbrechen vor. Dann arbeiten die verschiedenen Abteilungen zusammen.«

Tom beugte sich vor.

»Vielleicht kannst du mir helfen. Oder besser gesagt: Nadine. Du weißt schon, die Frau, mit der ich gestern im Präsidium war und deren Mann vermisst wird.«

»Eher nicht. Abgesehen davon, dass ich für die Mordkommission arbeite, bräuchte ich für so was eine Anweisung vom Chef.«

Sie warf einen Blick zu der Uhr, die über der Eingangstür hing. Wann waren endlich die fünfzehn Minuten um, von denen Tom gesprochen hatte?

»Schade.« Er lehnte sich im Stuhl zurück. »Was ist denn jetzt mit morgen? Es ist schönes Wetter gemeldet. Ich wollte ins Fichtelgebirge, bisschen laufen. Kommst du mit?«

»Ich kann nicht, Tom. Wir ermitteln gerade …« Sie brach ab. Er brauchte keine Details zu wissen.

»Aber doch nicht vierundzwanzig Stunden am Tag.«

Aufmerksam sah er sie an. Sie wurde ärgerlich. Ihr lag auf der Zunge zu sagen, dass sie ihm keine Erklärung schuldete.

»Sweimal die Nummer sieben un eimal die Nummer neunsehn«, rief die Bedienung vom Tresen in nicht ganz akzentfreiem Deutsch ins Lokal.

»Das bekomm ich«, sagte Tom. Er stand auf und legte Benita

flüchtig die Hand auf den Arm. »Wenn schon kein Ausflug, dann vielleicht die Tage einen Kaffee oder ein Glas Wein, ja?«

Benita nickte. Sie hatte einen Druck im Nacken.

14

Es war kurz vor vierzehn Uhr am Sonntag, als Benita ihren Mercedes hinter Julius' Peugeot am Straßenrand der Odinstraße in Laineck parkte. Julius stieg aus, noch ehe sie den Motor abgestellt hatte.

»Hallo, Chefin«, begrüßte er sie durch das offene Seitenfenster. »Wir sind ja beide superpünktlich.«

Sie ließ die Scheibe hoch und öffnete die Tür.

»Prima, Julius, falls Sie ein Lob wollen. Wie war die Party? Und vor allem: Wie war die Gastgeberin?«

Julius seufzte schwer.

»Stella scheint eine Klassefrau zu sein. Dummerweise ist sie in festen Händen.«

»Das ist ja jetzt ärgerlich«, pflichtete Benita ihm bei. Er winkte ab.

»Was soll's? Wäre auch zu schön gewesen. Und bei Ihnen? Noch was in Reicherts Wohnung gefunden?«

»Nichts, womit wir spontan was anfangen könnten. Der Mann scheint ein totaler Nerd gewesen zu sein. Im Kleiderschrank sind nur altmodische Hemden, Strickwesten und Pullunder, dazu Bundfaltenhosen, wie sie kein Mensch mehr trägt. Für saloppe Momente hatte er offenbar einige T-Shirts mit lächerlichen Aufdrucken wie ›Bad Boy‹ und so weiter.«

»Mehr nicht?«

»Einen Taschenkalender hab ich noch gefunden. Der steckte in der Innentasche von einem Blouson, das an der Garderobe hing. Und da ist mir jetzt tatsächlich was aufgefallen, wenn auch nur eine Kleinigkeit. Reichert hatte mit schöner Regelmäßigkeit Termine bei diesem Dr. Gröger, von dem auch das Rezept ist, was wir letzthin schon mitgenommen hatten.«

»Dann sollten wir den Gröger danach fragen«, schlussfolgerte Julius.

»Machen wir. Gleich morgen früh. Wo geht's lang?«

»Hier.« Julius wies die Odinstraße entlang. »Das graue Haus mit den roten Fensterläden.«

»Das sieht auch nicht mehr ganz frisch aus«, bemerkte Benita.

Julius grinste. Hinter einem der Fenster bewegte sich der Vorhang.

»Wir werden offenbar erwartet«, stellte er fest.

Tatsächlich dauerte es nur wenige Sekunden, bis die Haustür geöffnet wurde, nachdem Benita auf die Klingel gedrückt hatte.

»Grüß Gott. Frau Stiefler?« Sie musterte die Frau, die ihr kaum bis zu den Schultern ging, dafür aber gut und gern geschätzte hundert Kilo oder mehr auf die Waage brachte. Sie trug eine weite hellrosa Bluse und eine hellgraue Stoffhose, die auf Wadenlänge endete. Ihre Füße steckten in weißen Baumwollsocken und Birkenstocksandalen.

»Ja. Sie sind die Frau Kommissarin?« Gudrun Stiefler betrachtete sie neugierig.

»Benita Luengo.« Sie zeigte ihr ihren Ausweis.

»Und mit dem da hab ich telefoniert?«, forschte die Frau und blickte zu Julius.

»Richtig. Können wir hereinkommen?«, fragte Benita. Sie schätzte die Frau auf mindestens fünfzig Jahre. Ihr Kurzhaarschnitt mit den kantigen Linien und den grauen Strähnen unterstrich diesen Eindruck noch.

»Sicher. Ich kann uns einen Kaffee machen. Oder wollen Sie lieber Tee? Kekse sind auch da, mit Schokolade drin.« Gudrun Stiefler schnaufte beim Reden.

»Für mich nichts, vielen Dank«, lehnte Benita ab.

Julius schwieg. Sie folgten ihr in ein Wohnzimmer mit weißer Schrankwand und zwei hellgrauen Sofas, die übereck standen. Auf dem gläsernen Couchtisch davor gab es eine Schale mit Gebäck.

»Sie wollen wirklich nichts? Setzen Sie sich doch«, forderte die Frau sie auf.

Benita stellte fest, dass das Sofa sehr viel bequemer war als das von Hanno Reicherts Mutter. Julius saß breitbeinig neben ihr, seinen Block auf dem rechten Knie.

»So, Frau Stiefler. Wie Ihnen mein Kollege schon gesagt hat, es geht um Hanno Reichert. Sie haben offenbar auf eine Kontaktanzeige von ihm geantwortet«, begann Benita das Gespräch.

»Ja.« Gudrun Stiefler verschränkte die Arme vor der ausladenden Brust. »Und jetzt ist er tot. Damit hab ich aber nix zu tun.«

»Das sagt auch niemand. Wir befragen jeden aus seinem Umfeld. Reine Routine«, informierte Benita sie.

»Brauch ich ein Alibi?« Die Frau schnaufte.

Ärger kroch in Benita hoch. Sie wollte ihre eigenen Fragen stellen.

»Im Augenblick nicht. Erzählen Sie uns, wie Sie Herrn Reichert kennengelernt haben und was Sie über ihn wissen.«

»Na, kennengelernt hab ich ihn über die Anzeige. Das wissen Sie doch. Wir haben einmal telefoniert und gleich ein Treffen ausgemacht. Der wollte ja vorher ein Foto von mir, aber so was mach ich nicht. Ich dachte, ich kenn den doch gar nicht.« Sie stützte die Hände auf die Sofakante und rutschte ein Stück vor.

»Ich sag Ihnen was, das war ein ganz unverschämter Kerl. Der hat sich nur zwanzig Minuten Zeit genommen und ist dann gleich wieder gegangen. Nicht mal seinen Milchshake hat er ausgetrunken. Und wiedersehen wollte der mich auch nicht. Wissen Sie was? Ich war dem nicht gut genug. Läuft rum wie Mutters Liebling, mit Seitenscheitel und so und selbst gestrickter Weste. Und viel zu viel Parfüm hatte der dran. Meine Güte, ich war ganz benebelt. Ich meine, ich hätte ihn schon wiedergetroffen. Aber der Blödmann hat sich das so was von anmerken lassen, dass ich nicht sein Typ bin. Unverschämt sag ich, einfach nur unverschämt.« Sie holte tief Luft und ließ sich ins Sofa zurückfallen.

»Das heißt, Sie haben ihn nur dieses eine Mal getroffen?«, vergewisserte sich Benita.

Gudrun Stiefler rieb mit dem Zeigefinger ihre Nase entlang.

»Getroffen ja. Aber gesehen hab ich ihn noch mal. Ich hab mir im Café Louis ein Stück Kuchen gegönnt, eine Woche nach dem Treffen mit ihm. Da kam der rein. Er hat mich nicht gesehen. Er hat sich mit dem Rücken zu mir an einen Tisch gesetzt und gewartet. Jedenfalls hatte er die Tageszeitung dabei. Die war damals auch unser Erkennungszeichen. Kurze Zeit später ist eine junge Frau reingekommen. Ich sag Ihnen was, das war die Nächste von der Kontaktanzeige.«

Benita nickte. Die Wut der Frau über die Zurückweisung hing greifbar im Raum.

»Na ja. Was kann man auch erwarten, wenn jemand so eine Anzeige aufgibt, nicht wahr? Die Leute haben doch alle ein Problem.« Wieder verschränkte Gudrun Stiefler die Arme vor der Brust.

»Danke, Frau Stiefler. Das war es für den Moment«, sagte Benita und stand auf.

»Das war es schon? Ja, wollen Sie denn gar nichts mehr wissen?« Die Frau stemmte sich aus den Polstern.

»Gibt es denn noch etwas, was Sie uns sagen können?«, fragte Julius.

Gudrun Stiefler runzelte die Stirn, als müsse sie nachdenken.

»Nein. Eigentlich nicht.«

Ein piepender Ton erklang. Die Frau schob den Ärmel ihrer Bluse zurück. Sie trug eine Uhr am Handgelenk, die offenbar eine Weckerfunktion hatte, und drückte einen winzigen roten Knopf seitlich des Zeitmessers. Sie seufzte.

»Zeit für eine kleine Zwischenmahlzeit«, bemerkte sie.

»Und danach stellen Sie die Uhr?«, erkundigte sich Julius.

Benita vernahm das plötzliche Misstrauen in seiner Stimme. Die Frau zuckte mit den Schultern.

»Mir bleibt nichts anderes übrig. Geregelte Mahlzeiten, sagt der Doktor. Ich hab nämlich Zucker, wissen Sie? Drei Hauptmahlzeiten und drei Zwischenmahlzeiten soll ich essen. Ist gar nicht so leicht.«

»Das heißt, Sie spritzen Insulin?«, fragte er.

»Natürlich. Was denn sonst?« Empört sah sie ihn an.

Benita holte eine ihrer Visitenkarten aus ihrer Handtasche.

»Falls Ihnen noch etwas einfällt, melden Sie sich bitte«, beendete sie das Gespräch.

Julius und Benita schwiegen, bis sie bei ihren Autos waren.

»Setzen wir sie auf die Liste der Verdächtigen«, sagte Benita schließlich. »Gleich unter Jasmin Neumann.«

»Okay. Wenn ich darüber nachdenke, glaube ich aber nicht, dass sie es gewesen ist«, bemerkte Julius.

»Ich auch nicht. Wenn sie ihn auf dem Gewissen hat, müsste sie schön dämlich sein, uns zu erzählen, dass sie Insulin verschrieben bekommt. Es sei denn, sie hat sich einfach verplappert.«

»Machen wir heute noch was?«, fragte Julius und lehnte sich an seinen Wagen.

»Ja. Feierabend. Es ist Sonntag, Julius.«

»Ich weiß. Dann hol ich jetzt meine Badesachen und geh ins Kreuzsteinbad.«

»Prima. Erholen Sie sich gut.«

»Kommen Sie doch mit. Ich gebe eine Runde Pommes aus. Die sind super!«, schlug er vor.

Benita grinste. Sie kannte den Kollegen gut genug, um zu wissen, dass er es ernst meinte.

»Lieb von Ihnen, Julius. Aber ich bin nicht gern im Freibad.«

»Hätte ich mir ja denken können. Ich schon. Gut, bevor wir lang rumdiskutieren, geh ich meiner Wege. Bis morgen, Chefin.« Er hob die Hand zum Gruß und stieg in sein Auto.

Benita tat es ihm gleich. Bedächtig ließ sie den Motor ihres Wagens an. Und nun? Ein einsamer Sonntagnachmittag lag vor ihr. Langsamer als vorgeschrieben zockelte sie die verlassene Straße entlang, die aus Laineck hinausführte. Nach etwa zwei Kilometern kam sie zu der Abzweigung, die links zur Hölzleinsmühle führte.

Einem spontanen Einfall folgend, bog sie ab. Wenn sie schon sonst nichts vorhatte, konnte sie sich die Stelle, an der Reichert zu Tode gekommen war, auch einmal ansehen. Benita folgte der abschüssigen Straße und hielt nach der Kurve am rechten Straßenrand. Der stattliche Baum am Ufer des Roten Mains, dessen Rinde gründlich Schaden genommen hatte, war unübersehbar. Er musste Reicherts Wagen im Weg gestanden haben. Auch ein großer Ast war abgeknickt. Sie überlegte, ob sie aussteigen und sich die Unfallstelle genauer ansehen sollte, und kam zu dem Schluss, dass ihr das nicht weiterhalf. Die Kollegen hatten sämtliche Spuren gesichert, Fotos gemacht und den Platz gesäubert. Sie hätte sich den kleinen Umweg sparen können.

Benita ließ den Motor wieder an und fuhr nach Hause. Auf ihrem Parkplatz in der Tiefgarage blieb sie erneut hinterm Steuer sitzen und überlegte. Sie konnte über den Markt laufen, Schaufenster ansehen, im Eiscafé San Remo einen Espresso trinken oder ein Eis essen. Sie konnte sich irgendwo eine Tageszeitung kaufen und nachsehen, was im Kino lief. Sie konnte auch im Hofgarten spazieren gehen und sich doof und allein fühlen, weil überall Paare und Gruppen unterwegs waren, die den schönen Maitag genossen. Vielleicht gab es ein paar Rentner mit Hund, die sich freuten, wenn sie ihnen zulächelte.

Bei dem Gedanken an Rentner fiel ihr ihr Vater ein. Benita stieg aus und knallte die Wagentür zu.

In ihrer Wohnung angekommen, fütterte sie Momo, bezog ihr Bett frisch, füllte die Waschmaschine und räumte notdürftig die Küche auf. Sie zwang sich, nicht zu der Schale neben ihrer Kaffeemaschine zu sehen, in der sie Notizzettel, Visitenkarten und dergleichen sammelte und in der auch der Bierfilz mit Toms Nummer lag.

Nach der Hausarbeit ging sie unter die Dusche. Kurz vor sieben Uhr verließ sie die Wohnung. Ihre Haare, die sie üblicherweise zum Pferdeschwanz gebunden trug, fielen lang und glatt über ihre Schultern. Sie hatte kräftig roten Lippenstift aufgetragen, ihre Augen wurden von einer Sonnenbrille verdeckt, mit runden Gläsern und einem getigerten Gestell.

Sie holte ihr Auto aus der Tiefgarage und fuhr über den Hohenzollernring in die Kulmbacher Straße und zum Restaurant Herzogkeller. Der Biergarten war gut besucht. Dennoch fand sie einen Tisch für sich allein. Benita bestellte einen Fränkischen Wurstsalat, kämpfte mit dem Wunsch, dazu ein Bier zu trinken, und nahm stattdessen ein Mineralwasser. Das Bier konnte sie später zu Hause trinken. Später. Wenn sie von ihrem Ausflug zurückkam, den sie nach dem Abendessen noch vorhatte. Ihrem Ausflug, von dem sie wusste, dass er einen flüchtigen schalen Triumph bedeutete, der verrauchte, kaum dass der Moment vorüber war. Sie konnte in den Tanzpalast Schwingen in Neudrossenfeld fahren, in eine Disco, in der ihre Altersklasse kaum vertreten war, was für ihr Vorhaben aber zweitrangig war.

Sie konnte in den Nightclub nach Kulmbach fahren, der kürzlich eröffnet hatte, da war sie noch gar nicht gewesen. Oder sie war ganz leichtsinnig, blieb in Bayreuth und ging ins Tanzcafé Harmonie in der Bernecker Straße. Dort traf sie bestimmt viele Männer in ihrem Alter. Für das Tanzcafé hätte sie sich ein Bier erlauben können, da war der Weg nicht weit. Und dort fand sich auch ganz sicher rasch jemand, der mit ihr eine Viertelstunde teilen würde.

Nein, sie würde nach Kulmbach fahren und ... Benita schloss die Augen und ballte unter dem Tisch die Fäuste. Sie konnte auch nach dem Essen zurück in ihre Wohnung fahren und fernsehen. Das war zumindest ungefährlich.

»Sie kriegn den Fränkischn Wurschtsalod und a Wasser?«, unterbrach die Stimme der Bedienung ihre Überlegungen.

»Ja, danke.«

Nicht nachdenken. Essen, zahlen, gemütlich nach Kulmbach fahren. Um neun Uhr machte der Nightclub auf. Bis elf Uhr war sie bestimmt wieder zu Hause.

15

Benita gab Milch und ein Stück Süßstoff in ihren Kaffee. Durch das Küchenfenster drängte ein Sonnenstrahl. Zum x-ten Mal in den letzten Monaten ging ihr durch den Kopf, dass die Scheibe dringend geputzt gehörte. Auf der Arbeitsfläche neben dem Herd standen zwei leere Bierflaschen, mit denen sie gestern Abend für die nötige Bettschwere gesorgt hatte, nachdem sie kurz vor Mitternacht zu Hause gewesen war.

Momo strich um Benitas Beine. Sie bot der Katze ein Stückchen gebutterten Toast an, den das Tier misstrauisch beschnupperte, und tippte Julius' Nummer in ihr Handy, während sie an dem heißen Kaffee nippte. Ihr Mitarbeiter war nach dem ersten Klingeln am Apparat.

»Morgen, Julius. Wir haben gar nicht besprochen, wie wir heute vorgehen. Ich schlage vor, wir treffen uns als Erstes bei diesem Dr. Gröger. Vielleicht erwischen wir ihn vor seiner Sprechstunde.«

»Auch guten Morgen, Chefin. Einverstanden. Ich hab einen Sonnenbrand«, klärte Julius sie auf. »Meine Sonnencreme ist nämlich alle, und ich dachte, es wird schon gehen.«

»Herrje. Vielleicht kann Ihnen der Doktor dagegen gleich was geben.«

»So schlimm ist es nicht. Außerdem hab ich schon was draufgetan.«

»Na prima. Nach dem Doktor fahren wir weiter zur Balke in den Kindergarten nach Seulbitz.«

Auf dem Toast war die Butter zerlaufen. Benita biss ein großes Stück ab.

»Gut. Und was machen wir mit der Tellmann? Der dritten von Reicherts Kontaktanzeigen?«, fragte Julius.

»Die lassen wir für den Moment außen vor«, nuschelte sie mit vollem Mund. »Um acht vor der Praxis, ja?«

»Wegen mir. Guten Appetit, Chefin.«

»Danke.« Sie biss noch einmal ab.

»Ach, noch was. Heute steht ein fetter Artikel im Nordbayerischen Kurier, gleich auf der ersten Seite. Schlagzeile: ›Unfall an der Hölzleinsmühle war Mord!‹«

Benita schluckte ihren Bissen hinunter. Momo machte Anstalten, auf den kleinen Tisch zu springen, der Benita als Essplatz in der Küche diente. Mit einer Handbewegung hielt sie die Katze davon ab.

»Was steht in dem Artikel?«, erkundigte sie sich.

»Ziemlich viel. Wie der vermeintliche Unfall abgelaufen ist zum Beispiel und dass es einen Zeugen gegeben hat. Außerdem der Name des Toten, ein Bild von seinem zertrümmerten Auto, dass wir gesicherte Erkenntnisse hätten, dass Reichert getötet wurde und so weiter. Vom Insulin und von der Pilzvergiftung steht aber nix drin. Ich bring Ihnen die Zeitung mit.«

»Okay. Dann bis dann.«

Benita drückte die Aus-Taste, frühstückte zu Ende und stellte die zwei leeren Bierflaschen in den Schrank unter der Spüle, ehe sie die Wohnung verließ.

Zwanzig Minuten später wartete sie auf dem Parkplatz vor dem Ärztehaus in der Spinnereistraße, das im ehemaligen Gebäude der Neuen Spinnerei Bayreuth untergebracht war, auf Julius. Vom Auto aus konnte sie die Eingangstür der Praxis sehen, die sich ebenerdig neben dem Supermarkt Rewe befand. Ein weißes Schild verkündete die Öffnungszeiten. »Termine nach Vereinbarung – täglich von 8 Uhr bis 12 Uhr sowie von 14 Uhr bis 18 Uhr. Montag ab 16 Uhr Hausbesuche«, las sie. Die Sonne hatte sich hinter grauen Wolken verzogen. Ihr Mitarbeiter kam fünf Minuten zu spät.

»Morgen, Chefin«, grüßte er.

»Morgen, Julius.« Sie musterte ihn. »Ich seh gar nix von Ihrem Sonnenbrand?«

Julius stöhnte. »Sagen Sie bloß nix. Mein Bauch ist knallrot und die Beine auch. Sehr unangenehm.«

»Glaub ich Ihnen. Dann gehen wir mal, ja?« Sie deutete zur Tür.

Die Praxis hatte bereits geöffnet. Hinter einem weißen Tresen stand eine junge Frau mit weißer Stoffhose und einem roten T-Shirt, an dem auf Brusthöhe ein Schildchen steckte. Darauf stand »Sandra«. Die blonden Haare trug sie zu einem langen Zopf geflochten. Benita zog ihren Ausweis hervor und hielt ihn der Frau hin.

»Guten Morgen. Wir möchten zu Dr. Gröger.«

Die Sprechstundenhilfe zog die Augenbrauen hoch.

»Der ist noch nicht da. Worum geht es?«

»Um einen seiner Patienten. Wann kommt der Doktor?«, fuhr sie fort und steckte ihren Ausweis wieder ein.

»Er müsste jeden Moment …« In diesem Augenblick ging die Praxistür auf. Ein Mann mittleren Alters kam herein. Er war schlank, hatte braune Haare mit einzelnen grauen Strähnen darin und trug eine abgewetzte braune Aktentasche bei sich. Am auffälligsten waren seine dickbuschigen Augenbrauen.

»Dr. Gröger?«, wandte Benita sich an ihn.

»Richtig.« Der Mann musterte sie fragend. »Und Sie sind?«

»Benita Luengo von der Kriminalpolizei. Das ist mein Kollege Schwarz. Wir müssten Sie wegen einem Ihrer Patienten sprechen.«

»Um wen geht es?«, erkundigte sich der Arzt.

»Hanno Reichert.«

»Was ist mit ihm?«

»Er ist tot. Müssen wir das im Flur besprechen?«, fragte sie.

Gröger schüttelte den Kopf.

»Tot? Wieso denn? Kommen Sie, wir gehen in mein Zimmer. Sandra, die nächsten fünf Minuten keine Störung bitte.«

Benita und Julius folgten dem Arzt in einen unpersönlich eingerichteten Raum mit einem großen Schreibtisch, einer Regalwand voller Fachbücher und zwei Stühlen.

»Was ist denn mit Reichert passiert?«, fragte der Mediziner und setzte sich auf die Kante seines Schreibtisches. Die Aktentasche legte er auf die Arbeitsplatte.

Benita fasste kurz zusammen, was geschehen war.

»Es stand alles heute Morgen in der Zeitung«, warf Julius ein, nachdem sie zu Ende gesprochen hatte.

Gröger zuckte mit den Schultern.

»Ich lese die Zeitung immer erst abends. Früh fehlt mir die Muße dazu. Das ist ja schrecklich. Diabetes hatte der Mann jedenfalls nicht, das kann ich bestätigen.«

»Hatte er sonst irgendwelche Erkrankungen?«

»Nein, gar nicht. Nur die Schilddrüse war nicht ganz in Ordnung, und getrunken hat er zu viel. Seine Leberwerte waren erhöht. Ansonsten war der Mann rundum gesund.«

»Wie oft kam Reichert zu Ihnen in die Praxis?«, fragte Benita und ließ den Arzt nicht aus den Augen.

»Ab und an eben. So genau kann ich das nicht sagen.« Gröger legte die Hände auf die Oberschenkel. »War es das?«

»Nein. Wir haben in Reicherts Sachen einen Taschenkalender gefunden. Er hatte etwa alle zwei Wochen einen Termin bei Ihnen. Dafür muss es doch einen Grund gegeben haben.« Unverwandt sah sie ihm ins Gesicht.

Gröger lächelte schwach.

»Ja gut. Wenn Sie es so genau wissen wollen. Reichert war ein

Hypochonder, ein eingebildeter Kranker. Deswegen die häufigen Termine. Die meisten davon haben sich im Nachhinein als unnötig herausgestellt. Aber wenn ein Patient anruft und über Beschwerden klagt, muss ich mir natürlich schon ein Bild machen.«

»Eben sagten Sie noch, er sei gesund gewesen. Ein Hypochonder hat doch eine psychische Störung, oder irre ich mich?«, erkundigte sich Benita.

»Nein, Sie irren sich nicht. So stark ausgeprägt war es bei Reichert aber nicht, dass wir von einer behandlungsbedürftigen Störung sprechen können. Er hat sich eben hier und da was eingebildet. Wenn Sie mich fragen, war er ein bisschen sehr auf sich fixiert.«

»Was heißt das?«, warf Julius ein.

Gröger erhob sich von der Schreibtischkante.

»Das heißt, dass er sich und seinen Körper ständig beobachtet hat. Eine Erkältung hielt er für die Grippe und einen Pickel für ein Geschwür, um es einmal so auszudrücken. Und jetzt entschuldigen Sie mich bitte. Meine Patienten warten.«

»Moment.« Benita verstellte ihm mit einem Schritt den Weg. »Ich würde gern Einblick in Reicherts Krankenakte nehmen.«

Gröger sah auf sie herunter und musterte sie herablassend.

»Nein. Das Arztgeheimnis gilt auch über den Tod hinaus.«

»Bei Mord gibt es kein Arztgeheimnis, Herr Doktor«, hielt sie dagegen.

Gröger verzog keine Miene. Er war ein gutes Stück größer als sie. Benita spürte den Drang, zurückzuweichen, um ihm auf Augenhöhe zu begegnen.

»Kommen Sie mit einem richterlichen Beschluss wieder. Dann sehen wir weiter.«

16

»So ein arrogantes Arschloch!«, schimpfte Benita, kaum dass sie die Praxis verlassen hatten. »Wir hätten die Akte beschlagnahmen sollen.«

»Und mit welcher Begründung? Spontan fällt mir da nur Abrechnungsbetrug ein, und das wäre jetzt echt aus den Fingern gesogen«, entgegnete Julius.

»Schon gut. Sie haben ja recht. Fahren wir jetzt nach Seulbitz in den Kindergarten, vielleicht hilft uns das weiter.«

»Nehmen wir nur ein Auto?«, schlug Julius vor. »Sie fahren mit mir, und ich setze Sie auf dem Rückweg hier wieder ab.«

»Einverstanden.«

Erste feine Regentropfen fielen vom Himmel, während Julius seinen Peugeot stadtauswärts lenkte.

Der Kindergarten »Grüne Au« war ein flaches Gebäude mit großen Fenstern, die in bunte Rahmen gefasst waren. Der Regen war stärker geworden. Benita und Julius beeilten sich, ins Haus zu kommen. Kinderstimmen waren zu hören, aus einem Raum drangen Gitarrenklänge, und links von der Eingangstür befand sich offenbar eine Art Turnhalle. Eine zweiflügelige Tür stand halb offen, und im Raum verteilten sich Weichbodenmatten. In einem Laufstall lagen bunte Bälle in verschiedenen Größen.

»Grüß Gott. Kann ich Ihnen helfen?«, fragte eine junge Frau, die eben aus der Turnhalle kam.

»Ja. Wir suchen Frau Balke«, sagte Benita. Sie zog ihren Ausweis hervor, während sie sprach.

»Das bin ich. Ich dachte mir schon, dass Sie von der Polizei sind. Kommen Sie mit ins Büro, bitte. Ihr Kollege sagte, Herr Reichert sei tot?«

»Das ist richtig.«

Bianca Balke wies ihnen den Weg zu einem Zimmer, das nur wenige Schritte von der Turnhalle entfernt lag. Der Raum war klein und roch nach Papier. In einem deckenhohen Regal stapelten sich Spiele und Bücher, an den Fenstern klebten Papierblumen, die eindeutig selbst gebastelt waren.

Zehn Minuten später verließen Benita und Julius den Kindergarten. Der Regen hatte aufgehört, die Sonne ließ sich aber dennoch nicht mehr blicken. Benita hätte am liebsten gegen eine der kleinen Lampen getreten, die den Zugang zum Kinderhort säumten.

»Das hat jetzt wirklich gar nichts gebracht. Die trifft sich zweimal mit dem, dann hat sie keine Lust mehr, weil er nur von seinen vermeintlichen Krankheiten spricht, und damit untermauert sie auch noch Grögers Behauptung«, schimpfte sie. »Im Moment bleiben uns als Verdächtige nur Jasmin Neumann, die er gestalkt hat, und die Stiefler, die tödlich gekränkt ist, weil er sich hat anmerken lassen, dass sie nicht sein Typ war.«

»Mein Typ wär die auch nicht«, bemerkte Julius.

»Ich frag mich sowieso, warum er sich überhaupt mit der getroffen hat. Reichert war siebenunddreißig Jahre und die bestimmt um die fünfzig.«

»Die paar Jahre sind kein Hindernis, wenn man Notstand hat, und den hatten wohl beide. Außerdem kann sie ihm ihr Alter verschwiegen haben«, hielt Julius dagegen.

»Wie auch immer. Fahren wir ins Präsidium. Ich hab das Gefühl, wir stecken wieder mal fest, und ich fürchte, wir brauchen einen Bericht für Albrecht«, sagte Benita.

»Das soll heißen, ich soll ihn schreiben?«, erkundigte sich Julius.

»Nicht unbedingt. Ich kann auch kurz bei ihm im Büro vorbeisehen. Hauptsache, er fühlt sich informiert.«

Julius grinste und schloss sein Auto auf.

»Bitte Platz zu nehmen, Frau Luengo.«

»Wir sollten auch mit Reicherts Kollegen reden. Bisher haben wir nur mit seinem Chef gesprochen. Vielleicht weiß doch jemand irgendwas, was uns weiterhilft«, überlegte sie.

»Warum auch nicht?«, stimmte Julius zu.

Eine halbe Stunde später betraten sie ihr Büro im Präsidium. Bereits auf dem Gang hatten sie das Telefon schellen hören. Benita hob ab, noch ehe sie sich gesetzt hatte.

»Luengo«, meldete sie sich.

»Hier Oswald von der Zentrale. Ich hab 'ne Frau in der Leitung, wegen dem Artikel, der heut im Kurier steht. Die will jemand sprechen, der den Fall bearbeitet. Sie sagt, sie wäre wahrscheinlich mit dem Toten verwandt«, drang die Stimme des Portiers gelangweilt durch den Apparat.

»Stellen Sie durch«, sagte Benita.

Sie ließ ihre Handtasche auf den Schreibtisch fallen, schälte sich während des Redens aus ihrer dünnen Strickjacke und setzte sich.

»Hallo?«, hörte sie eine aufgeregte Frauenstimme. »Sprech ich mit dem Kommissar?«

»Mit der Kommissarin. Benita Luengo. Und wer sind Sie?«, fragte Benita.

Julius holte eine Flasche Wasser aus der Küche und zwei Gläser und machte Benita ein Zeichen, ob sie auch etwas trinken wollte. Sie nickte und lächelte flüchtig.

»Gerlinde Köcher. Ich möchte jemand sprechen, der sich mit dem Mord von der Hölzleinsmühle auskennt«, verlangte die Frau am anderen Ende der Leitung energisch.

»Da sind Sie schon richtig. Mein Kollege Schwarz und ich bearbeiten den Fall«, erklärte Benita.

»Dann will ich den Kollegen sprechen«, beharrte Gerlinde Köcher. In Benita kroch der altbekannte ungeduldige Ärger hoch.

»Ich leite die Ermittlungen im Fall Reichert. Worum geht es denn nun?«

Die Frau atmete einige Male tief durch.

»Sagen Sie, handelt es sich bei dem Toten um den Sohn von Rudolf Reichert?«

Benita runzelte die Stirn.

»Es handelt sich jedenfalls um den Sohn von Else Reichert. Wie der Vater des Mannes heißt, wissen wir gar nicht.«

»Ach du meine Güte. Das ist ja ganz furchtbar. Wissen Sie, der Rudolf, das ist mein Cousin. Oder war mein Cousin. Der ist ja schon vor ewigen Zeiten abgehauen. Wie ich heute Morgen den Artikel gelesen hab, hab ich gleich das Schlimmste befürchtet. Aber ich konnte doch die Else nicht anrufen! Eher beiß ich mir die Zunge ab. Wer hat den Jungen denn umgebracht? Und warum?«

Sie schluchzte unvermittelt auf. Benita hätte am liebsten den Hörer ein Stück vom Ohr weggehalten. Sie beherrschte sich.

»Frau Köcher? Bitte beruhigen Sie sich. Können wir uns treffen? Vielleicht können Sie uns etwas über Hanno Reichert erzählen.«

»Also, ich weiß nicht.« Schlagartig hatte Gerlinde Köcher ihre Fassung wiedergefunden. »Die Else ist schuld, so viel kann ich Ihnen schon sagen. Ich hab ja schon lange keinen Kontakt mehr mit ihr und dem Jungen gehabt. Ich wollte das nicht, das kann ich Ihnen schon sagen. Die Else war dagegen, das Miststück.«

»Können Sie zu uns ins Präsidium kommen?«, versuchte Benita, das Verfahren abzukürzen.

»Na, also ... ich weiß nicht ... wo ist denn Ihr Präsidium? Ich wohn ja in der Mozartstraße. Das ist in der Nähe vom Festspielhaus.«

»Wir sind in der Ludwig-Thoma-Straße.« Sie überlegte, ob es nicht einfacher war, die Frau bei sich zu Hause aufzusuchen.

»Gut. Dann leiste ich mir ausnahmsweise ein Taxi. Wann soll ich denn da sein?« Gerlinde Köcher sprach in würdevollem Ton. Benita warf einen Blick auf die Uhr, die seitlich der schmalen Tür zur Küche hing. Es war kurz vor zwölf.

»Wäre vierzehn Uhr in Ordnung?«, fragte sie.

»Das kann ich einrichten.«

»Wer war das denn?«, erkundigte sich Julius, nachdem Benita aufgelegt hatte.

»Eine Gerlinde Köcher. Sie behauptet, mit Reicherts Vater verwandt zu sein, und beschuldigt Else Reichert, sie sei ›an allem schuld‹. Mehr weiß ich noch nicht. Geben Sie mir doch bitte die Zeitung, damit ich mir das Pressegeschreibsel ansehen kann.«

Julius reichte ihr den Kurier über den Tisch. Wieder klingelte das Telefon. Benita hob ab, den Blick auf die Zeitung gerichtet.

»Luengo.«

»Albrecht hier. Frau Luengo, ich lese eben die Zeitung. Gibt es denn schon Erkenntnisse zum Fall Reichert?«

»Ach, Herr Albrecht. Ich wollte gerade zu Ihnen ins Büro deswegen«, entzog sie sich einer klaren Antwort.

»Ja, dann kommen Sie, kommen Sie. Ich muss in einer halben Stunde weg.«

»Bin unterwegs.«

Wenige Minuten darauf betrat Benita das Büro ihres Vorgesetzten. Albrecht hatte den Telefonhörer am Ohr. Sein kugelrunder

Bauch berührte die Kante seines ausladenden Schreibtisches. Er winkte Benita herein und zeigte auf den Besucherstuhl.

»Ich versteh das, Gerd. Wir tun, was wir können. Aber solange es keine Hinweise auf ein Verbrechen gibt … uns sind die Hände gebunden.« Albrecht strich wiederholt mit der flachen Hand über seine Glatze. »Natürlich hast du recht. Seit Mittwoch ist wirklich eine lange Zeit. Ich sehe abends bei dir vorbei, und dann besprechen wir, was wir noch tun könnten. Gegen acht Uhr, ja? Gut. Bis dann.« Er legte den Hörer auf und schüttelte den Kopf.

»Das war Gerd Meyer, der Vater von Stadtrat Dennis Meyer. Sagt Ihnen der Name was?«, wandte er sich an Benita.

»Ich hab ihn, äh … schon gehört«, wich sie aus. Sie hatte keine Ahnung, wie die Stadträte hießen. Dennoch klingelte etwas in ihrem Kopf.

»Jedenfalls ist Dennis Meyer seit Mittwochabend spurlos verschwunden. Seine Frau hat ihn am Freitag als vermisst gemeldet. Ich kenne die Familie ein bisschen. Wir sind im weitesten Sinne Nachbarn.«

Das Bild der verheulten Frau Meyer, die in Toms Begleitung eine Vermisstenmeldung aufgegeben hatte, tauchte in Benitas Erinnerung auf. Albrecht sprach vermutlich von der Sache. Sie fühlte sich plötzlich unwohl. Ihr Chef beugte sich vor und legte die Fingerspitzen aneinander.

»Unter uns gesagt, ich hab geglaubt, der Meyer braucht eine Auszeit von seiner Frau. Die sieht recht unschuldig aus, aber sie ist ein Zankapfel, ich kann Ihnen sagen! Jedenfalls bin ich Dienstagabend mit dem Hund in der Eremitage spazieren gegangen, und da bin ich an Meyers Haus vorbei. Ein Fenster war gekippt, und die Nadine hat gezetert, ich hab fast jedes Wort verstanden.«

Er lehnte sich schwer atmend wieder zurück.

»Worum es ging, weiß ich aber nicht. Ich wollte schließlich nicht lauschen. Aber als sein Vater mich am Donnerstag angerufen hat und sagte, der Dennis sei verschwunden, dachte ich noch, recht hat er. So ein Verhalten muss er sich nicht gefallen lassen, egal, was war. Aber jetzt … heute hat Mia Geburtstag, seine Tochter. Sie wird vier Jahre. Die Kleine ist sein Ein und Alles. Ich war sicher, an dem Tag ist er wieder da. Allmählich mache ich mir doch Sorgen. Aber deswegen sind Sie nicht hier. Erzählen Sie, was es in Sachen Reichert für Erkenntnisse gibt.«

Benita fasste zusammen, was sie wusste. Albrecht hörte zu, klopfte ab und an mit den Fingern auf die Tischplatte und verzichtete auf Zwischenfragen.

»Gut. Dann hören Sie sich an, was diese Frau Köcher zu sagen hat. Und forschen Sie gründlich nach, wer in Reicherts Umfeld in irgendeiner Form an Insulin kommt. Theoretisch kann sogar die Kindergärtnerin da rankommen. Als mein Sohn in dem Alter war, gab es in seiner Kindergartengruppe ein Mädchen, das bekam das Zeug von der Erzieherin gespritzt. Ging nicht anders, wegen der Essenszeiten und so.«

»In Ordnung.« Benita stand auf. Albrecht schien nachzudenken.

»Ist noch was?«, fragte Benita und überlegte sofort, ob sie die Frage in zu rüdem Ton gestellt hatte. Ihr Vorgesetzter winkte ab.

»Nein. Passt schon.«

17

Gerlinde Köcher hielt ihre braune Handtasche aus Krokodilleder mit beiden Händen auf dem Schoß. Unter ihrem hellroten Fellhütchen lugten kurze graue Haare hervor. Benita schätzte die Cousine von Reicherts Vater auf Ende sechzig.

»Frau Köcher, Sie sagten bei unserem Telefonat vorhin, Else Reichert sei an etwas schuld. Was genau meinten Sie damit?«

Gerlinde Köcher nickte so heftig, dass ihr Hütchen nach vorn rutschte. Sie rückte es zurecht.

»Die Else ist hart und kalt wie gedörrter Fisch. Die war weder eine gute Ehefrau noch in der Lage, dem Jungen die Mutter zu ersetzen«, empörte sie sich. »Das wollte sie auch gar nicht. Die wollte nur den Rudolf. Das war ein Fescher, das sag ich Ihnen. Der hätte fast jede haben können. Und wen hat er genommen? Die Else.«

Benita richtete sich in ihrem Stuhl auf.

»Else Reichert ist gar nicht die richtige Mutter von Hanno Reichert?«, vergewisserte sie sich.

»Nein. Die Edith, Hannos richtige Mutter, die ist kurz nach seiner Geburt gestorben. Dann saß der Rudolf da mit dem Säugling. Ich wollte ihm ja helfen, er musste doch arbeiten. Aber er wollte nicht.« Gerlinde Köcher presste die Lippen aufeinander.

»Dass er die geheiratet hat, war der größte Fehler, den er machen konnte, das sag ich Ihnen. Nach so einem Unglück braucht es viel Liebe und Zuwendung für ein Kind. Der hat doch niemand gehabt, der Kleine. Und nachdem auch noch sein Vater fort ist, sowieso schon nicht. Ich wollte ihn damals zu mir nehmen, aber da hat das Biest sich quergelegt.« Auf ihren Wangen waren rote Flecken erschienen.

»Ich verstehe aber immer noch nicht, weshalb Else Reichert an irgendetwas Schuld haben soll«, sagte Benita.

Gerlinde Köcher spielte an dem Klippverschluss ihrer Handtasche und sah zu Boden.

»Die Else hat den Rudolf aus dem Haus getrieben. Das wusste jeder, der die zwei kannte. Was ich nicht verstehe«, sagte sie, und ihre Nasenflügel bebten, »dass er den Kleinen bei ihr gelassen hat, als er verschwunden ist. Das war bestimmt auf Druck von seiner Neuen.«

»Jetzt mal der Reihe nach«, unterbrach Benita. »Die Mutter von Hanno Reichert ist also frühzeitig gestorben, und kurz darauf hat sein Vater Else geheiratet. Sie sind der Ansicht, die Ehe war keine gute Entscheidung. Wann ist Rudolf Reichert verschwunden?«

»Etwa ein Jahr nach der Hochzeit.« Gerlinde Köcher setzte sich aufrecht in den Stuhl. Ihre Miene war unbewegt.

»Er hatte eine Freundin?«, erkundigte sich Julius.

»Da bin ich sicher! Und die wollte einen Neuanfang, ganz ohne Altlasten, sprich ohne den Jungen.«

»Kannten Sie Rudolfs Freundin?«, fragte Benita.

»Nein, wo denken Sie hin?«

»Sie sind aber sicher, dass er eine hatte?«, fragte sie.

»Es kann nur so gewesen sein.«

Gerlinde Köcher blickte stur geradeaus. Benita schwieg und musterte die Frau. Ihr brauner Blazer aus Wollstoff war sicher zu warm für den Tag, und der schmale dunkle Rock bedeckte die Knie. Ihre Füße steckten in derben Laufschuhen. Plötzlich lockerte Gerlinde Köcher ihre starre Haltung.

»Der Hanno muss in schlechte Kreise gekommen sein. Kein Wunder bei der Härte, die die Else immer hat walten lassen. Die war ohne jedes Gefühl. Stellen Sie sich vor, sogar ihren Ehering hat sie verkauft! Da war der Rudolf gerade paar Monate weg. Der ist doch nichts wert!«

»Woher wissen Sie, dass sie ihn verkauft hat?«, fragte Julius.

»Na ja«, antwortete sie und zog die Schultern wieder stramm. »Ich war bei ihr, um nach dem Kleinen zu sehen. Da hat sie den Ring nicht mehr getragen. Und so, wie ich die Else kenne, hat sie ihn zu Geld gemacht.«

»Aber sicher wissen Sie es nicht?«, hakte er nach.

»Ich kenn die Else! Das genügt mir. Sie ist ein Miststück. Wissen Sie, wie der Hanno noch klein war, musste er immer ihre selbst genähten Sachen tragen, und Freunde durfte er auch nie mitbringen, weil die Lärm und Dreck machen, hat sie gesagt. Ich wollte mich ja um den Jungen kümmern, aber das Biest hat mich regelmäßig weggeschickt.«

Ein listiges Lächeln erschien auf ihrem Gesicht, das von feinen Falten durchzogen war. »Aber so leicht hab ich es der nicht gemacht. Ab und zu hab ich den Kleinen nach der Schule abgepasst. Ich hab ihm Bonbons mitgebracht und zu Weihnachten und zum Geburtstag ein Geschenk. Da hat er sich gefreut.«

Das kann ich Ihnen sagen, ergänzte Benita in Gedanken. Sie wollte das Gespräch beenden.

»Hatten Sie noch Kontakt zu Hanno Reichert?«, fragte Julius, die Ellbogen auf den Schreibtisch gestützt. Trübsinnig schüttelte die Frau den Kopf.

»Leider nein. Er hat sich mit den Jahren verloren. Hat ja schon die Else immer den Arm dazwischengehalten. Das hat mit der Zeit wohl doch auf den Jungen abgefärbt.«

Benita stand auf und streckte Gerlinde Köcher die Hand hin. »Danke, Frau Köcher. Das war es für den Moment.«

Die Frau stand auf und blickte ähnlich enttäuscht drein wie Gudrun Stiefler bei der Befragung am Vortag.

»Dann kann ich jetzt gehen?«, erkundigte sie sich.

»Ja. Vielen Dank, dass Sie sich die Mühe gemacht haben«, sagte Benita.

»Und was passiert jetzt mit Else?« Sie umklammerte den Griff ihrer Tasche.

»Fürs Erste nichts«, erwiderte Benita.

»Aber die ist schuld! Ich meine, so wie der Junge aufgewachsen ist, musste das doch alles eines Tages so kommen. Ich sag Ihnen, der ist in schlechte Kreise geraten. Da gibt's doch heutzutage so viel. Drogen und so.«

»Selbst wenn Else Reichert eine moralische Schuld haben sollte, können wir sie dafür nicht belangen«, schaltete sich Julius ein. Er war auf seinem Platz sitzen geblieben.

»Dann hab ich mich also ganz umsonst auf den Weg gemacht? Ich dachte, Sie unternehmen jetzt was!« Gerlinde Köchers Schultern bebten vor Empörung.

»Wir ermitteln umfassend, Frau Köcher«, versuchte Benita, sie zu beruhigen.

»Allerhand, wirklich.« Sie atmete hastig. »Dann gehe ich jetzt. Und denken Sie an die schlechten Kreise. Von uns macht doch keiner so was, so mit umbringen und so. Ich ruf Sie wieder an, damit ich weiß, wie es weitergeht.«

Benita öffnete den Mund zu einem Einwand und klappte ihn wieder zu. Stattdessen nickte sie.

»Puh«, machte Julius, kaum dass die Tür hinter Rudolf Reicherts Cousine zu war. »Die hat einen Brass auf Else. Man könnte meinen, sie hätte den ›feschen‹ Rudolf haben wollen.«

»Damit liegen Sie möglicherweise richtig«, pflichtete Benita ihm bei. »Wir fahren jetzt in die Stadt, gehen zu Elektro Fischer und befragen Hannos Kollegen. Vielleicht ergibt das was.«

18

Gerhard Fischer stand auch heute wieder hinter seinem Tresen aus dunklem Holz, als Benita und Julius den Laden betraten. Nur bediente er diesmal einen Kunden. Benita nickte Fischer zu und machte ihm ein Zeichen, dass sie warten würden. Kurz darauf verließ der Kunde das Geschäft.

»Herr Fischer, wir würden gern Ihre Mitarbeiter zu Herrn Reichert befragen«, sagte Benita.

Fischer runzelte die Stirn.

»Jetzt? Während der Arbeitszeit?«

»Sicher. Sie hatten es bei unserem letzten Besuch selbst vorgeschlagen«, erwiderte sie freundlich.

Fischer verschränkte die Hände hinter dem Rücken.

»Befragen, ja. Von während der Arbeitszeit hatte ich nichts gesagt. Aber wenn Sie nun schon einmal hier sind … Ich möchte Sie nur bitten, die Leute nicht unnötig lange aufzuhalten. Ich zahle schließlich nicht fürs Schwatzen.«

Benita lag eine ärgerliche Bemerkung auf der Zunge, doch sie beherrschte sich.

»Da entlang«, wies Fischer ihnen den Weg und zeigte zu einem bogenförmigen Durchgang seitlich des Tresens. Eine Treppe führte steil nach oben.

Julius ging voran und zog den Kopf ein. Der Durchgang war recht niedrig. Benita folgte ihm. Oben angekommen, erstreckte sich ein schmaler Gang mit jeweils zwei Büroräumen zu beiden Seiten. Gläserne Trennwände ermöglichten einen sofortigen Blick auf die Mitarbeiter. An der Stirnseite des Flures befand sich eine weitere schmale Tür. Benita vermutete dahinter den Zugang zum Dachboden. Sie sah Julius an.

»Die sollen alle in einen Raum kommen, ehe wir uns einzeln durcharbeiten«, sagte sie.

Mittlerweile war die Belegschaft auf sie aufmerksam geworden, und sämtliche Mitarbeiter beobachteten sie.

»Gut. Ich mach das«, antwortete Julius. Zügig ging er von einem Büro zum nächsten und öffnete alle Türen.

»Grüß Gott. Wir sind von der Polizei und haben einige Fragen, die Ihren verstorbenen Kollegen Hanno Reichert betreffen. Bitte kommen Sie alle in den Raum hinten links«, wies er sie an.

Stühle schabten, die Mitarbeiter kamen seiner Aufforderung nach, hier und da unterhielten sie sich leise. Benita hockte sich auf die Kante eines Schreibtisches und sah von einem zum anderen. Vier Männer und drei Frauen unterschiedlicher Altersklassen standen vor ihr.

»Grüß Gott, zusammen. Mein Name ist Benita Luengo, das ist mein Kollege Julius Schwarz. Wie Sie ja sicherlich mitbekommen haben, ist Ihr Kollege Hanno Reichert verstorben. Wir wissen mittlerweile, dass Herr Reichert getötet wurde. Wie, kann ich Ihnen im Moment aus Ermittlungsgründen nicht sagen.« Sie machte eine kurze Redepause und musterte noch einmal die Belegschaft.

»Kannte jemand von Ihnen Herrn Reichert näher?«, fuhr sie fort.

Mehrere Angestellte schüttelten bedächtig den Kopf. Eine ältere Frau sah zu Boden, ein junger Mann, den Benita für einen Auszubildenden hielt, schob sich einen Kaugummi in den Mund.

»Niemand?«, hakte sie nach.

»Warum fragen Sie nicht die Folder?«, meldete sich ein knochiger Mann mittleren Alters zu Wort. Auf seiner spitzen Nase saß eine Brille mit dünnem silbernen Rand.

»Wer ist das?«, erwiderte Benita.

»Fischers Sekretärin. Bernadette Folder.« Der Spitznasige deutete mit dem Finger nach oben.

Benita überfiel augenblicklich ein Gefühl der Unzulänglichkeit. Sie war gar nicht auf die Idee gekommen, dass es noch mehr Mitarbeiter geben könnte sowie ein weiteres Stockwerk.

»Die hat ihr Büro oben«, fuhr er fort.

Benita nickte.

»Gibt es noch mehr Mitarbeiter im zweiten Stock?«, fragte Julius.

»Normalerweise nein. Nur die Lehrlinge werden nach Bedarf im Sekretariat eingesetzt«, erklärte der Mann.

»Wer sind die Lehrlinge?«, erkundigte sich Benita.

»Ich.« Der junge Mann, der betont lässig seinen Kaugummi bearbeitete, hob die Hand.

»Und wer noch?«

»Niemand«, schaltete sich der Spitznasige wieder ein. »Es gab bis vor Kurzem noch ein Lehrmädchen. Aber die ist nicht mehr bei uns.«

»Warum nicht? Hat sie die Ausbildung abgeschlossen und wurde nicht übernommen?«, fragte Benita.

»Nein. Ihr wurde gekündigt.« Die ältere Frau, die die meiste Zeit zu Boden gesehen hatte, hob den Kopf. Auf ihren Wangen zeichneten sich lila Äderchen ab.

»Warum? Was hat sie sich zuschulden kommen lassen?«, fragte Julius. »Einen Auszubildenden während der Lehrzeit zu entlassen, ist doch gar nicht so einfach.«

»Angeblich hat sie geklaut. Aber das ist ein unbestätigtes Gerücht«, bemerkte der Spitznasige.

»Gut. Sie schreiben jetzt bitte alle Ihre Namen auf einen Zettel und wie wir Sie am besten erreichen können. Machen Sie eine Liste. Wir gehen nach oben zu Frau Folder und holen die Aufstellung danach hier ab«, beschloss Benita. Sie erhob sich von der Schreibtischkante, die auf Dauer recht unbequem geworden war.

»Eine Frage habe ich noch. Welches war der Arbeitsplatz von Herrn Reichert?«, fragte sie.

»Der hier.« Die ältere Frau mit den lila Äderchen im Gesicht klopfte auf den Schreibtisch, neben dem sie stand. Der Arbeitsplatz war überaus ordentlich.

Benita ging hin und warf einen Blick darauf. Reichert hatte an einem absolut staubfreien Computer gearbeitet, mit einer Tastatur, die aussah wie kaum benutzt. Vor dem Bildschirm lag ein Block mit reinweißen Blättern in der Größe einer Schreibunterlage, davor ein Wochenkalender, aufgeschlagen war die vergangene Woche, ohne jeden Eintrag. Benita zog die erste Schublade links des Arbeitsplatzes auf. Darin lagen säuberlich aufgereiht in einer separaten Schale etliche Kugelschreiber und Bleistifte, daneben eine Tüte Zitronenbonbons und ein Päckchen Tempotaschentücher. Sie schloss den Schub. Zumindest im Büro schien Reichert Wert auf überaus korrekte Ordnung gelegt zu haben.

Typisch Buchhalter, dachte sie.

»Gehen wir«, wandte sie sich an Julius. Der Mitarbeiter trottete hinter ihr her.

Die Treppe hinter der Tür am Ende des Ganges war ähnlich

steil und schmal wie die vom Erdgeschoss in den ersten Stock. Oben angekommen, wurde sofort deutlich, welches Büro das der Sekretärin war. Die Tür stand offen. Benita ging voran und klopfte an den Rahmen. Eine dünne Frau stand am Fenster mit dem Rücken zu ihnen und goss eine Reihe Grünpflanzen auf der Fensterbank. Ihr dunkles Haar war im Nacken zu einem Knoten gebunden, und sie trug ein enges graues Kostüm.

»Frau Folder?«, sprach Benita sie an.

Die Frau wandte sich um. Ihr Gesicht war fahl, die Lippen wirkten blutleer, und Augenbrauen und Wimpern waren von so heller Farbe, dass sie kaum zu sehen waren.

»Ja?« Sie stellte die Gießkanne zwischen die Pflanzen und wischte sich die Hände am Rock ab. Benita stellte sich und Julius vor und wiederholte, was sie bereits den übrigen Mitarbeitern gesagt hatte.

»Kannten Sie Herrn Reichert näher? Oder wissen Sie jemand, mit dem er befreundet war oder Kontakt hatte?«, erkundigte sie sich und fühlte sich unvermittelt erschöpft. Ständig die gleichen Fragen und meistens Antworten, die sie kaum vorwärtsbrachten.

»Nein, ich kenne ihn nicht näher. Als er vor zwei Jahren hier angefangen hat, hat er mich einmal zum Essen eingeladen. Ich wollte nicht unhöflich sein, aber ich bin schließlich verheiratet.«

Sie hob die linke Hand und zeigte einen breiten goldenen Ring. Benita überspielte ihre Verblüffung. Sie hatte die Frau, deren Alter sie nicht einschätzen konnte, für eine spröde alte Jungfer gehalten. Bernadette Folder ließ die Hand sinken und stützte sich undamenhaft auf ihren Schreibtisch.

»Das hat er mir wohl übel genommen. Jedenfalls hat er danach nur noch das Nötigste mit mir gesprochen.«

»Wissen Sie, weswegen das Lehrmädchen entlassen wurde?«, meldete sich Julius zu Wort.

»Annika Krambach? Sie hat geklaut. Man könnte fast schon sagen im großen Stil.«

»Was hat sie geklaut? Bargeld?«, fragte Julius.

»Keine Ahnung. Vielleicht auch das. Wenn Sie mich so fragen, mir hat tatsächlich einmal ein Fünfzig-Euro-Schein aus meinem Geldbeutel gefehlt. Meine Tasche steht immer hier unterm

Schreibtisch, und zu der Zeit hat Annika mir bei einer umfangreichen Korrespondenz mit Lieferanten geholfen. Damals hab ich allerdings gedacht, ich hätte das Geld doch schon ausgegeben und mich geirrt. Nein, sie hat Ware geklaut, aus dem Lager. Oder aus der Werkstatt. Artikel, die zur Reparatur da waren. Auch Defektes, woraus noch Einzelteile verwendet werden können. Reichert hat sie erwischt, und Fischer hat kurzen Prozess gemacht. Nur von einer Anzeige hat er abgesehen, um ihr die Zukunft nicht ganz zu versauen. Manchmal ist er zu rücksichtsvoll. Bei mir wäre sie damit nicht durchgekommen.«

»Reichert hat sie erwischt?«, wiederholte Julius.

»Genauso war es.« Bernadette Folder richtete sich auf und verschränkte die Arme unter der Brust.

»Wo erreichen wir diese Annika?«, fragte Benita.

»Ich kann Ihnen die Adresse geben. Wir haben ja noch die Personalakte«, bot die Sekretärin an.

»Ja, bitte«, antwortete Benita.

19

»Gleich fünf Uhr«, sagte Julius mit einem Blick aufs Display seines Handys, als sie wieder in der Fußgängerzone standen, die Ladentür zu Elektro Fischer im Rücken.

»Wir könnten noch zu dieser Annika fahren«, erwiderte Benita. Sie wedelte mit den Adressen von Reicherts Kollegen und der Anschrift des ehemaligen Lehrmädchens vor Julius herum.

»Hm«, machte dieser.

»Sie sehen nicht begeistert aus. Wollen Sie etwa Feierabend machen?«, fragte sie.

»Ich hätte zumindest nichts dagegen«, gab Julius zu.

»Steht was an, was mich überzeugen könnte, dass wir für heute Schluss machen?«, erkundigte sie sich.

»Ich wollte um acht Uhr in die Sneak. Wie immer am Montag, Sie wissen schon«, antwortete er.

»Ach ja. Die Sneak ist der Kinoabend, an dem Sie für wenig

Geld einen Film sehen können, von dem Sie vorher nicht wissen, welcher drankommt, nicht wahr?«

»Stimmt.« Julius grinste.

»Aber bis acht Uhr haben wir doch noch ewig Zeit.«

»Nö. Dann dauert es bei dieser Annika am Ende länger, und ich wollte vorher noch was essen und mich umziehen, und wenn ich nicht bis halb acht im Kino bin, sind die Karten vielleicht schon weg«, erläuterte er.

»Oder Sie müssen sich ganz schrecklich hetzen, und das trübt den Filmgenuss, stimmt's?«

»Genau. Außerdem haben Sie gesagt, dass wir diesmal nicht den gleichen Druck haben wie beim letzten Fall.«

Benita verdrehte die Augen.

»Hätte ich bloß die Klappe gehalten. Das bringen Sie jetzt jedes Mal, was? Also gut. Machen Sie Feierabend. Wir sehen uns morgen früh im Büro und fahren dann gemeinsam zu dem Mädchen.«

»Besten Dank, Chefin. Sie sind …«

»Ja, ich bin unersetzlich in meiner Güte. Ich weiß. Gehen Sie schon.«

Julius schmunzelte.

»Ich kann nur gehen, wenn Sie mitkommen. Wir sind mit Ihrem Wagen da, und meiner steht noch beim Präsidium«, erinnerte er sie.

»Das auch noch. Also dann, Abmarsch.«

Zwanzig Minuten später hatte sie ihren Mitarbeiter vor dem Parkplatz des Präsidiums abgesetzt. Noch während sie zum Büro gefahren war, hatte sie einen Entschluss gefasst. Reicherts Arzt, Dr. Gröger, machte montags ab sechzehn Uhr Hausbesuche. Vielleicht waren trotzdem noch Angestellte da. Vielleicht war jemand bereit, ihr einen Blick in Reicherts Akte zu gewähren.

20

Die Tür zur Praxis war noch offen. Benita hörte einen Staubsauger brummen, als sie eintrat. Hinter dem Tresen sortierte eine Sprechstundenhilfe, die mit dem Rücken zu Benita stand, Hängeakten in einen Schrank. Schon ehe sich die Frau umgedreht hatte, wusste Benita, dass es nicht die Arzthelferin von heute Morgen war. Diese hier war kleiner und kräftiger und hatte kinnlange schwarze Haare.

»Hallo«, grüßte sie und sprach lauter als gewöhnlich, um den Staubsauger zu übertönen.

Die Frau fuhr herum.

»Liebe Zeit, hab ich mich erschrocken. Die Praxis hat schon zu. Der Doktor macht heute Hausbesuche.«

»Ja, ich weiß.« Benita zog ihren Ausweis hervor und hielt ihn über den Tresen.

»Ich war heute Morgen schon einmal hier.«

»Ach, Sie sind das. Meine Kolleginnen haben mir davon erzählt. Es ist wegen Reichert.«

Der Staubsauger verstummte. Es schepperte, und eine Tür wurde nachdrücklich geschlossen. Eine Frau mittleren Alters erschien im Flur. Sie trug eine blaue Kittelschürze, auf Brusthöhe war ein Aufnäher angebracht. »Reinigungsfirma Söhnle« stand darauf.

»Ich geh edds, Korinna. Der Bodn in der Toilettn is no feichd. Nedd dasd norutscht.«

»Ist recht, Lydia. Bis morgen«, verabschiedete die Sprechstundenhilfe die Reinigungskraft. Benita wartete, bis sie die Praxis verlassen hatte, und wandte sich dann wieder an die Arzthelferin.

»Ich habe heute Morgen etwas vergessen. Würden Sie mir kurz die Krankenakte von Reichert geben? Ich will sie nicht mitnehmen, ich müsste nur einen Blick hineinwerfen.«

Die Arzthelferin schüttelte den Kopf.

»Tut mir leid. Ohne Genehmigung vom Doktor darf ich das nicht machen.«

Benita trat dicht an den Tresen.

»Frau …?«

»Schmelzer«, ergänzte die Sprechstundenhilfe.

»Frau Schmelzer. Es geht um Mord. In so einem Fall ist jeder Bürger verpflichtet, mitzuhelfen, dass der Täter gefasst wird. Das verstehen Sie doch?«

Korinna Schmelzer lief rot an.

»Natürlich. Aber ich bin nicht befugt, irgendwelche Unterlagen …«

Benita stöhnte.

»Ihnen ist schon klar, dass Sie eben die Ermittlungen verzögern? Ich will nur einen Blick hineinwerfen. Hier und vor Ihren Augen. Ich werde keine Unterlagen kopieren oder entwenden. Im Grunde genommen kann das Ganze auch komplett unter uns bleiben.«

»Ach ja? Und wenn Sie irgendwas finden, das für Sie interessant ist? Dann bleiben Sie doch dran, oder nicht?«

»Gibt es denn etwas, was für uns interessant sein könnte?« Scharf sah Benita Korinna Schmelzer an.

»Ach verdammt!« Wütend fuhr sie herum, riss eine Schublade im Hängeschrank auf und knallte Benita einen braunen Pappordner auf den Tresen.

»Zwei Minuten. Und keiner erfährt was«, zeterte sie.

Benita verzichtete auf den Hinweis, dass sie ihr das nicht versprechen konnte, und schlug die Akte auf. Ihr Misstrauen wuchs von Eintragung zu Eintragung.

»Haben Sie etwas zum Schreiben?«, fragte sie keine Minute später.

»Nein.« Korinna Schmelzer verschränkte die Arme vor der Brust.

»Gut. Dann fotografiere ich die mir wichtigen Stellen mit dem Handy.«

»Bloß nicht.« Die Arzthelferin reichte ihr einen Notizzettel und einen Kugelschreiber.

»Das kann mich meinen Job kosten«, empörte sie sich.

Möglicherweise ja, dachte Benita. Zwei Minuten später gab sie Korinna Schmelzer die Akte zurück und verabschiedete sich.

Eine halbe Stunde darauf stieg sie die Treppe zu ihrer Wohnung hoch. Sie war im ersten Stock angekommen, als Müggemanns quietschende Geige einsetzte.

Benita blieb stehen und lehnte sich mit dem Rücken an den rauen Putz des Treppenhauses. Die Töne drangen wie ein Stechen in ihren Kopf, und ihr Herz pochte wütend. Konnte sie sich bei der Hausverwaltung beschweren? Eine Unterschriftenaktion starten und die Nachbarn gegen Müggemanns Hobby mobil machen? Oder sollte sie die Belästigung zum Anlass nehmen und sich eine andere Wohnung suchen? Vielleicht eine mit Balkon, damit sie nach Feierabend oder am Wochenende auch einmal draußen sitzen konnte, ohne groß aktiv zu werden?

Sie stieß sich von der Wand ab, verließ das Haus und ging die hundert Meter vor in die Schwanen-Apotheke, gegenüber der Villa Wahnfried. Kurz darauf war sie zurück. Sie hatte ein Päckchen Ohropax erstanden. Müggemanns Geige quietschte noch immer. Der Gedanke an die Wachsstöpsel, mit denen sie sich von den Geräuschen hoffentlich abschotten konnte, hatte etwas Beruhigendes.

Sie hängte ihre Tasche an den Garderobenhaken, streichelte Momo, die in der Höhle ihres Kratzbaumes saß, streifte die Schuhe ab und warf einen Blick in den Flurspiegel. Sie sah müde aus, und ihre Mundwinkel zeigten ein klein wenig nach unten. Auf dem Schränkchen unter dem Spiegel lag die Sonnenbrille mit dem getigerten Rahmen. Die Erinnerung an den gestrigen Abend holte sie ein.

Nach dem Essen im Herzogkeller war sie in den Nightclub nach Kulmbach gefahren. Der erste Mann, den sie angesprochen hatte, war sehr nett gewesen, hatte sich jedoch nach fünf Benita endlos erscheinenden Minuten als schwul entpuppt und ihr seinen Lebensgefährten vorgestellt. Sie war wütend geworden und hatte sich nebenher einfach nur dumm gefühlt. Hätte sie nicht in ihrem Alter und mit ihrer Erfahrung sofort erkennen müssen, dass der Mann kein Interesse an einem schnellen Vergnügen mit einer Frau hatte? War sie ihrem verhängnisvollen Trieb derart ausgeliefert, dass sie Offensichtliches ausblendete?

Sie hatte die Männer ihrem Schicksal überlassen und sich ans andere Ende der Bar gestellt, wo sie kurz darauf von einem smarten Herrn um die fünfzig zu einem Cocktail eingeladen worden war. Den Cocktail hatte sie abgelehnt. Stattdessen hatte sie ihm vorgeschlagen, ein paar Schritte an die frische Luft zu gehen. Er hatte sofort verstanden, worauf sie hinauswollte. Wenige Minuten später waren sie im Schutz eines Gebüsches hinter dem Club zur Sache gekommen, und ruckzuck war es vorbei gewesen. Es hatte ihr noch weniger gebracht als sonst. Nicht nur, dass ihr Liebhaber sehr schmächtig gebaut gewesen war, er war auch beinahe sofort zum Höhepunkt gekommen und hatte sie danach stehen lassen. Einen dritten Versuch hatte sie an dem Abend nicht mehr machen wollen. So war sie wütend, frustriert und körperlich absolut unbefriedigt nach Hause gefahren. Sie hatte sich mit zwei Bier getröstet und versucht, den missglückten Ausflug zu verdrängen. Es war ihr nur oberflächlich gelungen, und nun, beim Anblick der Brille, war die unerfreuliche Stunde wieder gegenwärtig.

Benita nahm die Brille und legte sie in die oberste Schublade. Sie holte sich auch jetzt aus der Küche ein Bier und dazu das alte Senfglas mit Blümchenmuster. Sie setzte sich mit dem Getränk ins Wohnzimmer und leerte das erste Glas in einem Zug. Müggemanns Gefidel zerrte nun doch wieder an ihren Nerven. Sie ging zurück in den Flur und holte die Ohropax. Ungehalten entfernte sie die schützende rosa Watte um das Wachs und stopfte den Lärmschutz in die Ohren.

Totale Ruhe kehrte nicht ein, aber immerhin drangen die Geigentöne nur noch gedämpft zu ihr durch. Wenn sie allerdings fernsehen wollte, waren die Wachsstöpsel kontraproduktiv. Benita trank ein weiteres Glas Bier und streckte sich auf dem Sofa aus. Die Filme, die sie ansah, begannen meist erst um Viertel nach acht, und ab acht Uhr musste der Nachbar seine Übungen nach allgemeingültigen Regeln einstellen.

Momo sprang geschmeidig auf Benitas Schoß, und sie zuckte zusammen. Sie legte die Hand auf den warmen weichen Rücken des Tieres und schloss die Augen. Sekunden später war sie eingeschlafen.

21

Julius stellte eine dampfende Tasse Kaffee vor Benita auf den Schreibtisch.

»Sie sehen so unausgeschlafen aus, Chefin. Schlechte Nacht gehabt?«

Benita verdrehte die Augen und griff nach ihrem Kaffee.

»Es ist gerade acht Uhr. Da hab ich selten ausgeschlafen. Außerdem hat der gute Müggemann ein neues Hobby. Er spielt Geige und raubt mir damit den letzten Nerv.«

»Was? Die ganze Nacht? Was sagen denn die anderen Mieter dazu?«

Julius setzte sich hinter seinen Schreibtisch, riss eine Packung Schokoladenkekse auf und hielt sie Benita hin.

»Für den Bäcker war heute Morgen keine Zeit mehr. Nachdem ich gestern schon gegen Ihren Willen Feierabend gemacht habe, wollte ich jetzt nicht auch noch zu spät kommen«, plapperte er. »Keinen Keks?«

Benita schüttelte den Kopf.

»Was ist denn nun mit Müggemann?«, fuhr Julius fort und stopfte sich ein Stück des süßen Gebäcks in den Mund.

»Ja, nix! Jedenfalls fiedelt er in jeder Minute, in der er zu Hause ist. Es ist zum Verrücktwerden.«

»Das darf er doch gar nicht«, nuschelte Julius.

»An die Ruhezeiten hält er sich schon. Aber ich war um kurz vor sechs zu Hause, und die zwei Stunden können lang werden. Ich hab mir Ohropax aus der Apotheke geholt.« Grimmig nippte sie an ihrem Kaffee.

»Das ist doch prima.«

»Dann bin ich auf dem Sofa eingeschlafen, hab zwei Anrufe von meiner Mutter verpasst, wegen der Ohropax, und als ich gegen zehn Uhr wieder aufgewacht bin, konnte ich nicht mehr einschlafen.«

Julius grinste.

»Außerdem hatte ich Hunger und hab kreuz und quer in den Kühlschrank gegriffen, alles Mögliche in mich reingestopft, und hinterher war mir schlecht«, ergänzte sie.

Julius' Grinsen wurde noch breiter.

»Der ganz normale Alltagsstress. Was wollte Ihre Mutter?«

»Keine Ahnung. Ich hab sie noch nicht zurückgerufen.« Bestimmt wollte sie ihr trotzdem wieder was von dem Alten erzählen. Schon bei der Vorstellung hätte Benita einen Wutanfall bekommen können. Julius zerrte an einem Keks, der offenbar in der Packung feststeckte.

»Ich war übrigens gestern noch mal in Grögers Praxis«, berichtete Benita.

»Was? Wieso denn?« Endlich hatte er seinen Keks, der nun allerdings in zwei Teile gebrochen war.

»Mir war eingefallen, dass der Herr Medizinalrat montags ab sechzehn Uhr Hausbesuche macht. Es war ja schon nach fünf Uhr. Ich hatte gehofft, in seinen geheiligten Räumen jemand anzutreffen, den ich zwecks Reicherts Akte bequatschen kann, ohne dass der Doktor dazwischenfunkt.«

»Und? Hat's geklappt?«

»Erfreulicherweise ja.« Ein flüchtiges Lächeln ging über ihr Gesicht. »Mir ist auch was aufgefallen. Inwieweit und ob überhaupt das was mit Reicherts Tod zu tun hat, weiß ich noch nicht. Jedenfalls hat Gröger ihn reihenweise zu Fachärzten überwiesen. Magenspiegelung, Darmspiegelung, Röntgenaufnahmen, Lungenfunktionstests und so weiter. Beim Orthopäden und Kardiologen war er auch. So was kostet doch ein Schweinegeld. Das passt mit den eingebildeten Krankheiten nicht zusammen, oder was sagen Sie?«

Julius wischte sich die Krümel aus den Mundwinkeln.

»Seh ich genauso.«

»Wobei mich an der ganzen Sache noch was stört, aber ich komm nicht drauf, was es ist.«

»Hm«, machte Julius.

»Deswegen dachte ich, wir holen noch ein paar Erkundigungen ein und sprechen den einen oder anderen Facharzt an.« Sie zog den Notizzettel aus ihrer Handtasche, auf dem sie sich die Namen der Ärzte aufgeschrieben hatte.

»Jetzt gleich?«, erkundigte sich Julius.

»Nein. Wir suchen erst diese Annika auf.«

»Wissen Sie, was mir dauernd im Kopf rumgeht, ist diese Gerlinde Köcher, die gestern hier war. Wir haben zwar nichts Greifbares, aber mich würde interessieren, wie Else Reichert über die Vorwürfe denkt.«

»Sie meinen, wir sollten sie darauf ansprechen?«, fragte Benita.

»Warum nicht? Außerdem können wir so gleich mal sehen, wie es ihr geht. Die alte Frau tut mir schon leid. Scheinbar hat sie ja jetzt wirklich niemand mehr.«

»Sie sind ein Gutmensch, Julius. Okay. Schieben wir heute oder morgen noch einen Besuch bei Else Reichert ein. Und jetzt zu Annika.«

In dem Augenblick, in dem sie aufstand, schellte das Telefon.

»Es ist Albrecht«, verkündete sie, ehe sie abhob. Wenige Sekunden später legte sie den Hörer wieder auf.

»Ich soll bei ihm vorbeisehen. Er klang recht ernst«, ließ sie Julius wissen. Ihr Mitarbeiter lehnte sich im Stuhl zurück und verschränkte die Hände vor dem Bauch.

»Ich hab ein reines Gewissen«, erklärte er. »Sie nicht?«

»Doch«, behauptete Benita und dachte an ihren Praxisbesuch bei Gröger am Vorabend. »Ich hoffe, ich bin rasch wieder hier.«

22

Zacharias Albrecht stand, die Hände hinter dem Rücken verschränkt, vor dem Fenster seines Büros und sah hinunter in den Hof. Als Benita eintrat, wandte er sich um.

»Frau Luengo, setzen Sie sich.« Er zeigte auf den Besucherstuhl vor seinem Schreibtisch. Seine Miene war besorgt.

»Ist was passiert?«, entschlüpfte es ihr.

»Ich fürchte beinahe, ja.« Albrecht entfernte sich einige Schritte vom Fenster und blieb mitten im Raum stehen.

»Heute in aller Frühe wurde im Roten Main im Bereich der Friedrich-Ebert-Straße ein rotes Herrenfahrrad gefunden. Einem Zeitungsausträger ist es aufgefallen.«

Benita sah ihren Chef abwartend an. Noch konnte sie sich keinen Reim auf diese Information machen. Albrecht schluckte und wischte sich mit der flachen Hand über die Glatze.

»Das Fahrrad gehört Dennis Meyer. Sie wissen schon. Wir haben erst gestern über sein Verschwinden gesprochen.«

Benita nickte.
»Ja, ich erinnere mich.«
»Nun, es verdichten sich die Hinweise auf ein Verbrechen. Am Mittwochabend war er mit dem Rad unterwegs, seither ist er abgängig. Und dann ist da ja auch noch das Fernbleiben vom Geburtstag seiner Tochter gestern.«
Albrecht ging zu seinem Schreibtisch und setzte sich in den ledernen Sessel.
»In der Vermisstenstelle gibt es einen Engpass. Zwei Erkrankungen, eine davon für den Rest der Woche, die andere auf unbestimmte Zeit. Kollegin Weiland ist gestürzt und hat sich den Oberschenkel angebrochen. Ich will damit sagen«, sagte er und beugte sich vor, »dass Ihre Unterstützung erforderlich ist. Sie und Herr Schwarz beteiligen sich bitte an der Suche nach dem Stadtrat. Parallel zum Fall Reichert. Gibt es da was Neues?«
»Nein. Wir haben aber noch etliche Spuren. Unter anderem wurde aus der Firma, für die Reichert gearbeitet hatte, eine Auszubildende wegen diverser Diebstähle entlassen. Es soll Reichert gewesen sein, der das Mädchen erwischt und beim Inhaber der Firma gemeldet hat.«
»Gut, gut. Machen Sie einfach in gewohnter Manier weiter. Und wegen Meyer: Ermitteln Sie, als ob … nun ja … Sie wissen schon.« Er brach ab.
»Nein, ich weiß nicht. Vielleicht hat er sich einfach ins Ausland abgesetzt. Das ist Sache der Vermisstenabteilung.« Sie rutschte an die Vorderkante des Stuhles. Etwas in ihr protestierte. Vielleicht war es auch, weil sie nun über den Umweg ihres Vorgesetzten Toms Bitte, bei der Suche zu helfen, doch nachkommen musste.
»Ins Ausland abgesetzt! Ich bitte Sie, Frau Luengo. Dafür gibt es überhaupt keinen Grund. Der Mann ist Leiter der Sparkassenfiliale in St. Johannis, Mitglied im Stadtrat und mehr oder weniger glücklich verheirateter Familienvater. Streit gibt es schließlich überall mal. Das sind saubere, absolut vorzeigbare Verhältnisse. Nein. Es ist etwas passiert. Ich habe ja noch die geringe Hoffnung, dass es ein Unfall war. Mit Fahrerflucht vielleicht.« Wieder fuhr er sich mit der Hand über die Glatze. »Natürlich auch sehr tragisch und in dem Fall wenig aussichtsreich, dass er wohlauf ist. Das

Rad allerdings ist so weit unbeschädigt, was einen Unfall wieder in Zweifel ziehen lässt. Nun denn.«

»Wir haben keine Leiche, Herr Albrecht. Wo sollen wir ansetzen?«

Ihr Vorgesetzter beugte sich erneut vor.

»Unter uns gesagt, Frau Luengo, ich glaube nicht, dass wir ihn noch lebend finden.« Er zerrte an seinem Kragen. »Schreckliche Sache, ganz schrecklich.«

»Herr Albrecht, ich weiß ehrlich nicht, wie …«

Zacharias Albrecht machte eine unwirsche Handbewegung.

»Sie gehören zu meinen besten Leuten. Sie kriegen das schon hin. Nebenbei: Es ist eine dienstliche Anweisung. Ich kenne die Familie Meyer und war sogar derzeit auf dem Polterabend von Dennis und Nadine. Ich komme mir gegenüber Dennis' Vater und seiner Frau allmählich wie ein unfähiger Trottel vor. Jetzt ist der Mann seit fast einer Woche spurlos verschwunden, und wir haben nichts vorzuweisen.« Er schnaufte, und sein Gesicht färbte sich rot. Benita gab keine Antwort.

»Sind wir uns also einig? Sie haben ja auch noch Herrn Schwarz.« Finster sah er sie an.

»Schon gut«, erwiderte Benita.

»Wenden Sie sich an Manuel Nöbiger, den Leiter der Vermisstenstelle. Er wird Sie mit den nötigen Informationen versorgen.«

»Mach ich.« Benita stand auf.

»Erfolgreichen Tag, Frau Luengo. Und berichten Sie mir täglich den Stand der Dinge sowie umgehend, wenn Licht ins Dunkel kommt.«

»Klar, Chef.«

23

»Ich kann auch allein zu Annika Krambach«, schlug Julius vor, nachdem Benita ihn genervt über den zusätzlichen Auftrag informiert hatte.

»Das wird vielleicht das Beste sein. Ich spreche mit Nöbiger. Je nachdem, was dabei rauskommt, machen wir weiter. Ich wollte heute noch mindestens zwei der Fachärzte sprechen, an die Gröger Reichert überwiesen hat.«

»Und Else Reichert? Was machen wir mit der?«, fragte Julius.

»Die schieben wir schon irgendwo ein. Sie fahren jetzt zu der kleinen Krambach. Bis später.« Sie nickte Julius zu und verließ das Zimmer.

Manuel Nöbiger hatte sein Büro ein Stockwerk tiefer. Benita klopfte an und betrat ohne Aufforderung den Raum. Der Kollege saß hinter seinem Schreibtisch, vor sich die aufgeschlagene Tageszeitung, und löste offenbar ein Kreuzworträtsel. Nebenher löffelte er Joghurt aus einem Becher. Er zuckte zusammen und kleckerte die hellrosa Speise auf die Zeitung. Ärgerlich sah er Benita entgegen.

»Hatte ich Sie hereingebeten?«

»Guten Morgen. Herr Nöbiger?«, erkundigte sie sich, ohne auf seine Frage einzugehen.

Er kramte ein Papiertuch aus seiner Aktentasche, die unter dem Schreibtisch stand, und versuchte, das Joghurt wegzuwischen.

»Richtig. Und Sie sind Frau Luengo, die sich um Mord und Totschlag kümmert. Trotzdem kann ich es nicht leiden, wenn jemand unaufgefordert in mein Zimmer kommt.«

Benita zog sich den einzelnen Stuhl heran, der links neben der Tür stand, und setzte sich.

»Das glaub ich, wenn Sie während der Arbeitszeit in aller Ruhe die Zeitung lesen.«

Nöbiger warf ihr einen bösen Blick zu.

»Was wollen Sie von mir?«, fragte er.

»Nichts. Unser gemeinsamer Chef, Herr Albrecht, hat mich gebeten, Sie bei der Suche nach Dennis Meyer zu unterstützen. Zwecks Personalmangel und so weiter.«

»Herrje.« Nöbiger warf sein Taschentuch in den Papierkorb neben dem Schreibtisch. »Und da schickt er ausgerechnet Sie.«

»Was soll denn das heißen?« Allmählich wurde sie wütend. Gleichgültig und träge wie der Mann hinter seinem Schreibtisch saß, wunderte sie sich nicht, dass er mit seiner Arbeit nicht vorwärtskam.

»Meyer wird vermisst. Noch können wir davon ausgehen, dass er lebt. Weshalb bittet Albrecht die Mordkommission um Unterstützung?«

»Das müssen Sie ihn schon selbst fragen. Also, legen Sie los und erzählen Sie mir jetzt alles, was Sie bisher in Erfahrung gebracht und unternommen haben. Ich bin nicht freiwillig hier und habe nebenher noch ein tatsächliches Tötungsdelikt aufzuklären.«

Nöbiger schob seinen Stuhl ein Stück vom Schreibtisch weg und verschränkte die Hände vor seinem Bauchansatz. Benita sah einen rosa Fleck auf Brusthöhe des weißen Hemdes, das er trug. Bestimmt war sie daran auch noch schuld.

»Dennis Meyer ist am Mittwochabend zum letzten Mal gesehen worden. Er hat gegen siebzehn Uhr fünfundvierzig seinen Arbeitsplatz verlassen, in der Sparkassenfiliale St. Johannis. Die ist nahe der Eremitage.«

»Ich weiß, wo das ist.«

Nöbiger ignorierte ihre Bemerkung.

»Meyer ist Leiter der Filiale. Am Mittwoch hat die Niederlassung immer länger auf. Bis achtzehn Uhr dreißig. Eigentlich hätte er an dem Tag Dienst bis zum Schluss gehabt. Laut Aussage seines Mitarbeiters, Philipp Lange, ist er schon Viertel vor sechs gegangen. Beziehungsweise gefahren, und zwar mit seinem Rad.«

»Und weiter?«

Benita lehnte sich im Stuhl zurück und schlug ein Bein über das andere. Eine braune Locke fiel in Nöbigers Stirn, und sie registrierte, dass er extrem blaue Augen hatte. Unwillkürlich glitt ihr Blick an ihm herunter. Genau in dem Moment legte Nöbiger den rechten Knöchel über das linke Knie und umfasste mit beiden Händen sein Schienbein. Der Blick an die Stelle, die sie interessierte, war verstellt.

»Meyer fährt fast immer mit dem Rad. Er wohnt nicht weit von der Sparkassenfiliale.«

»Das hab ich nicht gemeint. Gab es einen Grund, weswegen er eher gegangen ist?«

»Ja sicher. Es war irgendwas wegen der Landesgartenschau, die 2016 stattfindet. Meyer ist doch im Stadtrat.«

Ich kann es nicht mehr hören, dachte Benita.

»Genaueres wissen Sie nicht?«

»Nein. Mehr konnte uns Lange nicht sagen.«

»Haben Sie bei der Stadt nachgefragt?«

Nöbiger runzelte die Stirn.

»Weswegen?«

»Welchen Grund er hatte, am Mittwoch vorzeitig die Sparkasse zu verlassen. Vielleicht hatte er ja irgendwo und mit irgendjemand einen Termin wegen der Landesgartenschau«, erklärte sie und versuchte, die aufkommende Ungeduld zu zügeln.

»Nö.« Nöbiger rutschte auf seinem Stuhl ein Stück nach hinten.

»Das muss sofort nachgeholt werden. Vielleicht wissen wir dann zumindest, wohin er wollte«, beschloss sie.

»Bekomm ich meine Anweisungen jetzt von Ihnen oder wie?«, fragte Nöbiger.

Benita erhob sich und sah auf den Kollegen hinunter. Dieser stellte das hochgezogene Bein zu Boden und stand gleichfalls auf. Er war ein gutes Stück größer als Benita.

»Mein Auftrag lautet, wir sollen zusammenarbeiten. Ich werde selbst bei der Stadt nachfragen. Was halten Sie davon, ein Bild von Dennis Meyer in die Zeitung setzen zu lassen, mit der Bitte um Hinweise aus der Bevölkerung?« In ihr brodelte es. Nöbiger hängte die Daumen in die Gürtelschlaufen seiner Jeans und zuckte mit den Schultern. Unvermittelt kochte die Wut in ihr über.

»So gleichgültig, wie Sie Ihrer Arbeit gegenüberstehen, ist mir schon klar, warum hier nichts vorwärtsgeht«, fuhr sie ihn an.

Der Mann kniff die Augen zusammen und schien zu überlegen. Plötzlich ließ er die Schultern sinken und setzte sich wieder an seinen Platz.

»Tun Sie, was Sie nicht lassen können, und lassen Sie mich in Ruhe.«

»Soll das heißen, Sie lesen hier weiter die Zeitung, während ich neben meiner Arbeit Ihre mache?« Am liebsten hätte sie mit der Faust auf den Tisch geschlagen und ihm den Kurier weggerissen.

Nöbiger sah sie an.

»Beschweren Sie sich doch.«

»Arschloch!«

Ihr Herz schlug bis zum Hals vor Zorn. Auch das nachdrückliche Schließen von Nöbigers Bürotür konnte sie nicht erleichtern. Sie nahm die Treppe ein Stockwerk höher, eilte in ihr eigenes Büro und googelte als Erstes die Nummer der Stadt. Nachdem sie bei der Vermittlung ihr Anliegen vorgetragen hatte, wurde sie zweimal weiterverbunden. Wenige Minuten später legte sie auf, ohne etwas erreicht zu haben. Die zuständigen Damen und Herren befanden sich in einer innerbetrieblichen Besprechung.

Benita stützte den Kopf in die Hände. Aus ihrer Handtasche, die am Garderobenständer hing, hörte sie gedämpft das Schnurren ihres Handys. Sie stand auf und kramte es hervor. Auf dem Display erkannte sie die Nummer ihrer Mutter. Sie drückte auf Gesprächsannahme.

»Mama, was gibt's?«, fragte sie.

»Benita, ich bin es, Carmen.«

Ihr fuhr der Schreck von der Kehle bis in den Magen. Wieso rief die Schwester vom Apparat der Mutter an?

»Was ist los?«, fuhr sie sie an.

»Mama geht es schlecht. Richtig schlecht. Kannst du vorbeikommen?« Carmen sprach in eindringlichem Ton.

»Was soll das heißen? Ist sie krank?« Siedend heiß fielen ihr die beiden Anrufe vom gestrigen Abend ein.

»Bitte komm einfach.«

Benita warf einen Blick auf die Uhr neben der Tür zur kleinen Büroküche. Viertel nach zehn. Bis sie bei ihrer Mutter war, die in der Scheffelstraße wohnte, waren es nur wenige Minuten mit dem Auto.

»Hast du einen Arzt gerufen?«, machte sie einen letzten Versuch, sich dem Drängen der Schwester zu entziehen.

»Kannst du nicht einfach das Verhör lassen und kommen?« Carmens Stimme schwankte.

»Okay. Bis gleich.« Hastig legte sie auf.

Ihr war übel, und sie hatte feuchte Hände. Möglicherweise war es der Mutter gestern Abend schon schlecht gegangen, und sie hatte deswegen versucht, sie zu erreichen. Allerdings passte es weder zu ihrer Mutter noch zu Carmen, nach zwei Anrufen aufzugeben. Wenn Carmen die Notwendigkeit sah, würde sie notfalls vor Benitas Tür stehen und das halbe Haus rebellisch machen.

Benita verließ ihr Büro, eilte den Gang entlang und die Treppe hinunter. Gleich darauf steuerte sie ihren Wagen Richtung Scheffelstraße.

24

Margarita Luengo hatte eine Zwei-Zimmer-Wohnung mit Balkon im ersten Stock eines gepflegten Vier-Familien-Hauses. Benita parkte am Straßenrand direkt vor dem Anwesen. Noch ehe sie auf die Klingel gedrückt hatte, ertönte der Türsummer. Hatte sie während der kurzen Fahrt mit Ärger und Beklemmung gerungen, so nahm nun der Ärger überhand. Carmen hatte offenbar bereits hinter dem Vorhang Position bezogen und auf sie gewartet.

Tatsächlich stand die Schwester unter der Wohnungstür, kaum dass Benita die Treppe hoch war.

»Komm rein«, sagte sie statt einer Begrüßung. Ihre Miene drückte Sorge und Betroffenheit aus.

»Was ist los?«, fragte Benita. Sie sprach kurzatmig. Beinahe erwartete sie, die Mutter in den letzten Zügen liegen zu sehen. »Wo ist Mama?«

»Im Wohnzimmer. Sie hat sich hingelegt.«

Benita schob sich an der Schwester vorbei durch den Flur. Margarita Luengo lag auf dem Sofa, die Füße auf der Lehne. Die schneeweißen dichten Vorhänge vor den Fenstern bauschten sich durch die milde Luft, die durch die gekippten Scheiben hereinkam. Margarita Luengo hatte einen Arm über die Stirn gelegt und die Augen geschlossen. Bei Benitas Eintreten öffnete sie sie.

»Ach, mein Kind. Dass du sofort gekommen bist«, seufzte sie schwer.

»Was ist los, Mama?« Benita blieb neben dem Sofa stehen und berührte flüchtig den Arm der Mutter.

Margarita Luengo richtete sich auf. Ihre Haare standen wirr vom Kopf ab.

»Hier.« Ihre Lippen zitterten, und sie zeigte auf einen Brief, der auf dem Couchtisch lag, neben einer Blumenvase mit zwei weißen Pfingstrosen. Benita nahm das Schreiben und faltete den Bogen auf. Laut Briefkopf kam die Mitteilung von einer Anwaltskanzlei. Sie überflog den kurzen Text.

… möchte mein Mandant die Scheidung …

Benitas Puls schoss nach oben, und ihr Herz drosch gegen die Rippen. Sie schleuderte das Papier auf den Tisch. Der Zorn engte ihr Blickfeld ein. Sie presste die Fingernägel in die Handflächen.

»Das kann nicht euer Ernst sein!« Außer sich sah sie von der Mutter zur Schwester und zurück.

Margarita Luengo schluchzte auf.

»Ich kann es einfach nicht glauben. Nach vierzig Jahren will er sich scheiden lassen. Alles wegen dieser jungen Schlampe, zu der er …«

»Verdammt, Mama! Ich will es nicht hören. Was fällt euch ein, mich wegen dieser Scheiße zu belästigen? Ihr holt mich von der Arbeit wegen *dem hier*?« Ihr Zeigefinger durchbohrte die Luft. Etwas schnürte ihr den Brustkorb zusammen. »Ich dachte, du bist krank, umgekippt, Kreislaufversagen oder was auch immer! Und jetzt habt ihr mich ernsthaft deswegen –«

»Benita!« Carmen unterbrach wütend ihren Ausbruch. Margarita Luengo saß zusammengesunken auf der Sofakante und schluchzte.

»Ich hab Carmen gleich gesagt, lass sie. Das interessiert sie eh nicht«, klagte sie und zog ein Taschentuch hinter dem Sofakissen hervor.

»Ich glaub es einfach nicht.« Benitas Wangen glühten. »Hast du mich deswegen gestern Abend angerufen?«

Margarita Luengo zuckte mit den Schultern.

»Ich hab Carmen nicht erreicht, und da hab ich es bei dir probiert.« Sie sah beim Reden zu Boden.

»Ich fass es nicht, ich fass es nicht!«

»Sieh zu, dass du wieder runterkommst«, herrschte Carmen

sie an. »Ungeachtet dessen, dass du ja ganz offensichtlich mit uns nichts mehr zu tun haben willst, sind und bleiben wir eine Familie. Ob dir das passt oder nicht. Mama braucht uns jetzt. Vaters Verhalten in seinem Alter ist absolut schändlich.«

»Von mir aus kann er –«, brüllte Benita.

»Sei still! Die Fenster sind offen und die Wände dünn!«, fuhr Carmen dazwischen. Auf ihren Wangen waren rote Flecken erschienen.

Benita presste die Finger gegen die Schläfen. In ihrem Kopf pulsierte es, durch ihren Körper tobte hilflose Wut, und sie hatte den Drang, etwas kaputt zu schlagen.

»Ich habe zu arbeiten. Suhlt euch weiter in eurem vermeintlichen Elend.« Sie stürzte zur Tür, durch den kleinen Flur und ins Treppenhaus.

»Benita!«

Wider Willen verharrte sie in der Bewegung und wandte sich um. Carmen stand unter der Wohnungstür, als sei sie die Besitzerin.

»Was noch?«

»Nichts. Was hab ich überhaupt erwartet?« Carmen wandte sich demonstrativ um und schloss die Tür.

Benita stand auf der Treppe und hätte mit dem Kopf gegen die Wand schlagen mögen.

Sie rannte förmlich aus dem Haus, setzte sich hinters Steuer und ließ den Wagen mit solcher Aggressivität an, dass sie sich tief im Inneren wunderte, warum der Schlüssel nicht abbrach. Mit quietschenden Reifen schoss ihr Mercedes auf die Straße. Augenblicklich ertönte ein wütendes lang gezogenes Hupen, und sie trat hart auf die Bremse. Ein Autofahrer, dem sie beinahe die Vorfahrt genommen hätte, gestikulierte empört. Sie wartete, bis er vorbei war, und fuhr dann in gemäßigterem Tempo los.

Gut zehn Minuten später betrat sie ihr Büro wieder. Obwohl sie noch in den Toilettenräumen kaltes Wasser über Gesicht und Hände hatte laufen lassen, war es ihr nicht gelungen, das Glühen aus ihrem Körper zu vertreiben.

Julius saß hinter seinem Schreibtisch, vor sich eine Tüte mit

Gebäck, und aß eine belegte Laugenstange. Er zog die Augenbrauen hoch, als sie eintrat.

»Was ist denn passiert?«, fragte er ohne Begrüßung.

Benita ließ sich auf ihren Stuhl fallen. Sie vergrub das Gesicht in den Händen. Für einen Augenblick hatte sie den Wunsch, loszuheulen, doch der Moment verging sofort wieder. Es wäre auch gar nicht möglich gewesen. Trockener Zorn verdrängte alle anderen Gefühle.

»Vorhin hat mich meine Schwester angerufen, vom Telefon meiner Mutter aus. Sie hat mich gebeten, sofort zu kommen, weil es Mama angeblich schlecht ginge. Als ich dort war, war eigentlich gar nichts. Nur ärgerliche Post. Aber bestimmt kein Grund, so einen Terror zu machen.«

»Und Sie sind stinkwütend deswegen«, schlussfolgerte Julius.

»Allerdings.« Sie atmete durch.

»Auch eine Laugenstange?«, fragte Julius.

Sie ließ sich einige Sekunden mit der Antwort Zeit. Dann glitt ein kleines Lächeln über ihr Gesicht.

»Gern. Wie war es bei Annika Krambach?«

Julius reichte ihr das Gebäck eingewickelt in eine Papierserviette über den Schreibtisch.

»Gar nicht uninteressant.«

»Erzählen Sie.«

»Vorneweg, das Mädchen ist ähnlich erbost über Reichert wie Jasmin Neumann und Gudrun Stiefler. Annika hätte noch ein halbes Jahr bis zum Ende der Lehre gehabt. Jetzt rödelt sie seit Wochen rum, um irgendwo ihren Abschluss doch noch zu machen, aber mit der Vorgeschichte will sie keiner haben. Was ich äußerst aufschlussreich finde: Die Mutter von Annika ist Krankenschwester im Klinikum. Ich musste nämlich leise sein, als ich bei ihr war, weil die Mutter sich nach einem Nachtdienst ins Bett gelegt hatte. Theoretisch könnte Annika auf dem Weg über ihre Mutter an das Insulin gekommen sein. Ein Alibi für den Mittwoch hat sie übrigens nicht.«

»Wie hat sie sich zu den Diebstählen geäußert?«, fragte Benita.

Die Laugenstange schmeckte ihr. Sie wurde zwar nicht wirklich ruhiger, dennoch lenkte sie Julius' Bericht ab. Für einen

Moment ging ihr durch den Kopf, dass es auch seine Nähe war, die ihr guttat. Rasch verdrängte sie den Gedanken.

»Die hat sie als Kleinkram abgetan. Ein paar Bleistifte, ein übrig gebliebenes Elektrokabel, mehr wäre es nicht gewesen. Nur einmal hätte sie sich hinreißen lassen und versucht, einen CD-Player zu klauen. Ausgerechnet in dem Augenblick wäre der Chef aufgetaucht. Fischer hätte ihr vorgehalten, sie sei schon öfters beim Klauen gesehen worden. Er hätte einen Zeugen. Er hat sie mit sofortiger Wirkung entlassen.«

»Das heißt, es war gar nicht Reichert, der sie erwischt hat?«

»Nein. Aber der hat sie beim Chef angeschwärzt. Angeblich hat er sie dabei ertappt, als sie aus der Kasse einen Zehner genommen hat. Sie behauptet, sie wollte das Geld nur wechseln. Reichert hat ihr Diebstahl unterstellt und gesagt, die Sache könnte unter ihnen bleiben, wenn sie mit ihm ins Kino ginge. Dem hat sie entnommen, dass Reichert der besagte Zeuge sein sollte. Sie ist nämlich nicht mit ihm ins Kino gegangen.«

»Damit hat sie durchaus einen Grund, Reichert zu hassen, wenn ihr dadurch die Zukunft versaut worden ist«, folgerte Benita. »Auch wenn sie wohl selbst schuld ist. Nur müsste sie sich, wenn sie Reichert auf dem Gewissen hat, mit ihm an seinem Todestag getroffen haben.«

»Stimmt. Aber nachdem wir keine Ahnung haben, was er in den letzten etwa anderthalb Stunden vor seinem Tod getan hat, und nachdem Annika kein Alibi hat, können wir ein Treffen der beiden nicht ausschließen. Ich hab aber noch was.«

Julius machte eine kunstvolle Pause.

»Und?«

»Annika hat ausgeplaudert, dass Hanno Reichert bis zu seiner Tätigkeit als Buchhalter bei Fischer selbstständig war. Er hatte eine kleine Immobilienfirma, die wohl sehr schlecht lief. Sie wiederum weiß das, weil die Eltern ihres Freundes sich von Reichert eine Wohnung vermitteln lassen wollten. Das Geschäft kam aber nicht zustande, weil der Mann damals seine Tätigkeit gerade eingestellt hat. Der Freund von Annika hat sich an Reicherts Namen erinnert, als sie einmal bei ihm über den Kollegen geschimpft hatte.«

»Hm.« Benita trommelte sacht mit den Fingern auf die Schreibtischunterlage aus Papier. »Ich weiß jetzt nur nicht, wie wir das mit seinem Tod in Verbindung bringen sollen.«

»Aber ich.« Julius grinste triumphierend. »Ich hab nämlich Reicherts Namen einfach mal in die Suchmaschine im Internet eingegeben. Ich dachte, wenn der ein Immobilienfritze war, muss es doch was geben. Das läuft doch heute hauptsächlich übers Internet.«

»Lassen Sie mich raten, Sie haben was gefunden.«

»Ja. Angemeldet war seine Firma übrigens unter seiner Privatadresse. Nun frage ich mich schon, warum wir null und nix bei ihm zu Hause gefunden haben, was darauf hinweist. Sie waren doch sogar noch ein zweites Mal dort.«

Benita schüttelte den Kopf.

»Mir ist nichts aufgefallen. Allerdings könnte er ein Keller- oder Dachbodenabteil gehabt haben. Vielleicht gibt es dort Unterlagen.«

»Der hatte tatsächlich gar keinen Computer in seiner Wohnung. Das ist doch auch komisch«, grübelte Julius weiter.

»Unter den Umständen auf jeden Fall«, pflichtete Benita ihm bei und dachte, dass sie auch keinen Computer zu Hause hatte. Aber sie hatte über ihr Handy die Möglichkeit, ins Internet zu gehen. Das genügte ihr, und sie nutzte es ohnehin kaum.

»Ich würde sagen, wir nehmen uns seine gediegenen vier Wände noch mal vor, oder?«, fuhr Julius fort.

»Ja.«

»Sie sehen nicht so aus, als hätten Sie Lust, sich zu bewegen«, stellte ihr Mitarbeiter fest.

Benita zog die Mundwinkel zu einem Schmunzelversuch auseinander.

»Stimmt.« Ihr fiel ein, dass sie Julius noch nichts von ihrem Gespräch mit Nöbiger erzählt hatte. Sie fasste das wenige zusammen, was ihr der Kollege widerwillig mitgeteilt hatte.

»Ich hätte gute Lust, beim nächsten Gespräch mit Albrecht zu erwähnen, wie lustlos der Kerl bei der Sache ist.«

Julius grinste.

»Das bleibt Ihnen unbenommen.«

»Von Nöbigers Seite her ist jedenfalls nicht viel Einsatz zu erwarten.«

»Das klingt nach jeder Menge Arbeit für uns«, sagte Julius abschließend. »Vielleicht sollten wir mit diesem Lange persönlich reden.«

»Ja, vielleicht. Gut. Wir fahren nach St. Johannis und erledigen das als Erstes. Danach nehmen wir uns Reicherts Wohnung noch mal vor.«

»Auf geht's. Ich fahre«, beschloss Julius.

25

Philipp Lange stand in der Sparkassenfiliale St. Johannis mit dem Rücken zur Eingangstür an einem Kopierer und legte sorgsam ein Blatt nach dem anderen auf. Sein rotblondes Haar war am Hinterkopf akkurat hochgeschoren und zeigte die rosafarbene Haut seines Nackens.

Benita klopfte gegen die gläserne Scheibe, die den Angestelltenbereich vom Kundenbereich trennte. Der Mann unterbrach seine Arbeit und wandte sich um.

»Guten Tag. Bitte?«, erkundigte er sich und trat an die ovale Öffnung in der Trennscheibe. Auf seinem teigigen Gesicht schimmerten Schweißtröpfchen. Benita hielt ihren Ausweis in die Höhe und stellte sich und Julius vor.

»Kripo?«, fragte er. »Schon wieder?«

Er schob einen Finger zwischen Hemdkragen und Hals. Benita fiel auf, dass er trotz seiner Jugend ein ausgeprägtes Doppelkinn hatte.

»Richtig. Wir hätten ein paar Fragen«, antwortete sie.

»Gehen wir ins Besprechungszimmer. Ich mache Ihnen auf«, sagte Lange und zeigte zu einer Tür seitlich des Schalterraums.

Im angrenzenden kleinen Besprechungszimmer stand ein runder Holztisch und um diesen drei rote kleine Sessel. Unterhalb der Zimmerdecke hing ein Monitor, der die Tür und den Eingangsbereich des Schalterraums zeigte.

»Bitte.« Lange zeigte zu den Sitzmöbeln und nahm selbst so Platz, dass er den Monitor sehen konnte.

»Es geht um Meyer, nicht wahr? Ich hab schon gehört, sein Rad wurde gefunden.« Wieder zerrte er an seinem Kragen. »Übel, nicht wahr? Das heißt wohl nichts Gutes?«

»Herr Lange, wissen Sie, wohin Herr Meyer am Mittwoch letzte Woche wollte?«, erkundigte sich Benita, ohne auf seine Frage einzugehen.

»Nein.« Lange schüttelte den Kopf. »Er hat mir nur gesagt, dass er noch was erledigen muss und deswegen eine halbe Stunde eher geht. Tatsächlich ist er fünfundvierzig Minuten eher gegangen, aber was soll's?«

»Unserem Kollegen Nöbiger haben Sie erzählt, es ginge um die Landesgartenschau.«

Der Bankangestellte lief rot an.

»Ach so. Ja natürlich. Das hat er mir gesagt, aber eben keine Details.«

»Sie wissen also nicht, ob er sich mit jemand getroffen hat?«, fragte Benita.

»Nein. Es hat mich auch nicht interessiert. Ich dachte, er will aufs Gelände, was überprüfen oder so.«

Aus dem Schalterraum drang gedämpft das Schrillen des Telefons.

»Gehen Sie ruhig ran«, forderte Julius ihn auf. Lange umklammerte die Lehne seines Sessels.

»Derjenige ruft sicher wieder an. Jetzt spreche ich mit Ihnen.«

»Ist Ihnen was aufgefallen, ehe Herr Meyer weg ist? Kam ein Anruf, war er nervös, oder ist er sehr kurzfristig aufgebrochen?«, fragte Benita.

»Kurzfristig? Wie meinen Sie das?« Das Telefon hatte aufgehört zu läuten. Lange zerrte ein Stofftaschentuch aus seiner Hosentasche und wischte sich damit über Stirn und Schläfen.

»Ich meine, hat er Ihnen vielleicht schon vormittags oder mittags gesagt, dass er eher fortmuss? Oder kam das für Sie überraschend?«

Lange stopfte sein Taschentuch wieder weg und räusperte sich. »Er hat gegen fünf Uhr erwähnt, dass er etwas eher wegmöchte.«

»Hat er vorher telefoniert? Oder hatte er kurz vorher einen Kunden?«

»Nein, keinen Kunden. Telefoniert hatte er. Glaube ich.« Auf Langes Schläfen bildeten sich neue feine Schweißperlen.

»War er aufgeregt? Im positiven oder negativen Sinn?«, wollte Julius wissen.

Wieder fing das Telefon an zu schrillen.

»Mir ist nichts aufgefallen. Meyer war wie immer. Ausgeglichen, würde ich sagen«, antwortete Lange.

»Jetzt gehen Sie schon endlich an den Apparat«, verlangte Benita. Das permanente Klingeln zerrte an ihren Nerven.

»Nein. Wenn ich allein in der Niederlassung bin und einen Kunden habe, kann ich ihn auch nicht einfach stehen lassen, nur weil jemand anruft.«

Er hielt sich wieder an den Sessellehnen fest. Seine Fingerknöchel traten weiß hervor.

»Kann es sein, dass Sie nicht wollen, dass wir Ihr Telefonat mitbekommen?«, fragte Benita scharf.

Lange lief knallrot an. Er stieß sich förmlich aus dem Sessel hoch.

»Bitte! Wie Sie wollen!« Hastig verließ er den Raum. Die Verbindungstür schloss er hinter sich.

»Da stimmt doch was nicht«, raunte Benita Julius zu. »Der will partout nicht ans Telefon, während wir hier sind, und er schwitzt ohne Ende. So warm ist es heute nicht. Weder hier drinnen noch draußen.« Sie stand auf und stellte sich an die Tür. Julius sah sie erwartungsvoll an.

»… kann ich Ihnen nicht sagen. Nein, tut mir leid. Nein, ich habe keinen Zugriff, das lief alles über Herrn Meyer. Natürlich. Hören Sie, Herr Kopalski, ich kann …«

Das Gespräch brach ab. Benita öffnete die Tür. Lange stand neben dem Telefon. Unter seinen Achseln zeichneten sich große dunkle Schweißflecken auf seinem hellblauen Hemd ab. Benita meinte, seine Hände zittern zu sehen.

»Was ist los?«, erkundigte sie sich. Der Bankangestellte presste die Handflächen aneinander und gab keine Antwort.

»Herr Lange?«, wiederholte sie und sprach eine Spur schärfer.

»Das war Kopalski. Er will in wenigen Minuten hier sein«, sagte er schließlich.

»Ein Kunde?«

»Ja.«

»Und?«

»Er ist stinksauer. Vielleicht ist er auch einem Herzinfarkt nahe, ich weiß es nicht.«

»Worum geht es?«

Lange hob abwehrend die Hände.

»Hören Sie, dieser Kopalski ... das ist eine Sache, die ausschließlich von Herrn Meyer bearbeitet wird. Ich hab keinen Zugriff zu den Unterlagen. Beziehungsweise ich kann und will mich nicht einmischen. Meyer ist mein Vorgesetzter. Wenn er mitbekommt, dass ich ... Ich kann einpacken, verstehen Sie?« Sein Blick flackerte.

»Ich verstehe überhaupt nichts«, erwiderte Benita. Sie hatte das Gefühl, dass hier eben und vor ihren Augen etwas aus dem Ruder lief.

»Kopalski hat eine größere Summe Geld bei uns angelegt. Die will er jetzt sofort zurückhaben. Das geht aber nicht. Er kann seine Einlage höchstens beleihen. Das will er aber nicht. Er will alles ausbezahlt haben. In bar und sofort.«

Benita merkte, dass Julius sich erhoben hatte und nun dicht hinter ihr stand.

Lange hockte sich auf seinen Schreibtischstuhl.

»Kopalski ist nicht der Erste. Das geht jetzt schon seit einigen Tagen so«, gestand er.

In diesem Augenblick flog die Tür zum Schalterraum auf. Ein kleines dürres Männchen mit dichtem grauen Haar und einer grünen Strickjacke kam herein. Mit schnellen Schritten stürzte er zu der Trennwand und schlug mit der Faust dagegen.

»Schweine und Feiglinge seid ihr alle! Du steckst doch mit dem Meyer unter einer Decke! Was habt ihr mit dem Geld gemacht? Dem Dötzer seins ist auch weg. Ich lass euch hochgehen, das sag ich dir!«

Lange saß reglos auf seinem Stuhl, ohne den tobenden alten Mann anzusehen.

Benita ging durch den Kopf, dass sie keine Waffe dabeihatte. Sie konnte nicht einschätzen, wie der Wüterich sich weiter verhielt. Sie zog ihre Dienstmarke und trat an das ovale Fenster der Trennscheibe.

»Herr Kopalski? Kriminalpolizei. Beruhigen Sie sich. Können wir reden?«

»Polizei? Ha! Dass ihr mal an Ort und Stelle seid. Sicher können wir reden.«

Er stützte die Hände auf den Tresen. Benita warf Julius einen Blick zu.

»Ich geh raus, Sie bleiben hier«, raunte sie ihm zu.

Kopalski lehnte inzwischen mit der Seite am Tresen. Es musste eine schrecklich unbequeme Haltung sein.

»So, Herr Kopalski«, begann Benita. »Jetzt wüsste ich gern, was Sie Herrn Meyer beziehungsweise Herrn Lange vorwerfen.«

»Das ist doch ganz einfach. Vor einem halben Jahr hab ich meine ganzen Ersparnisse dem Meyer hingetragen. Er hatte da so ein Angebot mit einer längerfristigen Anlage zu einem schönen Zins. Drei Prozent! Wo kriegt man denn das derzeit noch? Davon hab ich auch gleich dem Dötzer erzählt. Na, der hat sich gefreut. Wir mussten uns nur schnell entscheiden, weil das Angebot bloß noch ein paar Tage lief.«

Kopalski warf einen zornigen Blick zu Lange, der unbewegt in seinem Stuhl saß. Julius hatte sich auf die Schreibtischkante gehockt.

»Ja, und jetzt ist das Geld weg. Alles. Das haben die doch eingesteckt!«, zürnte er.

»So einfach geht das nicht, Herr Kopalski. Ich kenne mich zwar im Bankwesen nicht aus, aber …«, begann Benita.

»Ja eben! Woher wollen Sie denn dann wissen, dass das nicht so einfach geht?«

Benita schüttelte den Kopf und fühlte sich unvermittelt überfordert.

»Sie wollen also vor der Zeit Ihr Geld wiederhaben?«, versuchte sie, das Gespräch von einer anderen Seite anzugehen.

»Eigentlich wollte ich nicht. Ich brauch es ja jetzt gar nicht. Aber der Dötzer. Der hat letzte Woche den Meyer angerufen, weil er seiner Enkeltochter zum achtzehnten Geburtstag ein Auto kaufen will. Und der Meyer hat das Geld nicht rausgerückt.«

»Aber das heißt doch noch nicht, dass es weg ist«, erwiderte Benita und unterdrückte ein Seufzen.

»Doch! Weil nämlich der Dötzer nicht lockergelassen hat. Der kann so ein Sturkopf sein. Er hat in der Hauptniederlassung angerufen und gefragt, ob denn da nicht doch was geht. Und die haben dann festgestellt, dass auf Dötzer gar nichts angelegt ist. Und wo das Geld hingekommen ist, konnten die ihm auch nicht sagen. Und als der Dötzer den Meyer zur Rede gestellt hat, hat der versucht, sich rauszuwinden. Da würde bestimmt ein Irrtum vorliegen, und er würde sich darum kümmern.«

»Und weiter?«, fragte Benita und beherrschte die altbekannte Ungeduld.

»Ich bin dann auch zu Meyer und wollte mein Geld wiederhaben. Weil, das klingt doch mehr als seltsam, oder? Ich meine, das mit dem Dötzer. Der Meyer hat mich hingehalten. Er hat gesagt, so schnell geht das nicht, weil ich ja eine feste Anlage gemacht hab und so weiter.«

»Hm«, machte Benita.

»Was: hm?« Der alte Mann schnaubte und stieß sich vom Tresen ab. »Wie geht's denn jetzt weiter? Können die Schlipsträger von der Bank alles mit uns kleinen Leuten machen? Ich will verdammt noch mal mein Geld wiederhaben!«

»Das verstehe ich ja, Herr Kopalski. Nur sind Herr Schwarz und ich von der Mordkommission. Für Wirtschaftskriminalität, wenn denn eine solche vorliegt, sind wir nicht zuständig.«

Kopalski schlug die Hand vor den Mund.

»Mordkommission? Ja ist denn der Meyer umgebracht worden?«

»Nein, nein. Wir hatten nur ein paar allgemeine Fragen an Herrn Lange.«

»Aber weg ist er allerweil. Da stimmt doch was nicht! Ihr haltet doch alle zusammen.«

»Herr Kopalski, ich verspreche Ihnen, wir kümmern uns um die Angelegenheit. Wie können wir Sie am besten erreichen?«

»Na, in Weidenberg. Aufm Hof.«

Benita machte Julius ein Zeichen. Er schob ihr einen Notizzettel und einen Stift durch die ovale Öffnung zu.

»Schreiben Sie mir Ihre Adresse und Telefonnummer auf«, bat sie den alten Mann.

Seine Hände waren schwielig und die Finger knotig. Er hatte Mühe, den Stift zu halten. Sorgsam und in steiler Schrift notierte er, worum sie gebeten hatte.

»Vielen Dank, Herr Kopalski. Wir melden uns bei Ihnen«, versprach Benita noch einmal.

Der Mann nickte, warf Lange einen finsteren Blick zu und schlurfte aus dem Schalterraum. Lange sackte in seinem Stuhl zusammen.

»Machen Sie auf«, verlangte Benita und zeigte zu der Verbindungstür.

Der Bankangestellte drückte einen Knopf unterhalb der Schreibtischplatte, und beim Klang eines leisen Summtons ließ sich die Tür öffnen. Benita stellte sich in Julius' Nähe und musterte Philipp Lange.

»Jetzt sind Sie dran. Worum geht es?«

Lange fuhr sich mit allen zehn Fingern durch die Haare.

»Ich weiß es doch nicht. Es gibt hier Ungereimtheiten. Letzten Donnerstag hat eine Frau Fröbel angerufen. Sie hat vor etwa einem Jahr bei uns Geld angelegt, in Aktien. Siebzehntausend Euro, behauptet sie. Gefunden hab ich aber nur eine Anlage von zwölftausend Euro. Anlage stimmt, Verzinsung stimmt, nur der Betrag nicht. Ich hab mich zuerst nur gewundert und gedacht, ich muss Meyer fragen. Zu dem Zeitpunkt wusste ich noch nicht, dass er verschwunden ist. Am Freitag hat sich dann dieser Dötzer gemeldet. Es ging um eine ähnliche Anlage, und in dem Fall gab es gar keine Unterlagen. Bei ihm waren es angeblich fünftausend Euro. Plötzlich hatte ich ein ganz komisches Gefühl. Zwei Kunden innerhalb einer Woche, bei deren Anlagen was nicht stimmt. Und beide Vorgänge hat Meyer auf dem Tisch gehabt, der plötzlich verschwunden ist.«

»Und was ist mit Kopalski?«, schaltete sich Julius ein.

»Der will sechstausend Euro angelegt haben. Es sind aber nur dreitausend da.« Lange hielt den Blick gesenkt und zupfte an der scharfen Bundfalte seiner Stoffhose.

»Im Klartext, es besteht die Möglichkeit, dass Meyer Gelder veruntreut hat«, fasste Benita zusammen. Lange zuckte mit den Schultern.

»Ich kann es nicht ausschließen.«

»Julius, rufen Sie die Kollegen an. Ich glaube, hier sollte einiges gründlich kontrolliert werden.«

Dieser nickte und zog sein Handy aus der Tasche.

26

»Die Frage ist«, überlegte Julius laut, nachdem sie die Sparkassenfiliale verlassen hatten, »ob Meyers Verschwinden mit der möglichen Veruntreuung der Kundengelder zu tun hat.«

»Seh ich genauso«, pflichtete Benita ihm bei.

»Vielleicht ist ihm einer auf die Schliche gekommen, und zwar schon vor Kopalski oder Dötzer oder wem auch immer, und hat seiner Wut freien Lauf gelassen«, fuhr er fort. »Oder Meyer ist mit dem Geld abgehauen und hat das Fahrrad in den Main geworfen, um uns in die Irre zu führen.«

»Lassen wir jetzt erst die Kollegen ran«, bremste Benita seine Spekulationen.

Seitlich der Straße parkten zwei Dienstfahrzeuge der Polizei. Benita und Julius hatten bei Lange gewartet, bis die zuständigen Leute eingetroffen waren, die sich nun durch Akten und Computer arbeiten und Unterlagen beschlagnahmen mussten. Die Sparkassenniederlassung würde vermutlich vorübergehend geschlossen werden.

»Jetzt zu Reicherts Wohnung«, beschloss Benita.

»Ich werd ganz wirr im Kopf, wenn wir zwei Fälle gleichzeitig lösen sollen«, maulte Julius.

»Das nennt man Multitasking, mein Lieber«, klärte Benita ihn auf. »Soweit ich weiß, sind Männer genetisch bedingt nicht dazu fähig.«

»Wenn das so ist, übernehme ich jetzt die Fahrt und Sie machen den Rest«, entschied Julius.

»Schauen wir mal«, antwortete sie.

27

»Hier, ich hab was«, rief Julius über die Schulter. Er saß in der Hocke neben Reicherts Sofa und zog etwas aus dem Zeitungsständer. »Er hatte ein Netbook.«

Benita kroch ein unangenehmes Gefühl über den Rücken bis hoch in den Nacken. Sie war inzwischen das dritte Mal in Reicherts Wohnung, und jetzt erst fanden sie seinen Computer. Besser, Albrecht erfuhr das nicht so genau.

»Wir nehmen ihn mit«, rief sie vom Flur ins Wohnzimmer. Julius rappelte sich hoch.

»Ist nur ein ganz kleines Ding und war zwischen die Zeitungen gerutscht«, erklärte er.

Benita ging nicht darauf ein. So oder so, sie hätten gründlicher arbeiten müssen.

»Sehen wir zu, ob wir ein Kellerabteil finden, das zu Reichert passt. Oder ein Dachbodenabteil.«

»Schlüssel, die uns weiterhelfen, gibt's wohl keine?«, fragte Julius.

Sie schüttelte den Kopf und zeigte auf den Schuhschrank.

»Ich hab drei Schlüssel in der obersten Schublade gefunden: einen Autoschlüssel, einen Schlüssel, der in die Wohnungstür passt, und einen, der zu irgendeiner Zimmertür gehört. Wir versuchen es einfach.«

Aus dem Treppenhaus waren Schritte zu hören. Rasch öffnete Benita die Wohnungstür. Ludmann war dabei, ein Stockwerk höher zu stapfen.

»Herr Ludmann, grüß Gott. Eine Frage.«

Ludmann blieb stehen. Er trug eine weite dunkelblaue Stoffhose mit Blumendruck und ein lockeres schwarzes Hemd.

»Ah, die Polizei. Hallo.«

»Sagen Sie, gibt es im Haus Dachboden- oder Kellerabteile, die von den Mietern genutzt werden?«

»Dachbodenabteile nicht. Oben ist nur noch meine Wohnung. Kellerabteile ja. Das in der Mitte gehörte Reichert, darum geht es Ihnen ja wahrscheinlich.«

»Stimmt. Sie wissen nicht zufällig, wo er den Schlüssel dazu aufbewahrt?«, fragte sie.

»Nein. Aber er hat eh nur so ein pieseliges Vorhängeschloss dran. Das kriegen Sie leicht auf, mit 'nem Schraubenzieher oder so.«

»Danke, Herr Ludmann.«

»Immer gern.« Er stapfte ohne weiteren Gruß die Treppe hoch.

Der Keller war dunkel und muffig, und unter der Decke hing eine dicke Spinnwebe. Benita zog unwillkürlich den Kopf ein und beeilte sich, an dem filzigen Gewebe vorbeizukommen. Am Boden entlang huschte ein kleiner wieselflinker Schatten.

»Herrschaft! Da unten gibt's ja Mäuse«, empörte sich Julius. »Ich hasse die Viecher.«

»Ich auch. Machen wir vorwärts«, sagte Benita und zeigte auf das mittlere Abteil der drei durch Holzstreben voneinander abgeteilten Verschläge. Der erste war leer bis auf einen Kleiderschrank, im zweiten stapelten sich Kartons, ein vorsintflutlicher Computer mit Röhrenbildschirm stand neben einer uralten Trockenhaube, wie sie Friseure vor Jahrzehnten benutzt hatten.

»Was wollte der denn damit?«, fragte Benita und zeigte auf die Haube.

»Das können wir ihn leider nicht mehr fragen. Das Schloss ist übrigens wirklich das reinste Spielzeug. Was dagegen, wenn ich es knacke?«, fragte Julius.

»Ich hab es einfach nicht gesehen, okay?«

Benita betrat nach Julius den Keller. Sie hob einen der Kartons vom Stapel und öffnete ihn. Sie wühlte sich durch Papiere und Akten.

»Ich glaube, wir sind fündig geworden«, sagte sie und hielt einen Hefter in der Hand. »Hier sind tatsächlich Unterlagen über Immobilienverkäufe et cetera. Wir nehmen alles mit und sehen das Zeug im Büro durch.«

»Ich hab auch was. Schriftverkehr von einem offenbar sehr wütenden Käufer«, sagte Julius.

»Also sämtliche Kartons ins Auto«, entschied Benita. Sie hatte eine weitere Spinnwebe in der Ecke des winzigen dreckigen Kellerfensters gesehen.

»Das dauert ja ewig, bis wir das alles durchgesehen haben«, maulte Julius, als sie die Kartons in seinen Wagen hievten. »Hoffentlich hockt nicht irgendwo in den Schachteln eine Maus.«

»Oder eine Spinne«, ergänzte Benita.

»Pfui Teufel. Wären wir bloß mit Ihrem Auto gefahren«, schimpfte Julius.

Benita zwang sich zu einem Schmunzeln. Sie war müde und hungrig, fühlte sich dreckig, und in ihr bohrte noch immer die Begegnung mit ihrer Mutter am Vormittag. Sie war sicher, nicht zum letzten Mal von den Scheidungsabsichten von Alberto Luengo gehört zu haben. Und wenn es Carmen war, die sich über alles hinwegsetzte und ihr die aktuellen Neuigkeiten mitteilte. Natürlich unter dem Vorwand, dass sie es für ihre Pflicht hielt, sie zu informieren.

Sie fuhren zurück zum Präsidium. Der Pförtner half ihnen, die Kartons ins Haus zu tragen.

Julius holte eine Flasche Wasser aus dem Kühlschrank in der Küche und zwei Gläser aus dem Schränkchen.

»Sollen wir gleich anfangen?«, fragte er und schenkte ein.

»Ich will eigentlich nur noch Feierabend machen«, erwiderte Benita.

Sie nahm ihr Glas und trank es in einem Zug aus.

»Ich auch.«

»Ich weiß. Ich sehe es Ihnen an«, sagte sie.

Julius schnitt eine Grimasse.

»Was außer diesem Papierchaos steht noch an?«, wollte er wissen.

»Ich hab mir für heute vorgenommen, noch mindestens zwei, besser drei der Fachärzte aufzusuchen, zu denen Gröger Reichert überwiesen hat. Ich will einfach nur wissen, was die zu der Sache zu sagen haben.«

»Wenn da Kassenbetrug dahintersteht, halten die eh dicht. Stecken doch alle unter einer Decke«, erwiderte Julius. Benita lächelte flüchtig.

»Sie hören sich an wie Kopalski.«

»Wo er recht haben könnte …« Julius ließ den Satz offen.

»Ich kann die Ärzte auch allein aufsuchen. Allmählich wird es sowieso Zeit, sonst muss ich das auf morgen verschieben.«

»Das heißt, ich soll die Kartons allein sichten? Das können Sie mir nicht antun, Chefin.«

»Sie könnten Nöbiger, den faulen Sack, bitten, Ihnen zu helfen. Er hilft uns und wir ihm«, erwiderte sie ironisch.

»Haha. Albrecht wird begeistert sein.«

»Es war nur ein Scherz. Vorschlag: Wir machen uns jetzt noch eine Stunde über die Unterlagen her. Dann ist Feierabend. Morgen früh fahr ich als Erstes zu zwei oder drei Ärzten, während Sie hier weitermachen. Ich denke, ich bin bis spätestens zehn Uhr im Büro, vielleicht auch früher.«

»Wir wollten auch noch mal zu Else Reichert, wegen dem, was Gerlinde Köcher gesagt hat«, erinnerte Julius sie.

»Ach ja, das auch noch. Auch morgen, okay?«

Julius seufzte.

»Ich muss wohl einverstanden sein.«

28

Zwei Stunden später, kurz nach sechs Uhr. Entweder war Müggemann nicht zu Hause, oder er hatte einen übungsfreien Abend. Bisher war kein Laut aus seiner Wohnung zu vernehmen. Benita ließ ihre Tasche im Flur auf den Fußboden fallen. Sie streifte die Kleidung ab und warf sie zusammengeknüllt in den Wäschekorb im Bad, ehe sie nackt in die Küche ging und sich ein Bier aus dem Kühlschrank holte. Zwei Drittel der Flasche waren ruckzuck leer.

Momo stand mit steil erhobenem Schwanz unter der Küchentür und beobachtete sie. Wohltuend breitete sich das alkoholhaltige Getränk in Benitas Magen aus. Die Katze kniff die Augen zu schmalen Schlitzen zusammen.

»Was ist, Momo? Willst du mir was sagen?«

Momo bewegte die Schwanzspitze.

»Passt dir was nicht? Hat Müggemann nachmittags rumgefiedelt? Oder stört es dich, dass ich heimkomme und als Erstes Bier trinke?«

Momo stolzierte zu ihr und rieb flüchtig den Kopf an Benitas Bein. Sie streichelte das Tier, ließ den Rest ihres Getränkes stehen und ging unter die Dusche.

Nachdem sie sich zumindest wieder sauber fühlte, machte sie sich eine Dose Ravioli warm, trank ihr restliches Bier und setzte sich schließlich mit einer zweiten Flasche im Wohnzimmer aufs Sofa. Von Müggemann war noch immer nichts zu hören. Stattdessen drang gedämpft das zweifache Schnurren ihres Handys aus dem Flur, das den Eingang einer SMS meldete. Sie holte das Mobiltelefon und rief die Nachricht auf. Augenblicklich krampfte sich ihr Magen in neuem Zorn zusammen, als sie die Nummer ihrer Schwester erkannte. Für einen Augenblick war sie in Versuchung, sie nicht sofort zu lesen, überlegte es sich dann jedoch anders. Am Ende hatte sich die Mutter derart in ihre Verzweiflung hineingesteigert, mit siebenundsechzig Jahren bald eine geschiedene Frau zu sein, dass sie tatsächlich einen Schwächeanfall erlitten hatte.

Hallo Benita, nachdem du wohl nicht bereit bist, mit mir über dein schockierendes Verhalten von heute Vormittag zu reden, melde ich mich per SMS, auch wenn ich das als äußerst unpersönlich empfinde, doch du willst es ja nicht anders. Ein paar einfühlsame Worte Mama gegenüber wären in der jetzigen Situation durchaus angebracht. Ich mache mir ernsthaft Sorgen. Kommenden Samstag treffe ich mich mit Papa. Ich will ihm ins Gewissen reden. Mit deiner Unterstützung kann ich wohl nicht rechnen. Dennoch: Wir sind um fünfzehn Uhr im Operncafé. Liebe Grüße – Carmen

Benita ließ sich auf ihr Sofa fallen. Ganz ruhig. Ein neuer Wutanfall würde zu nichts führen. Von Zeile zu Zeile der für ihre

Begriffe schier endlosen Nachricht war die Wut schärfer geworden. Ganz ruhig. Sie spürte ein feines Stechen hinter der rechten Schläfe. Sie würde die Nachricht ignorieren, ganz einfach. Sollte Carmen machen, was sie wollte. Sie wollte definitiv nichts davon wissen. Ebenso konnte Carmen lange darauf warten, dass sie der Mutter in »ihrer Situation« beistand.

Margarita Luengo hatte ihr auch nicht beigestanden, sondern die Augen verschlossen und Ausflüchte gefunden, und bis heute weigerte sie sich zu sehen, was der Alte ihr angetan hatte. Benita stützte die Ellbogen auf die Knie und den Kopf in die Hände. In jeder Zelle ihres Körpers brodelte es. Sie musste etwas tun, ehe sie mit dem Kopf gegen die Wand lief. Sie stand auf und ging ins Schlafzimmer.

Wenige Minuten darauf verließ sie die Wohnung. Sie trug ihr neues dunkelblaues Kleid mit großen weißen Punkten, das H&M kürzlich im Angebot gehabt hatte. Das Oberteil lag eng an, der Rock schwang, unterstützt von einem Unterrock, oberhalb der Knie um ihre Beine. Ein breiter roter Lackgürtel umschloss ihre Taille. In ihrem Handtäschchen steckten eine Sonnenbrille und ein Päckchen Kondome.

Müggemann begegnete ihr unter der Haustür. Er hatte seinen Geigenkasten in der Hand und war schon fast an ihr vorbei, als er doch noch stehen blieb.

»Ah, Frau Luengo! Fast hätte ich Sie nicht erkannt. Sie sehen, wenn ich so sagen darf, phantastisch aus. Sie sollten die Haare öfter offen tragen. Darf ich fragen, was Sie vorhaben?«

Nein, darfst du nicht!, dachte sie ärgerlich.

»Guten Abend, Herr Müggemann«, erwiderte sie und wollte, ohne seine Frage zu beantworten, an ihm vorbei.

Der Nachbar verstellte ihr den Weg. Er stieß ein künstliches Lachen aus.

»Schon gut, ich will ja nicht neugierig sein. Nur würde ich Ihnen gern rasch etwas mitteilen, damit die liebe Seele ihre Ruhe hat: Meine Kollegen und ich, wir haben seit Kurzem die Möglichkeit, unsere Übungsstunden für die angedachte Lehrerband in die Schulräumlichkeiten zu verlegen. Von daher werde ich Sie nicht weiter mit meiner Musik belästigen.«

»Wunderbar.« Für einen winzigen Augenblick durchzuckte sie Erleichterung.

»Nun denn, schönen Abend«, sagte Müggemann und hielt ihr die Tür auf. »Genießen wir ihn, ehe uns morgen die Hitzewelle erreicht«, plapperte er weiter.

»Hitzewelle?«, fragte sie und ärgerte sich sofort.

Jeder banale Wortwechsel mit dem Nachbarn war riskant. Am Ende lud er sie wieder zu irgendetwas ein. Damit hatte er sich in den letzten Monaten sehr zurückgehalten. Am Ende forderte sie ihn zu neuen Aktivitäten heraus, wenn sie sich gesprächsbereit zeigte.

»Ja, ja. Der Wetterbericht hat Temperaturen bis zu dreiunddreißig Grad angekündigt. Gegen Abend soll es heftige Wärmegewitter geben. Ich liebe ja dieses Naturschauspiel, gleichwohl Blitz und Donner nicht jedermanns Sache sind. Aber …«

»Herr Müggemann, ich muss los. Gleichfalls schönen Abend.« Sie ließ ihn stehen und stöckelte nach draußen, bemüht, mit den hohen dünnen Absätzen der schwarzen Lackpumps nicht zwischen den Pflastersteinen stecken zu bleiben.

Nach wenigen Schritten blieb sie stehen. Eigentlich hatte sie gar nicht auf die Straße gewollt, sondern in die Tiefgarage, wo ihr Mercedes stand. Sie war völlig durcheinander. Benita zögerte, ins Haus zurückzugehen, doch Müggemann mochte wohl mittlerweile oben in seiner Wohnung sein. Tatsächlich gelangte sie unbehelligt zu ihrem Wagen. Ehe sie den Motor startete, nahm sie noch einmal ihr Handy aus der Tasche. Sie löschte die Nachricht ihrer Schwester und fühlte sich eine Spur leichter.

Anschließend fuhr sie Richtung Pegnitz. Kurz hinter der Ortschaft gab es den Club »Fly to Hell«.

Es war kurz nach halb neun, als sie auf dem geschotterten Parkplatz seitlich des Clubs parkte, und es störte Benita ungemein, dass es noch hell war. Ihre geheimen Ausflüge, mit denen sie versuchte, einen unfassbaren inneren Druck zu mildern, waren für sie untrennbar mit der tiefen Schwärze der Nacht verbunden, die ihre Qual im Verborgenen hielt. Bedächtig stieg sie aus.

Vor der Lokaltür lungerten einige junge Leute herum, rauchten und lachten. Zwei Frauen und ein bärtiger Mann von höchstens fünfundzwanzig Jahren musterten sie. Sie stolzierte an ihnen vorbei, als gäbe es sie nicht, und glaubte doch zu merken, dass sie über sie redeten. Im Club war es dunkel, nur wenige Lampen spendeten rötliches und blaues Licht, das hinter hölzernen Leisten hervorschien. Es war auch nicht allzu viel los. Benita setzte sich an die Bar und bestellte sich, ganz gegen ihre Gewohnheit, einen alkoholfreien Cocktail. Immerhin hatte sie schon fast zwei Bier getrunken, ehe sie losgefahren war.

Noch heute bekam sie ein mulmiges Gefühl, wenn sie an ihren Ausrutscher vom letzten Jahr dachte. Sie war mit Restalkohol im Blut Auto gefahren und hatte prompt einen Auffahrunfall provoziert. Obwohl sie sich mit Hilfe eines Kollegen aus der Affäre hatte ziehen können, war der Vorfall ihrem Vorgesetzten Albrecht zu Ohren gekommen. Keinesfalls durfte sie sich einen neuen Schnitzer in Sachen Alkohol im Dienst oder am Steuer leisten.

Die Bedienung, die hinter dem Tresen stand, stellte ihr mit gelangweilter Miene den Drink hin. Benita hatte sich für einen »Car Driver« entschieden, der hauptsächlich aus Ananas- und Zitronensaft bestand.

»Hey«, hörte sie eine junge männliche Stimme, und jemand legte ihr die Hand auf die Schulter. Sie wandte sich um und entzog sich ruckartig der Berührung.

»Was fällt dir ein?«

Vor ihr stand der bärtige junge Mann, der vor wenigen Minuten noch mit seiner Clique draußen geraucht hatte.

»Sorry.« Er hob entschuldigend beide Hände. »Darf ich mich zu dir setzen, oder wartest du auf jemand?«

Sie musterte ihn. Er hatte muskulöse Arme und Schultern, auch wenn Letztere nicht allzu breit waren. Unter seinem weißen T-Shirt zeichneten sich die Muskeln seines Brustkorbs ab. Sein Bauch war flach. Mehr konnte sie bei der trüben Beleuchtung nicht sehen.

»Von mir aus«, gab sie zurück. »Ist ja sonst eh alles besetzt.« Sie machte eine Handbewegung zu den leeren Barhockern links und rechts von ihnen.

»Ich bin Joe.« Er streckte ihr die Hand hin.

»Ricarda.« Es war heraus, ehe sie nachgedacht hatte. Seine Hand ignorierte sie.

Joe hatte eine Bierflasche dabei, die er nun auf den Tresen stellte.

»Schlecht gelaunt?«, fragte er. Seine Augen waren dunkel, doch das konnte bei dem schlechten Licht täuschen. Soweit sie sich erinnern konnte, hatte sie noch nie einen bärtigen Mann gehabt.

»Ja«, erwiderte sie.

»Ich kann versuchen, dich aufzumuntern. Also, der gackernde Mädelshaufen, mit dem ich draußen gestanden habe, musste jedenfalls nach Hause. Sperrstunde, verstehst du?« Er grinste.

»Aha.«

»Ich will damit sagen, ich hab jede Menge Zeit. Für dich zum Beispiel. Magst du tanzen?«

»Eigentlich nicht.«

Er redete zu viel, und hier war zu wenig los. Natürlich hätte sie trotzdem mit ihm verschwinden können. Am besten in irgendein Hinterzimmer. Draußen war es noch zu hell.

»Nicht? Du siehst aus wie ein Rockabilly-Girl und tanzt nicht?«

»Nein.« Sie nahm ihr Getränk und zog lasziv an ihrem Strohhalm, wobei sie ihn nicht aus den Augen ließ.

Joe lachte kurz, sah auf seine Bierflasche, auf seine Hand und wieder auf sie.

»Was guckst du so? Willst du mich nervös machen? Ich sag dir, das gelingt dir.«

»Bist du öfters hier?«, fragte sie und strich mit der Zungenspitze über ihre Oberlippe.

»Das kann man so sagen. Mir gehört der Laden, zusammen mit meinem Bruder.«

»Ach was. Dann kennst du dich hier aus und weißt bestimmt eine Ecke, wo wir uns in Ruhe unterhalten können?«

Sie wandte sich ihm zu und schlug ein Bein über das andere. Mit dem Fuß berührte sie wie zufällig seine Wade.

»Hey. Ich weiß gerade nicht …« Sein Blick ging zu ihrem Fuß.

»Unentschieden?«, fragte sie leise.

»Du bist ja krass drauf.« Er schluckte, und sein Adamsapfel hüpfte.

»Ja oder ja?«

Sein Atem ging eine Spur schneller, und seine Augen hefteten sich auf ihren Ausschnitt. Benita glitt von ihrem Hocker und strich mit den Fingerspitzen über seinen Oberarm. Sie brachte ihre Wange nahe an seine.

»Ich hab nichts drunter«, hauchte sie, so leise, dass sie überlegte, ob er es verstanden hatte. Joe schnaufte.

»Komm.« Er rutschte vom Hocker und nahm ihre Hand. »Dort lang und dann die Tür links.«

Eine halbe Stunde später verließ sie das Lokal durch die Hintertür. Ihr war heiß, und ihre Knie zitterten. Joe hatte nicht lange gefackelt und viel Durchhaltevermögen gezeigt. Besser ging es ihr nicht. Absolut nicht. Nur ihr Körper war erschöpft.

Sie stakste zu ihrem Wagen und wollte eben die Tür öffnen, als sie eine inzwischen fast schon vertraute Stimme hörte.

»Benita?«

Ihr Mund schien sich mit Sand zu füllen. Am besten, sie ignorierte den Ruf und stieg einfach ein. Motor an, Gas geben und weg.

»Benita, warte doch.« Verdammt! Langsam wandte sie sich um. Immerhin war von Joe nichts zu sehen.

»Tom, hallo.« Sie sprach undeutlich.

»Schön, dich zu sehen.« Er blieb auf eine Armlänge Abstand zu ihr stehen und lächelte. »Du siehst super aus. Du hast die Haare offen, so wie damals, als wir … na, du weißt schon.«

Sie nickte langsam. Ja, und bestimmt war die Frisur keine Frisur mehr und ihre Wangen gerötet. Flucht.

Nichts wie weg.

»Was machst du hier?«, fragte er, und sein Blick schien ihr unerträglich eindringlich. Sie straffte die Schultern.

»Ich war was trinken.«

»Und jetzt gehst du schon wieder?« Er schien in sie hineinzusehen.

»Ja. Ist nicht viel los drinnen, und ich bin müde. Ich hätte zu Hause bleiben sollen.«

»Ja, unter der Woche ist selten viel los. Ich muss rein. Meine Schicht fängt an.« Er beugte sich vor und hauchte ihr einen Kuss auf die Wange.

Sie musste sich beherrschen, um nicht zurückzuweichen.

Schicht? Welche Schicht? Arbeitete er jetzt seit Neuestem hier? Oder hatte er mehrere Jobs? Ganz ungünstig für sie und ihre Unternehmungen.

Moment! Wenn er hier arbeitete und Joe der Laden gehörte ... Glühend heiß durchrann es sie.

»Was ist los? Was schaust du so?« Er griff nach ihrem Ellbogen.

Benita zog ihn weg.

»Ich dachte, du arbeitest in Creußen?«

»Ich würde eher sagen, ich gehe jobben und sehe zu, was ich kriegen kann. Ich bin mal hier, mal da. Irgendwie muss ich mir ja mein Studium verdienen.«

»Studium?«

In ihrem Kopf ging es drunter und drüber. Sie wollte nichts wie fort und hatte doch das Gefühl, noch so viel wie möglich aus Tom herauskriegen zu müssen, damit sie ihn einordnen konnte.

»Psychologie, ja.«

Auch das noch. Ein Schauer lief über ihre heiße klebrige Haut.

»Ich muss gehen, Tom. Ich bin müde, und der Tag fängt morgen früh an.«

Er nickte, und sie wurde das Gefühl nicht los, dass er sie analysierte. Und vielleicht etwas ahnte, was nie jemand erfahren durfte. Sie hatte ihm ja auch einen Grund dafür gegeben, nicht ahnend, dass sie ihm wieder und wieder über den Weg laufen würde. Aber vielleicht war sie auch nur hysterisch, überreizt und fertig mit den Nerven. Ihren Zwang gelegentlich auszuleben und stets darauf zu achten, nicht aufzufliegen, kostete sie viel Kraft. Plötzlich fiel ihr etwas ein.

»Tom. Mein Chef hat darum gebeten, dass wir die Vermisstenabteilung in Sachen Meyer unterstützen. Ich arbeite jetzt also doch dran.«

Kaum hatte sie die Worte ausgesprochen, bereute sie es. Im Grunde ging es ihn nichts an.

»Das freut mich, Benita, wirklich. Nadine ist psychisch völlig am Ende. Sie glaubt nicht daran, dass ihr Mann wieder heil nach Hause kommt. Aber jetzt muss ich echt rein. Joe kann ganz schön sauer werden, wenn man unpünktlich ist.« Rasch strich er ihr über den Arm.

Benita öffnete die Wagentür und ließ sich in den Fahrersitz fallen. Verdammte Scheiße.

29

Benita trug ein khakifarbenes leichtes Baumwollkleid mit durchgehender Knopfleiste vorn und farblich passende Stoffturnschuhe. Müggemann hatte recht behalten mit seiner Wetterprognose. Bereits am frühen Morgen war der Tag wärmer gewesen als jeder bisherige in diesem Frühling. Jetzt, kurz nach zehn Uhr am Vormittag, war es richtig heiß.

Julius saß über einem der Kartons, die sie am Vortag aus Reicherts Keller mitgenommen hatten, und begrüßte Benita mit einem vorwurfsvollen Blick.

»Die letzten beiden Stunden sind mir echt lang geworden, so ganz allein mit dem Kram hier«, sagte er und deutete auf die Unterlagen. »Waren Sie wenigstens erfolgreich unterwegs? Kommt Licht in Reicherts Krankengeschichte?«

Benita zog ihren Stuhl unter dem Schreibtisch hervor und setzte sich.

»Wie man es nimmt. Ich war bei einer Frau Dr. Dora Gerstner, die ist Kardiologin. Gröger hat Reichert eine Überweisung ausgestellt mit Verdacht auf eine koronare Herzerkrankung. Unter anderem wurde ein CT gemacht. Es soll aber nichts dabei herausgekommen sein. Trotzdem hat Frau Doktor eine Kontrolle empfohlen. Die hätte Ende des Jahres stattfinden sollen.«

»Haben Sie sie mit unserem Verdacht konfrontiert, dass Gröger äußerst großzügig mit seinen Überweisungen und Untersuchungen war, obwohl er Reichert für einen Hypochonder hielt?«, fragte Julius und lehnte sich im Stuhl zurück, offensichtlich froh, dass er einen Grund hatte, die Papiere erst einmal beiseitezulegen.

»Natürlich.« Vorwurfsvoll sah Benita ihren Mitarbeiter an.

Julius grinste.

»Und?«

»Nichts – wie zu erwarten war. Sie hat gesagt, wenn ein Patient über Beschwerden klagt, muss dem nachgegangen werden. Nur wenn sich über längere Zeit diverse Beschwerden als medizinisch nicht begründet herausstellen, könnte man an eine psychische Ursache denken. Reichert wäre allerdings noch nicht lange ihr Patient gewesen. Für sie hätte es keinen Grund gegeben, irgendetwas anzuzweifeln.«

»Okay.« Julius verschränkte die Hände vor dem Bauch und wippte mit der Rückenlehne seines Stuhles. »Und weiter?«, fragte er.

»Dann war ich noch bei einem Gastroenterologen, der bei Reichert eine Magenspiegelung gemacht hat. Ein Dr. Jochen Hilgert. Angeblich hatte Reichert eine Magenschleimhautentzündung. Die Spiegelung war zwei Wochen vor Reicherts Tod. Nun frage ich mich schon, ob Köhler die Entzündung nicht hätte feststellen müssen. Groß ist die Zeitspanne ja nicht.«

»Stimmt. Wenn Köhler nix gefunden hat, haben wir einen ersten Hinweis darauf, dass hier Schindluder getrieben wurde. Nur wird es schwierig, das den Ärzten nachzuweisen. Außerdem hat es wohl nichts mit dem Mord zu tun. Worüber ich allerdings eben nachdenke, ist, dass bestimmt jeder Arzt problemlos an Insulin kommt. Irgendwie«, resümierte Julius. »Und wenn Reichert dahintergekommen ist, dass die ganzen Untersuchungen unnötig sind? Und versucht hat, denjenigen in die Enge zu treiben?«

»Sie meinen Erpressung?«, fragte Benita.

»Könnte doch sein.«

»Schon. Aber irgendwie klingt das zu weit hergeholt. Außerdem denke ich, dass ein Mediziner zu raffinierteren Methoden greifen würde als Insulin. Das kann sich doch jeder Doktor ausrechnen, dass die Rechtsmedizin das zackig herausfindet.«

»Stimmt auch wieder.« Julius seufzte. »Waren Sie noch bei jemand?«

»Nein. Obwohl wir noch einige auf der Liste haben. Aber sonst hätte ich sie noch länger allein lassen müssen, mein Lieber. Haben Sie was Interessantes gefunden?«

»O ja.« Julius grinste breit und klopfte mit dem Zeigefinger auf ein paar Papiere, die vor ihm auf dem Schreibtisch lagen.

»Es gibt eine Familie Kunze, die versucht hat, per Anwalt und Gericht gegen Reichert vorzugehen. Angeblich hat Reichert ihnen ein absolut marodes Objekt verkauft. Soweit ich inzwischen durch die Unterlagen durch bin, haben die Leute ihm aber nichts nachweisen können, und Reichert ist unbeschadet aus der Sache rausgekommen. Allerdings hat er unmittelbar danach seine Maklertätigkeit aufgegeben.«

»Puh! Und das sagen Sie erst jetzt und lassen mich in Ruhe von meinen Arztbesuchen erzählen. Das klingt doch nach einem griffigen Motiv.«

»Allerdings.« Julius zog ein Papier aus einem Stapel. »Hier. Da steht, dass nachweislich in dem Objekt mehrere Wasserleitungen defekt waren, Schimmel unter Tapete und Laminat war und die Heizung kurz nach dem Einzug erneuert werden musste. Umso schlimmer, als der Einzug Ende Oktober war und der Winter vor der Tür stand.«

»Zu den Kunzes fahren wir jetzt. Ich will genau wissen, was die zu sagen haben«, beschloss Benita.

»Wie Sie befehlen, Chefin. Was machen wir mit Ihren ärztlichen Erkenntnissen?«, fragte Julius und stand auf.

»Die ruhen für den Moment. Ich bin sicher, da passt was nicht. Aber noch haben wir nichts in der Hand. Sie könnten Köhler heute noch anrufen und wegen der Magenschleimhautentzündung fragen.«

»Mach ich.«

Plötzlich fiel ihr noch etwas ein.

»Haben Sie sich eigentlich erkundigt, wie rasch eine Insulinspritze wirkt?«, fragte sie. »Darüber hatten wir doch neulich gesprochen.«

»Nö. Sollte ich?«, brummelte Julius.

»Hm. Hätte ich ja auch machen können«, gab Benita zu. »Moment. Ich hol das gleich nach.«

Zwei Minuten später war das Gespräch mit dem Gerichtsmediziner beendet.

»Von einer Magenschleimhautentzündung ist ihm nichts aufgefallen«, informierte sie ihren Mitarbeiter, der sich auf die Schreibtischkante gesetzt hatte. »Und die Wirksamkeit von Insulin setzt sehr rasch ein. Innerhalb von Minuten, sagt er. Bei dem Insulin, das Reichert intus hatte, dauert es ein bisschen länger, weil es diese Verzögerungssubstanz enthielt. Köhler vermutet, er hat es circa achtzehn Uhr fünfzehn bis achtzehn Uhr dreißig bekommen. Mehr kann er die Zeit nicht eingrenzen.«

Julius nickte und erhob sich von der Schreibtischkante.

»Viel hilft uns das nicht«, bemerkte er.

»Wohin müssen wir?«, erkundigte sich Benita, ohne auf seinen Einwurf einzugehen, und stand ebenfalls auf.

»In die Spitalgasse.«

»Na super. Da parken wir am besten im Rotmain-Center-Parkhaus und laufen hin«, ärgerte sie sich. »Das sind bestimmt zehn Minuten zu Fuß. Und das bei der Wärme.«

»Das schaffen wir in fünf Minuten. Oder wir laufen von hier aus, dann sparen wir die Parkgebühren.«

»Die sparen wir sowieso, weil wir die als Spesen einreichen. Ich zumindest, wenn ich fahre. Also los. Ich bin bestimmt zerflossen, bis wir dort sind.«

30

Etliche Häuser in der Spitalgasse hatten eindeutig ihre besten Jahre hinter sich. Die Sonne hatte Mühe, in die schmale Gasse hineinzukommen. Die Mauern vieler Gebäude waren schmutzig, mit Sprüchen beschmiert, und an etlichen Bauten bröckelte der Putz. Benita fand, das Ansehnlichste in der Straße waren die altmodisch anmutenden Laternen, die an den Häuserfronten angebracht waren.

Das Haus der Familie Kunze wirkte jedoch im Gegensatz zu den meisten anderen von außen recht gepflegt. Zumindest die Fassade war wohl kürzlich hergerichtet worden. Neben drei steinernen Stufen, die zur Haustür führten, stand ein großer Holzkübel, in dem ein mannshohes Bäumchen wuchs.

Kurz nachdem Benita geklingelt hatte, wurde von einem schlaksigen jungen Mann geöffnet.

»Ja?« Misstrauisch musterte er Benita und Julius.

Benita zog wieder einmal ihren Ausweis und stellte sich vor.

»Sie sind Herr Kunze?«, fragte sie. Sie hatte sich den Mann wesentlich älter vorgestellt.

»Lukas Kunze, ja.«

»Es geht um den Tod von Hanno Reichert. Können wir Ihnen ein paar Fragen stellen?«, bat sie.

Lukas Kunze hielt nach wie vor den Türgriff in der Hand und machte keine Anstalten, sie hereinzulassen.

»Wozu? Ein Arsch weniger auf der Welt. Dazu hab ich nichts zu sagen.«

»Lukas? Wer ist da?«, drang eine weibliche Stimme durch den Flur. Im Hintergrund erschien eine magere Frau.

»Die sind von der Polizei, Mutter. Wegen dem Reichert.«

Die Frau schob Lukas beiseite.

»Grüß Gott. Was ist los?«, fragte sie und strich mit einer fahrigen Bewegung ihr kinnlanges graues Haar hinters Ohr. Benita wiederholte ihr Anliegen.

»Natürlich. Kommen Sie herein.« Die Frau schob ihren Sohn beiseite, der sich ruckartig abwandte und eine Holztreppe hochstapfte, die links der Haustür lag.

Sie ging voraus in ein kleines Wohnzimmer. Ihr altmodisches lila Kleid schlotterte um ihren mageren Körper. Frau Kunze zeigte zu einem schwarzen Ledersofa unter dem Fenster.

»Setzen Sie sich. Der Reichert ist tot, das stand in der Zeitung. Was wollen Sie von uns?«, fragte sie und strich ihren Rock glatt.

»Frau Kunze, wir haben Unterlagen gefunden, dass Herr Reichert Ihnen während seiner Maklertätigkeit ein sanierungsbedürftiges Objekt verkauft hat. Erzählen Sie uns bitte mehr darüber.«

Frau Kunze stieß ein schnaubendes Geräusch aus und machte eine Handbewegung, als wollte sie ihr das Wohnzimmer zeigen.

»Hier. Sehen Sie sich um. Sie sitzen mittendrin in dem sanierungsbedürftigen Objekt. Wir sind finanziell am Ende durch Reicherts Machenschaften. Mein Mann hat einen Herzinfarkt erlitten, ich hab zwei Jobs und kann nachts nicht mehr schlafen. Alles die Schuld von diesem linken Hund.« Ein Zittern durchlief sie.

Benita ließ den Blick durch den Raum streifen. Außer, dass das Zimmer nur mit dem Nötigsten eingerichtet war, fiel ihr nichts auf.

»Ja, ich merke schon, was Sie denken«, fuhr Frau Kunze fort. »Es sieht alles recht ordentlich aus. Das dachten wir damals auch. Aber kurz nachdem wir eingezogen waren, hat sich ein Mangel nach dem anderen herausgestellt. Als Erstes ist die Heizung kaputtgegangen, und das Mitte November. Wir haben uns sofort an Reichert gewandt, doch der hat nur außerordentlich bedauert. Schließlich wäre das Haus ja schon über vierzig Jahre alt, da könnte das vorkommen. Gekauft wie besehen, das war sein Lieblingsspruch. Jedenfalls mussten wir uns Geld von Freunden leihen. Die Bank hat uns ja nichts mehr gegeben.«

Sie verschränkte die Hände im Schoß. Ihr Gesicht war von vielen Falten durchgezogen, die Mundwinkel deuteten nach unten. Benita schätzte die Frau auf Anfang vierzig und damit nicht sehr viel älter als sie selbst. Dennoch schienen sie Jahrzehnte zu trennen.

»Und dann?«, fragte Julius, der seinen Block auf den Knien liegen, aber noch keine Notizen gemacht hatte.

»Kurz danach hatten wir im Bad und in der Küche nasse Stellen an den Wänden, da waren Rohre defekt. Wir haben Reichert wieder angerufen, doch der ist ungehalten geworden. Das Objekt wäre extrem günstig gewesen, und er hätte uns darauf hingewiesen, dass hier und da ein paar Reparaturen anfallen würden. Das Perfide ist, dass das stimmt. Es gab sogar noch handschriftliche Notizen darüber. Aber mit den Reparaturen hat er uns damals auf Kleinigkeiten hingewiesen. Im Bad war zum Beispiel der Fensterrahmen undicht, und im Keller waren ein paar Fliesen locker. Bei dem, was tatsächlich gerichtet werden musste, war der Verkauf für uns arglistige Täuschung. Wir haben überlegt, einen Anwalt einzuschalten, aber das kostet ja alles. Und eine Rechtsschutzversicherung haben wir nicht.« Sie sah wechselweise zum Boden und zur Wand, jedoch immer an Benita und Julius vorbei.

»Wir wussten echt nicht mehr, was wir machen sollten. Ein Freund von meinem Mann hat uns geholfen, die Rohre auszutauschen und die Wände neu zu verputzen. Das war eine Schweinearbeit. Und dann, als Lukas und mein Mann die alten Tapeten abgelöst haben, war Schimmel darunter und so fort. Uns ist alles über den Kopf gewachsen.«

»Dann sind Sie doch zum Anwalt gegangen?«, erkundigte sich Benita.

Die magere verhärmte Frau tat ihr leid, und sie wunderte sich darüber. Es kam nicht oft vor, dass sie eine gewisse Empathie für die Leute empfand, mit denen sie beruflich zu tun hatte.

Frau Kunze nickte.

»Das hat uns aber auch nur Geld gekostet. Der Anwalt hat die Sachlage geprüft und gesagt, es sei extrem schwierig, Reichert betrügerische Absicht nachzuweisen. Maximal sei er etwas unbedarft an die Vermittlung herangegangen. Und natürlich hätte ein Hinweis auf Mängel im Kauf- oder Notarvertrag stehen müssen. Jedenfalls hat er uns davon abgeraten, vor Gericht zu gehen.«

»Und was ist mit dem Vorbesitzer? Hätte man den nicht belangen können? Der muss doch zumindest eine Ahnung gehabt haben«, meldete sich Julius zu Wort.

Die Frau machte eine ungehaltene Handbewegung.

»Das Haus gehörte einem alleinstehenden, sehr alten Mann, der kurz nach dem Verkauf gestorben ist. Sein Vermögen ist an einen gemeinnützigen Verein gegangen, der sich für die Krebshilfe einsetzt. Ehrlich gesagt …« Sie zögerte und sah endlich wieder auf. »Wir hatten da plötzlich Hemmungen, von dem Verein was zurückzufordern. Mein Schwiegervater ist auch an Krebs gestorben.«

»Hatten Sie danach noch Kontakt zu Reichert?«, fragte Benita.

Frau Kunze wurde rot.

»Na ja, nicht direkt. Aber Ernst, mein Mann, hat ihn angerufen und wüst beschimpft. Tod und Teufel hat er ihm an den Hals gewünscht. Aber mehr war nicht, ehrlich.«

»Frau Kunze, wir würden gern auch mit Ihrem Mann sprechen«, beschloss Benita.

Die Frau schüttelte heftig den Kopf.

»Nein, bitte nicht. Ernst geht es gar nicht gut. Er darf sich nicht aufregen. Wissen Sie, es ist alles zu viel. Ernst arbeitet als Gerüstbauer, und damit das nötige Geld reinkommt, hat er nach Feierabend in den letzten anderthalb Jahren noch Zusatzjobs angenommen. Malern und so. Bis er zusammengeklappt ist.« Unerwartet brach sie in Tränen aus. »Und ich geh putzen, wo ich kann, und trage Zeitungen aus. Auch unser Lukas hilft mit, aber der ist auch nicht gesund, und oft geht's ihm gar nicht gut.«

»Das tut mir leid, Frau Kunze«, sagte Benita. »Was hat Ihr Sohn für eine Krankheit?«

»Diabetes. Aber er ist noch nicht richtig eingestellt. Wir wissen es noch nicht lange.« Sie fasste unter die Tischplatte des Couchtisches und zog ein Tempotaschentuch von der Ablage hervor. »Die Krankheit ist in meiner Familie schon öfters vorgekommen. Es hat uns trotzdem hart getroffen, und ich fühle mich, als wäre ich schuld.« Ihre Lippen zitterten.

»Bitte, Frau Kunze, fassen Sie es nicht verkehrt auf. Es ist reine Routine. Wo waren Sie, Ihr Mann und Ihr Sohn am Mittwoch, dem 17. Mai, zwischen achtzehn Uhr und achtzehn Uhr dreißig?«

Frau Kunze putzte sich die Nase und stopfte ihr Taschentuch hinter den Rücken.

»Sie sind gut. Das ist doch schon eine Woche her. Ernst war bestimmt zu Hause. Das ist er jetzt eigentlich immer, seit er aus der Klinik draußen ist. Lukas müssen Sie selbst fragen, das weiß ich nicht. Und ich … ich war … Moment … ich glaube, das war der Tag, an dem ich bei Dr. Schuster war.«

»Sie waren beim Arzt?«, fragte Julius und klopfte mit dem Ende seines Bleistifts auf seinen Block, auf dem er mittlerweile ein paar Notizen vermerkt hatte. »Ärzte haben doch Mittwochnachmittag meistens geschlossen?«

Frau Kunze sah ihn vorwurfsvoll an.

»Das ist längst nicht mehr überall so. Aber ich war auch nicht als Patientin bei ihm, sondern zum Putzen. Der Doktor kann das bezeugen, der war nämlich noch da und hat endlos telefoniert.«

Julius nickte und kritzelte auf seinen Block.

»Wir würden gern noch Ihren Sohn nach seinem Alibi fragen«, bat Benita.

»Wie Sie wollen.«

Die Frau stand auf, öffnete die Wohnzimmertür und rief nach ihrem Sohn. Lukas Kunze kam so zügig die Treppe herunter, als hätte er oben gestanden und gewartet. Benita hegte den Verdacht, dass er gelauscht hatte.

Der junge Mann lehnte sich in den Rahmen der Tür, die Hände in die Gürtelschlaufen seiner Jeans eingehängt, und musterte Benita unverwandt mit regloser Miene.

»Worum geht es?«, fragte er.

»Um Ihr Alibi für Mittwoch, den 17. Mai, zwischen achtzehn Uhr und achtzehn Uhr dreißig«, erläuterte sie knapp.

Lukas Kunze kratzte sich am Kopf und schien zu überlegen.

»Sorry«, sagte er schließlich. »Ich fürchte, ich muss passen. Mittwoch wollte ich mich mit Jakob treffen, einem Kumpel. Der hat aber abgesagt. Ich bin dann ein bisschen mit dem Rad durch die Gegend gefahren. Muss gegen acht Uhr gewesen sein, bis ich daheim war.«

Benita nickte und stand auf.

»Mit anderen Worten, Sie haben kein Alibi«, bemerkte sie. Der junge Mann zuckte mit den Schultern.

»Soll ich mir eines ausdenken?«

»Lukas!«, wies seine Mutter ihn zurecht.

»Passt schon, Frau Kunze«, meldete sich Julius und ergänzte, an Lukas gewandt: »Sie haben ja recht. Für den Moment war das alles.«

31

»So«, fasste Benita zusammen, während sie zurück zum Rotmain-Center-Parkhaus gingen. »Wir haben jetzt als Verdächtige Jasmin

Neumann, mit Zugang zu Insulin und einem Motiv, dafür aber ohne Alibi. Außerdem diese Gudrun Stiefler, die bei Reichert abgeblitzt ist. Sie hat Diabetes. Wir sollten sie vielleicht doch noch nach einem Alibi fragen, obwohl ich nicht glaube, dass sie es war.«

»Warum nicht?«, fragte Julius. Benita machte eine Handbewegung, als wäge sie zwischen zwei Möglichkeiten ab.

»Sie kommt mir empört und gekränkt vor, aber nicht so emotionsgeladen, als würde sie ihn für die Zurückweisung ins Jenseits befördern wollen.«

»Verletzte Frauen können zu Hyänen werden«, bemerkte Julius.

Benita grinste flüchtig.

»Sprechen Sie etwa aus Erfahrung, Julius?«

»Klar! Ich halte doch Augen und Ohren offen. Ich habe erst vor Kurzem im Internet gelesen, dass eine Frau, die von ihrem Partner sitzen gelassen wurde, ihm Säure in ein Getränk gekippt hat. Der Mann hat schwerste Verätzungen im Mund, in der Speiseröhre und so weiter. Das ist echt heftig, finden Sie nicht?«

»Sicher.« Benita seufzte. »Obwohl ich mit Erfahrung eben etwas anderes gemeint habe. Trotzdem würde ich die Stiefler hintenanstellen. Dann ist da noch das Lehrmädchen, das über die Mutter auch an Insulin rankäme.«

»Wenn man bedenkt, auf wie vielen Wegen man an das Zeug kommen könnte, wenn man wollte«, warf Julius ein.

»Stimmt. Außerdem spukt mir Gröger im Kopf rum, aber wir haben noch nichts Greifbares. Und natürlich die Kunzes. Und zwar jeder Einzelne, auch wenn ich von der Mutter nicht glaube, dass sie raffiniert genug ist, so einen Plan zu schmieden und auszuführen.«

»Außerdem hat sie ein Alibi«, erinnerte sie Julius.

»Ja. Sie könnten die Tat aber auch in Gemeinschaft geplant haben, und einer, zum Beispiel der Sohn, hat sie umgesetzt.«

»Also haben wir wieder einmal etliche Verdächtige und nirgends einen Beweis«, stellte Julius fest.

»Sehe ich auch so. Wir besuchen jetzt noch einmal Else Reichert. Inzwischen hat sie vielleicht den ersten Schock ein bisschen verdaut, und vielleicht ist ihr ja doch noch was eingefallen, was für uns wichtig sein könnte«, beschloss Benita.

32

Die Schultern der alten Frau hingen, und ihre Nase stach spitz aus dem kleinen faltigen Gesicht hervor.

»Kommen Sie rein«, sagte sie und trat zur Seite, um Benita und Julius einzulassen. »Wollen Sie einen Tee?«

»Nein, danke, Frau Reichert«, wehrte Benita ab.

»Gern«, behauptete Julius.

Benita streifte ihn mit einem überraschten Blick. Soweit sie wusste, trank ihr Mitarbeiter nur Tee, wenn er krank war.

Else Reichert schlurfte voran in die Küche. Aus einem Teekessel dampfte das Wasser, nur das pfeifende Geräusch fehlte. Benita sah, dass auf dem Ausgießer die Pfeife fehlte. Die alte Frau kippte schwungvoll das Wasser in zwei Henkelbecher und gab je einen Teebeutel dazu.

»Setzen Sie sich halt«, forderte sie ihren Besuch auf und stellte Julius den Becher hin. Langsam färbte sich das heiße Wasser rötlich.

»Hagebutte. Ich mag Früchtetee«, sagte sie. Sie ließ sich auf einem Stuhl nieder und spielte mit dem Etikett.

»Nächste Woche wird mein Junge beerdigt«, stieß sie unvermittelt hervor. Ihr Blick war auf die Tischplatte gerichtet. »Ich hab solche Angst davor.«

Ein Beben lief durch ihren Körper. Benita kam es vor, als hätte Hanno Reicherts Mutter in den letzten Tagen noch mehr abgenommen. Sie hatte sie zwar zierlich, aber nicht gar so gebrechlich in Erinnerung gehabt. Behutsam setzte sie sich.

»Das glaube ich Ihnen«, sagte sie.

Else Reichert nickte und schniefte. Sie hob den Blick und sah Benita an. Ihre Augen schimmerten feucht.

»Sie sind ein gutes Kind, Frau Kommissarin. Haben Sie auch Kinder?« Ihre Stimme zitterte.

Benita erschrak. Unvermittelt war ihr, als stünde sie im Fokus, und das gefiel ihr nicht. Sie wollte eben zu einer Erwiderung ansetzten, als Julius sich zu Wort meldete.

»Frau Reichert, so leid es uns tut, aber wir brauchen noch einmal Ihre Unterstützung«, begann er.

Else Reichert wandte sich ihm zu.

»Ich dachte mir schon, dass Sie nicht nur auf ein Palaver vorbeigekommen sind.«

»Ist Ihnen in der Zwischenzeit irgendetwas eingefallen, was mit dem Tod von Hanno in Verbindung stehen könnte? Hat er was erwähnt? Einen Streit, Geldsorgen, gesundheitliche Probleme, irgendwas?«

Die alte Frau schüttelte den Kopf.

»Glauben Sie mir, ich denke über nichts anderes nach. Er hat mal was von einer Kollegin erzählt, die soll geklaut haben, und er hat überlegt, das dem Chef zu melden. Das ist mir noch eingefallen. Es ist aber schon eine Weile her, und ich weiß auch nicht, was daraus geworden ist. Mehr kann ich beim besten Willen nicht sagen.«

»Welche Hobbys hatte Hanno? Womit hat er sich in seiner Freizeit beschäftigt?«, hakte Benita nach, die unterschwellig fürchtete, Else Reichert könnte ihre Frage nach Kindern wieder einfallen und sie wiederholen.

»Er ist viel und gern spazieren gegangen. Bisschen einsam für so einen jungen Mann, finden Sie nicht?« Unglücklich sah sie von Benita zu Julius.

»Wenn er allein unterwegs war, ja«, stimmte Julius zu. »Sagt Ihnen der Name Gerlinde Köcher was?«, fragte er übergangslos.

»Die Gerlinde?« Else Reichert straffte die knochigen Schultern. »Das psychotische alte Weib? Ist die auch mal wieder aus der Versenkung aufgetaucht? Hat sie mich wieder schlechtgemacht? Das ist typisch. Das Miststück hat schon immer versucht, mir das Leben schwer zu machen. Ich hätte mir denken können, dass sie jetzt wieder loslegt, wo mein Hanno …« Sie brach ab und umklammerte die Teetasse.

Benita befürchtete, sie würde ob der Hitze, die das Gefäß abstrahlen musste, jeden Moment zurückzucken und sich am überschwappenden Getränk verbrühen. Else Reichert schien nichts zu spüren.

»Wieso will sie Ihnen das Leben schwer machen?«, fragte Benita und hoffte, Else Reichert würde die Tasse endlich loslassen.

»Ach«, stieß die alte Frau hervor und machte eine wegwerfende Handbewegung und ließ dabei jetzt die Tasse los. »Das sind alte Geschichten. Die Gerlinde wollte damals den Rudolf heiraten. Aber er hat sie nicht gewollt. Stattdessen hat er mich geheiratet.« Ein winziges Lächeln umspielte ihre schmalen Lippen. »Und aus Rache wollte sie mir später den Kleinen wegnehmen, nachdem mein Mann weg war. Aber da hat sie mich kennengelernt. Ich lass mir doch den Jungen nicht nehmen. Außerdem …« Sie beugte sich vor, und in ihren grauen Augen blitzte es. »… ist die Gerlinde nicht ganz dicht. Die war nämlich in der Hupf, wissen Sie.«

»Wo?« Verwundert zog Benita die Stirn in Falten.

»Na, in der Anstalt, in die die Leute kommen, die nicht alle beisammenhaben.« Sie bohrte mit dem Zeigefinger gegen ihre Schläfe.

»Hupf ist die Abkürzung für Heil- und Pflegeanstalt«, erklärte Julius zu Benita gewandt. »So wurde früher das Bezirkskrankenhaus im Stadtteil Wendelhöfen von den Bayreuthern genannt.«

»Aha«, machte Benita. »Und warum war sie dort?«

Else Reichert lehnte sich im Stuhl zurück und verschränkte die Arme.

»Sie hat eine Psy-cho-se gehabt, oder wie das heißt.« Sie sprach die Bezeichnung für die Erkrankung übertrieben deutlich aus, als gehörte das Wort nicht zu ihrem Sprachgebrauch.

»Wie hat sich die Psychose geäußert?«, fragte Julius.

»Sie hat sich halt allerhand Zeugs eingebildet. Total wirr war sie.« Else Reichert rieb sich die Nase.

»Was denn für ›Zeugs‹?«, hakte Benita nach.

»Zum Beispiel, dass der Hanno ihr Sohn wäre. So ein Quatsch. Der Kleine war noch kein Jahr alt, als der Rudolf und ich geheiratet haben. Und seine Mutter war die Edith, die ist kurz nach seiner Geburt gestorben. Ich sag Ihnen doch, die Gerlinde ist nicht ganz in Ordnung. Jedenfalls wollte sie unbedingt meinen Rudolf und hat ihm sogar noch nachgestellt, als wir schon verheiratet waren. Und schlecht hat sie mich überall gemacht. Ich tät nicht für den Kleinen sorgen und so weiter. Aber dann ist sie in die Klinik gekommen, und Ruhe war.«

Else Reicherts Miene drückte Zufriedenheit aus. Plötzlich runzelte sie die Stirn.

»War die Gerlinde bei Ihnen? Hat sie Ihnen Blödsinn erzählt?«

»Was sollte sie uns denn erzählen?«, stellte Julius eine Gegenfrage.

»Na zum Beispiel, dass ich den Hanno schlecht behandelt hätte, nachdem sein Vater weg war. Angeblich durfte er keine Freunde mitbringen, aber das stimmt nicht. Er hatte einfach keine!« Ihre Mundwinkel zitterten. »Er hat mir ja so leidgetan. Immer allein und so. Er war halt ein bisschen stiller als die anderen. Nicht so ein Raufbold. Und Fußball und so Zeug hat ihn schon gar nicht interessiert.«

Sie schniefte.

»Wir hatten ja auch kein Geld. Ich hätte ihm gern mal was gegeben, damit er mit den anderen ins Kino konnte oder Eis essen. Aber wir waren halt knapp dran. Ich hab versucht, uns über Wasser zu halten. Ich bin Schneiderin von Beruf, wissen Sie. Ich hab für den Kleinen und mich fast alles selbst genäht. Damals kam das noch billiger als fertig kaufen. Und Obst und Gemüse hab ich angepflanzt.«

Benita nickte.

»Das Schlimme war«, fuhr Else Reichert fort. »Nachdem die Gerlinde aus der Hupf raus war und erfahren hat, dass der Rudolf weg ist, hat sie mir die Hölle heißgemacht und überall schlecht über mich geredet. Ich wäre schuld, dass er fort ist und so. So ein Blödsinn! Ich war ihm eine gute Frau! Ich versteh das bis heute nicht, warum der abgehauen ist.« Sie presste die Lippen aufeinander.

Julius nippte an seinem Tee. Benita schielte auf eine kleine Uhr, die auf dem Fenstersims stand. Sie fand, sie waren lange genug hier und erfuhren doch nichts Wesentliches. Plötzlich fiel ihr noch etwas ein.

»Sagt Ihnen der Name Kunze etwas?«, fragte sie.

Else Reichert erwiderte ihren Blick und schien zu überlegen.

»Nein«, sagte sie schließlich. »Wer soll das sein?«

Benita fasste in aller Kürze das Wichtigste zusammen. Die alte Frau nickte zu ihren Ausführungen.

»Ich hab dem Hanno gleich gesagt, Häuser und so verkaufen ist bestimmt ein harter Job, und da steckt auch ganz viel Verantwortung drin. Aber er wollte unbedingt selbstständig sein. Dass da zum Schluss was schiefgegangen ist, hat er mir schon erzählt, ich wusste nur nicht, wie die Leute heißen. Er wollte das nicht, dafür leg ich meine Hand ins Feuer. Er war ein guter Junge.«

33

»Ich hab Hunger«, verkündete Julius, nachdem Else Reichert die Haustür hinter ihnen geschlossen hatte.

»War zu erwarten«, erwiderte Benita und lächelte. »Ich übrigens auch. Was holen wir uns heute?«

»Mir reichen zwei Brötchen mit Leberkäse«, ließ er sie wissen.

»Einverstanden. Fahren wir also beim Metzger vorbei.«

»Da lass ich mich nicht lange bitten. Und dann?«, erkundigte er sich.

»Dann, fürchte ich, müssen wir zwischendurch Schreibtischarbeit machen. Albrecht hat bisher überhaupt keinen Bericht in Sachen Reichert bekommen. Ich wundere mich sowieso, warum er sich deswegen noch nicht aufregt. Und wir haben noch Kartons aus Reicherts Keller zu sichten.«

»Egal, wie Sie jetzt entscheiden, ich fürchte, es passt mir nicht«, stöhnte Julius. »Ich mag weder in muffigem altem Papier wühlen noch den ollen Bericht schreiben.«

Benita grinste.

»Nachdem Ihnen beides nicht recht ist, dürfen Sie weiter in den Papieren wühlen. Sie sind doch jetzt so schön eingearbeitet.«

»Pffh«, machte Julius abfällig.

Als sie eine halbe Stunde später im Büro eintrafen, fand Benita auf ihrem Schreibtisch vier gelbe Post-it-Notizzettel vor, säuberlich nebeneinander auf die Schreibunterlage geklebt.

»Du liebe Zeit. Scheint ja einiges los gewesen zu sein heute Vormittag«, bemerkte Julius und deutete auf die Nachrichten.

»Hoffentlich halb so wild«, sagte Benita und überflog die Notizen. Der Schrift nach stammten drei vom Portier des Präsidiums, Peter Oswald. Die vierte Nachricht war von Albrechts Sekretärin, Diana Hollweg.

»Eine Astrid Schneider bittet um Rückruf, angeblich hat sie eine wichtige Info für uns. Gerlinde Köcher fragt nach dem Stand der Dinge, und das gleich zweimal. Und bei Albrecht soll ich erscheinen«, informierte sie Julius. »Hm. Der letzte Zettel macht mir die meisten Sorgen. Wer weiß, was der will.«

»Bestimmt seinen Bericht«, sagte Julius lakonisch und holte aus der Küche zwei Teller, eine Flasche Wasser und zwei Gläser. »Dann schreiben Sie mal schön.«

»Erst gibt's was zu essen«, hielt Benita dagegen. Sie sammelte die Haftnotizen zusammen und klebte den Stapel neben ihr Telefon. Unter einem der Zettel erschien die von ihr kürzlich mit Rotstift hingekritzelte Nummer der Stadt Bayreuth.

»Bei der Stadt muss ich auch noch anrufen. Die Arbeit reißt nicht ab«, informierte sie Julius.

»Worum geht's?«, fragte er und schenkte das Wasser ein.

»Um Dennis Meyer. Ich hatte Ihnen doch neulich erzählt, wie schlampig der Nöbiger arbeitet. Meyer soll doch am Tag seines Verschwindens wegen der Landesgartenschau unterwegs gewesen sein. Deswegen hab ich bei der Stadt angerufen, ob die Genaueres wissen. Wo er hinwollte oder ob er sich mit jemand treffen wollte. Ich hab aber niemand erreicht, weil die entsprechende Abteilung eine interne Besprechung hatte.«

»Ja, jetzt fällt es mir wieder ein«, bestätigte Julius.

»Und dann kam der ärgerliche Anruf meiner Schwester wegen meiner Mutter, dann waren wir noch mal in Reicherts Wohnung …«

»… und dann haben Sie es vergessen«, vervollständigte Julius ihren Satz und grinste.

»Stimmt. Das hol ich gleich nach.«

»Stadt Bayreuth, Zentrale«, meldete sich die gelangweilte Stimme eines jungen Mannes. Benita brachte erneut ihr Anliegen vor.

»Die sind alle grad in der Mittagspause. Soll ich ausrichten, dass jemand zurückruft?«, fragte der Angestellte.

»Ja. Ich gebe Ihnen die Durchwahl.«

»Klappt gerade nicht, was?«, fragte Julius und wickelte sein erstes Brötchen aus.

Benita zuckte mit den Schultern.

»Eigentlich ist mir der Meyer ziemlich wurscht. Solange wir keine Leiche haben, ist das die Sache von Nöbiger. Aber Anweisung ist Anweisung.«

Sie hatte sich schon beim Metzger auf ein Brötchen beschränkt. Die Wärme des Maitages nahm ihr den Appetit, nur Durst hatte sie. Sie ließ die Hälfte ihres Essens liegen.

»Ich rufe diese Astrid Schneider an und gehe danach zu Albrecht«, sagte sie.

»Und die Köcher?«, nuschelte Julius, dem es offensichtlich schmeckte.

»Die kann lange warten. Wir sind doch nicht verpflichtet, sie auf dem Laufenden zu halten.« Benita wählte die Nummer, die der Portier notiert hatte.

»Schneider«, meldete sich eine junge Frauenstimme nach dem zweiten Läuten.

»Luengo, Kriminalkommissariat. Grüße Sie, Frau Schneider. Sie hatten um Rückruf gebeten?«, fragte Benita.

»Ja. Das ist gut, dass Sie sich melden. Ich hab schon den ganzen Vormittag gewartet. Ich möchte Ihnen etwas sagen, aber es muss unter uns bleiben. Ist das möglich?«

»Ich weiß ja noch gar nicht, worum es geht«, wich Benita aus und versuchte, den aufkeimenden Ärger zu verdrängen. Sie konnte es auf den Tod nicht leiden, wenn sie von vorneherein Diskretion zusichern sollte, was unter Umständen nicht möglich war, wenn sie die Informationen nutzen wollte.

»Hören Sie, ich war Sprechstundenhilfe bei Dr. Gröger.«

Benita hielt für eine Sekunde den Atem an. Sie überlegte,

ob sie den Lautsprecher anschalten sollte, damit Julius mithören konnte, und ließ es dann. Sie hätte das Geräusch, das dabei entstand, Frau Schneider erklären müssen, die dann vielleicht ihre Auskünfte für sich behalten hätte.

»Ja, und?«, fragte sie nur.

»Ich bin mit Korinna Schmelzer befreundet, die noch dort arbeitet.«

Vor Benita tauchte das Gesicht der Arzthelferin auf, der sie kürzlich die Akte Reichert abgeschwatzt hatte.

»Korinna hat mir erzählt ... dass Sie Unterlagen einsehen wollten. Es soll um Reichert gehen. Der war ja ständig bei uns in der Praxis.« Frau Schneider atmete tief durch. »Ich weiß ja nicht, was genau Sie in der Akte finden wollten, aber ich sag Ihnen jetzt was, was mir schon lang auf der Seele liegt. Nämlich, dass der Gröger jede Menge Kollegen hat, denen er Patienten zuschanzt. Für aufwendige Untersuchungen, verstehen Sie? Das hat nicht nur Reichert betroffen.«

»Tatsächlich«, sagte Benita. Sie war nicht überrascht, fühlte lediglich eine gewisse Befriedigung, ihren Verdacht so unerwartet bestätigt zu bekommen.

»Ja. Und dafür hat er kräftig kassiert. Ich hab das ... ähm, zufällig mal mitbekommen.« Sie brach ab.

»Wie haben Sie das mitbekommen?«, fragte Benita. Sie suchte Julius' Blick, doch der war mit seinem Essen beschäftigt. Er jedenfalls bekam nichts mit.

Astrid Schneider räusperte sich.

»Das war letzten August auf dem Sommernachtsfest der Eremitage. Gröger war mit einem Kollegen dort. Der heißt Schmutzler und ist Orthopäde. Die beiden saßen an einem Biertisch mit dem Rücken zu mir und haben mich nicht gesehen. Ich stand hinter ihnen in einer Schlange vor einem Getränkeausschank. Auf jeden Fall hat der Schmutzler dem Gröger auf die Schulter geklopft und gesagt, er würde pünktlich zahlen, wie immer. Daraufhin ist der Gröger sauer geworden. Ich hab mir ja da schon meinen Teil gedacht, bei den ganzen Überweisungen, die der ständig an die Kollegen ausgestellt hat.«

Benita ging die Frage durch den Kopf, ob sie mit dieser Aussage etwas anfangen konnte. Astrid Schneider schien lediglich den gleichen Verdacht zu haben wie sie. Das belauschte Gespräch würde dem Staatsanwalt kaum für eine Durchsuchung der Praxis und Überprüfung der Unterlagen reichen.

»Ich hab aber noch was. Ein paar Tage später musste ich abends noch mal zurück in die Praxis, weil ich meinen Schlüsselbund dort vergessen hatte. Von meiner Wohnung bis zum Ärztehaus ist es nicht weit, und ich gehe immer zu Fuß. Wäre ich mit dem Auto unterwegs gewesen, hätte ich es ja gleich gemerkt, also das mit dem Schlüssel.« Sie holte Luft. »Und da steht der Gröger in seinem Sprechzimmer, die Tür ist halb offen, und bei ihm ist Reinhold. Reinhold ist Facharzt für Radiologie. Der Gröger hatte ein Kuvert in der Hand und hat Geldscheine gezählt. Für mich hat das ausgesehen, als machten die eine Abrechnung.«

»Puh«, machte Benita. »Sind Sie sicher?«

»Hundert Prozent! Die Ecken der Scheine haben hervorgesehen, und als ich aufgetaucht bin, hat er den Umschlag schnell sinken lassen.«

»Und weiter?«, fragte sie.

»Nichts. Er hat sich unter Kontrolle gehabt und so getan, als wäre gar nichts. Aber ich kann doch ein paar Fakten zusammenzählen! Ich hab jedenfalls am nächsten Tag unauffällig nachgesehen und festgestellt, dass er in den letzten Wochen wieder mal einige Patienten zu Reinhold geschickt hatte. Ich meine, das kann man auf den Überweisungen natürlich nicht sehen, zu wem genau dann die Patienten gehen. Aber in der Praxis weiß jeder, welche Empfehlungen der Gröger den Leuten mitgibt. Ich hab tagelang überlegt, ob und was ich tun kann. Bei so einem will ich nicht arbeiten! Erst wollte ich der Ärztekammer einen Hinweis geben oder der Polizei. Aber dann hatte ich Angst, dass sich das rumspricht, dass ich was gesagt hab. Egal, ob was dabei rauskommt oder nicht. Und dann find ich bestimmt so schnell keine neue Stelle.«

»Und dann haben Sie gekündigt?«, riet Benita.

»Ja«, bestätigte Astrid Schneider. »Unternehmen Sie jetzt was gegen den Gröger? Ich meine, das ist doch Betrug! Die Kassen zahlen, und die Patienten werden durch einen Untersuchungsapparat geschleust, wo es gar nicht nötig ist. Ist ja auch eine psychische Belastung für die Betroffenen.«

»Wir gehen der Sache nach, Frau Schneider«, sagte Benita.

»Bitte, können Sie mich raushalten?«

»Im Augenblick glaube ich schon«, riskierte Benita eine halbherzige Zusage.

»Was ist denn los?«, erkundigte sich Julius, der mit seinem zweiten Brötchen beschäftigt war, und fuhr nebenbei den Computer hoch.

»Ich muss eben in meine Mails sehen«, verkündete er mit vollem Mund, ohne Benitas Antwort abzuwarten. »Ich bekomme nämlich bei Real mein Lieblingsjoghurt nicht mehr. Jetzt hab ich den Hersteller angeschrieben, wo ich das sonst noch in Bayreuth kaufen kann, und will wissen, ob die geantwortet haben.«

»Aha«, machte Benita. »Ich habe eben mit einer ehemaligen Angestellten von Gröger telefoniert.« Sie fasste das Gespräch für Julius zusammen.

»Ist ja allerhand. Möglicherweise haben Sie mit Ihrem Verdacht gegen den guten Doktor doch recht. Und nun?«

»Nun gebe ich einen Hinweis an die Kollegen vom Betrugsdezernat. Sollen die sich darum kümmern«, sagte Benita.

»Hm«, erwiderte Julius und richtete seine Augen auf den Computerbildschirm.

»Seit wann haben Sie eigentlich ein Lieblingsjoghurt? Sie essen doch sonst gar keins?«, erkundigte sich Benita und musterte ihren Mitarbeiter.

Wieder einmal ging ihr durch den Kopf, dass sie sich in seiner Gesellschaft wohlfühlte. Rasch verdrängte sie die Erkenntnis.

»Doch. Manchmal früh zu Hause und oft abends vor dem Fernseher. Mist. Die haben noch immer nicht zurückgeschrieben. Hä? Was ist jetzt los?« Julius starrte auf den Bildschirm und drückte schließlich mehrfach auf den Startknopf des Rechners.

»Was ist denn?«, fragte Benita.

»Ja nix! Alles finster. Ich glaub, der Rechner ist hin.«

»So alt ist der doch noch gar nicht.«

»Er funktioniert aber nicht mehr.« Julius bückte sich und schob seinen Kopf unter den Schreibtisch. »Der Stecker sitzt jedenfalls.«

Mit rotem Gesicht tauchte er aus der Versenkung auf. »Mist. Wo melde ich denn das jetzt?«

»Keine Ahnung. Ich geh jetzt zu Albrecht. Sie können in der Zeit an meinen Computer.«

Das Zugeständnis fiel ihr nicht leicht. Ihr Arbeitsplatz, ihr Computer. Auch wenn sie den Mitarbeiter mochte, wäre es ihr lieber gewesen, ihn nicht an ihrem Schreibtisch zu sehen. Benita stand auf.

»Besten Dank, Chefin. Da muss bestimmt ein Techniker ran.«

Es klopfte, und gleich darauf schob ein junger Kollege den Kopf zur Tür herein. Benita erinnerte sich, ihn ab und an schon im Haus gesehen zu haben.

»Hey. Mein Computer ist kaputt. Kann mir jemand sagen …«

»Was? Deiner auch?« Überrascht sah Julius den jungen Mann an.

»Wieso ›auch‹?«, fragte der Kollege.

Benita drückte auf den Schalter ihrer Schreibtischlampe. Das Gerät reagierte nicht.

»Sieht nach einem Stromausfall aus. Ich geh jetzt zu Albrecht.«

Sie schob sich an dem Kollegen vorbei und ging den Flur hinunter.

34

»Grundgütiger, Frau Luengo. Ich bin erschüttert. Setzen Sie sich.«

Zacharias Albrecht fuchtelte mit der rechten Hand. Er saß hinter seinem Schreibtisch. Wie üblich spannte sein Hemd über seinem Bauch. Auf seiner Stirn saßen winzige Schweißtröpfchen.

»Wenn das bekannt wird – und ich werde es kaum verhindern können –, das verkraftet Gerd Meyer nicht. Sein einziger Sohn, sein ganzer Stolz. Und jetzt bringt er die Familie in Verruf. Gerd selbst ist ein absolut korrekter Mensch.«

Benita setzte sich auf den Besucherstuhl Albrechts Schreibtisch gegenüber und wartete ab. Albrecht zerrte ein Papiertaschentuch aus seiner Hose und tupfte sich die Stirn ab. Ein winziger weißer Fetzen des Zellstoffes blieb über seiner linken Augenbraue hängen.

»Was ist denn los?«, fragte sie nun doch, obgleich sie schon ahnte, was nun kam. Zumal ihr Vorgesetzter tatsächlich aus der Fassung schien.

»Nach ersten Erkenntnissen hat Dennis Meyer Gelder von Anlegern veruntreut. Und zwar von vielen Anlegern! Bislang steht eine Summe von zweihundertvierzigtausend Euro im Raum, und die Kollegen sind noch nicht mit allen Unterlagen durch. Ich fasse es nicht!«

»Das ist in der Tat heftig«, bestätigte Benita.

Für einige Sekunden überlegte sie, ob sie diese Mitteilung berührte. Ein bisschen vielleicht. Es bestätigte ihr einmal mehr, dass im Leben auf nichts Verlass und Vertrauen war. Sie sah den alten Kopalski vor sich, wie sehr er sich aufgeregt hatte, und das offenbar zu Recht. Die Frage war, ob er sein Geld wiederbekam.

Albrecht trank mit unruhiger Hand einen großen Schluck Wasser aus einem dickwandigen Glas, das neben seinem Telefon stand. Mit dem Handrücken fuhr er sich über den Hals.

»Ich wollte Ihnen dies nur mitteilen, vorab, ehe die Sache die Runde macht. Wir müssen nun davon ausgehen, dass Meyer uns wohl allen etwas vorgespielt hat. Vermutlich hat er sich doch abgesetzt und Frau und Kind deren Schicksal überlassen. Bislang gibt es auch noch keine Hinweise, wo das Geld abgeblieben ist.«

Benita nickte.

»Für den Augenblick müssen Sie sich nicht mehr damit befassen. Meyer hatte sein Abtauchen wohl von langer Hand geplant und hat sicher auch mit dem Fahrrad im Main eine falsche Spur legen wollen. Natürlich wird nach ihm gefahndet. Die Meldung ist schon draußen. Unfassbar die ganze Angelegenheit.«

Das Fitzelchen des Papiertuchs hing noch immer über seiner Augenbraue.

»Kümmern Sie sich um die Klärung von Reicherts Tod. Habe ich schon einen Bericht von Ihnen? Ich war die Tage so beschäftigt, dass ich kaum dazu gekommen bin, mich mit Papierkram zu befassen.«

»Ähm, nein. Ich wollte heute ...«

»Schon gut, schon gut. Ich sage dem Kollegen Nöbiger Bescheid, dass Sie aus der Sache draußen sind. Er bekommt ja nun Unterstützung von der Fahndung. Er war übrigens recht froh, dass durch Ihr Eingreifen Bewegung in den Fall kommt. Wenn auch anders als gedacht.«

»Tatsächlich?« Benita erhob sich.

»Ja.« Scharf musterte Albrecht sie. »Ich höre einen Unterton in Ihrer Frage. Gab es Schwierigkeiten?«

»Na ja ... Nöbiger schien mir weder erfreut noch kooperativ, als ich bei ihm war. Eher im Gegenteil.«

»Aha«, machte Albrecht. »Der Kollege hat gestern seine Kündigung vorgelegt. Ich schätze, er ist einfach nicht mehr motiviert. Soweit ich weiß, will er sich im Personenschutz selbstständig machen.«

»Verstehe«, erwiderte sie.

Plötzlich fiel ihr das Telefonat mit Astrid Schneider wieder ein. Am besten sie übergab die Verantwortung hierfür auch gleich ihrem Chef.

»Ich hab auch noch etwas, was geprüft werden sollte«, begann sie.

»Ja?«

Albrecht musste den Kopf anheben, um ihr ins Gesicht zu sehen. Benita setzte sich noch einmal und berichtete von ihrem Verdacht der betrügerischen Abrechnungen des Arztes.

»Lug und Trug auf allen Seiten«, stöhnte Albrecht. »In welcher Welt leben wir eigentlich? Das können wir so nicht stehen lassen, auch wenn es nicht in Ihren Zuständigkeitsbereich fällt. Wir beantragen beim Staatsanwalt eine Hausdurchsuchung der Praxis, vielleicht auch der Privaträume. Irgendwo muss das Geld ja sein, wenn er es sich bar hat geben lassen. Sie legen mir alles schriftlich vor, und ich leite den Rest in die Wege. Ich fürchte, hier könnte Gefahr im Verzug sein. Und nun genug der Parallelermittlungen. Ab sofort hat Reichert Priorität.«

35

Als Benita wenige Minuten darauf ihr Büro wieder betrat, saß Julius vor seinem Computer und tippte auf der Tastatur herum.

»Alles wieder gut, Chefin«, begrüßte er sie. »Sie hatten recht mit dem Stromausfall.«

»Schön. Hat ja erfreulicherweise nicht lange gedauert.«

»Mindestens eine Dreiviertelstunde«, verkündete er. »Oder länger.«

»So lange war ich doch gar nicht bei Albrecht.«

»Doch«, hielt er dagegen.

»Wollen Sie wissen, was er wollte?«, fragte sie.

»Natürlich. Meine Mail ist übrigens noch nicht da, falls es Sie interessiert.«

»Wie ärgerlich.«

»Es interessiert Sie gar nicht, ich kenn Sie. Ich kann Ihnen auch sagen, wie es zu dem Stromausfall kam. Ich hab nämlich mit Oswald von der Zentrale gesprochen, und dem sein Schwager arbeitet bei der Bayreuther Energieversorgung. Der Oswald hat ihm eine SMS geschrieben, ob er weiß, was da los ist.«

Julius lehnte sich im Stuhl zurück und sah Benita erwartungsvoll an.

»Nun reden Sie schon. Sie geben ja doch keine Ruhe«, forderte sie ihn auf.

»Ein Baggerfahrer hat einen Stromverteilerkasten umgefahren. Oder angefahren, so genau weiß ich das nicht. Die buddeln doch zurzeit überall rum, wegen der Landesgartenschau. Und deswegen …« Er ließ den Satz offen.

»Hauptsache, es funktioniert wieder alles.« Sie setzte sich hinter ihren Schreibtisch.

»Nun erzählen Sie schon von Albrecht«, verlangte Julius. Benita sah ihn an und legte den Kopf schief.

»Das wollte ich doch die ganze Zeit.«

»Nix für ungut. Ich dachte, es interessiert Sie, woher der Stromausfall gekommen ist.«

Benita blieb ihm eine Antwort schuldig und berichtete, was Albrecht ihr mitgeteilt hatte. Julius hörte wortlos zu.

»Hm«, machte er, nachdem sie fertig war.

»Hm? Das ist alles? Wir sind den Fall los, das ist doch was«, sagte Benita.

Julius nahm einen Bleistift und begann damit herumzuspielen.

»Ich hab irgendwie ein komisches Gefühl. Mag ja alles stimmen, mit den Unterschlagungen und so. Aber ich weiß jetzt, wo Meyer am Mittwoch hinwollte.« Er machte eine kunstvolle Pause.

»Tatsächlich?« Benita zog die Augenbrauen hoch.

»Ja. Es hat nämlich ein Herr Hartmann von der Stadt zurückgerufen.«

»Und? Jetzt machen Sie es doch nicht so spannend.«

Das Telefon klingelte. Julius reckte den Hals.

»Das ist Heinrich«, ließ er sie wissen und hob ab.

Benita sackte in sich zusammen. Von einem Augenblick zum anderen zerrte der Arbeitstag an ihren Nerven. Seit heute Morgen jagte eine Vernehmung die nächste. Erst hatte sie zwei der Ärzte aufgesucht, zu denen Gröger Reichert überwiesen hatte, danach war sie mit Julius bei Kunzes gewesen und bei Else Reichert, jetzt das Gespräch mit Albrecht und im Hintergrund, unentwegt mühsam von ihr im Zaum gehalten, hing die Erinnerung an Tom, der sie gestern Abend quasi »erwischt« hatte.

Ob dieser Joe irgendwas gesagt hatte? Oder ob Tom etwas ahnte? Ob er Schlüsse zog aus ihrer Aufmachung von gestern, aus ihrem Verhalten? Jetzt, wo sie wusste, dass er Psychologie studierte, schien ihr das durchaus vorstellbar. Und dann war ja noch die Sache mit ihrer Mutter und Carmen. Immer wieder versuchten die beiden, sie in etwas hineinzuziehen und an einem Familienbild herumzubasteln, das es gar nicht gab.

»Chefin? Alles okay?«

Benita zuckte zusammen. Julius hatte sein Telefonat beendet und sah sie aufmerksam an.

»Ja, natürlich.«

»Ich rede mit Ihnen, und Sie kriegen gar nix mit. Geht's Ihnen nicht gut?«

»Doch. Mir reicht es nur für heute.«

»Mir auch schon. Heinrich hat Neuigkeiten. Er ist mit Reicherts Netbook vorangekommen und hat Mails gefunden, die für uns interessant sein könnten.«

»Reden Sie«, bat Benita und versuchte, sich auf Julius und seine Informationen zu konzentrieren.

»Zum einen hat Reichert eine Auflistung geschrieben, wann er Annika bei welchen Diebstählen ertappt hat, und hat Fischer die Übersicht geschickt. Die Liste ist um einige Posten länger als das, was Annika zugegeben hat. Was aber viel interessanter ist, Reichert hatte Mailkontakt mit einer Anwaltskanzlei. Mehr kann Heinrich nicht sagen, weil es nur um eine Terminabsprache für eine Erstberatung ging.«

»Okay. Noch was?«

»Bis jetzt nicht, aber er ist noch nicht fertig. Er meint, bis morgen Mittag hat er das Netbook durch.«

»Schön. Um welche Kanzlei geht es?«

»Kanzlei Buschwelt, hat er gesagt. Soll ich uns einen Termin dort machen? Oder sprechen wir unangemeldet vor?«, fragte Julius.

Benita schüttelte den Kopf.

»Heute nicht mehr, Julius. Wir machen eine neue Arbeitsaufteilung. Sie kümmern sich um den Bericht für Albrecht wegen Reichert, und ich schreibe zusammen, was wir über den Gröger erfahren haben, damit der Chef sich um die Hausdurchsuchung kümmern kann. Die Kartons lassen wir erst mal liegen. Und nach dem Schreibkram ist Feierabend.«

»Einverstanden. Ach, Moment, ich wollte Ihnen doch noch erzählen, was dieser Herr Hartmann von der Stadt Bayreuth gesagt hat.«

»Und?«

»Meyer war doch am Abend seines Verschwindens wegen der Landesgartenschau unterwegs«, begann er.

Ich kann es nicht mehr hören. Dauernd diese Landesgartenschau, dachte Benita. Abwartend sah sie ihren Mitarbeiter an.

»Hartmann sagt, die Stadt braucht, um das Gelände wie geplant zu gestalten, ein einzelnes Grundstück, welches in das vorgesehene Areal hineinragt. Die Eigentümerin verweigert aber den Verkauf, und zwar nachdrücklich. In seiner Eigenschaft als

Stadtrat wollte Meyer am bewussten Mittwochabend noch einmal mit der Frau reden, um eine gütliche Einigung zu erzielen. Und nun raten Sie mal, um wen es sich handelt?«

Genervt zuckte Benita mit den Schultern.

»Woher soll ich das wissen?«

Julius klapperte mit seinem Bleistift auf die Schreibunterlage.

»Er soll zu Else Reichert gefahren sein.«

36

»Was?« Verblüfft hielt Benita in der Bewegung inne. Sie hatte eben ihre Notizen für den Bericht an ihren Vorgesetzten zusammengesucht.

»Ja.« Julius nickte bekräftigend. »Das ist doch eigenartig, finden Sie nicht?«

Benita überlegte.

»Irgendwie schon.«

»Was machen wir jetzt?«, fragte er.

»Keine Ahnung. Albrecht muss es wissen. Soll er entscheiden, was wir mit der Info machen.«

»Ich frage mich, ob es einen Zusammenhang gibt zwischen dem Tod von Hanno Reichert und dem Verschwinden von Dennis Meyer«, sinnierte Julius.

»Ich wüsste nicht, welchen. Aber seltsam ist es schon«, sagte Benita.

»Wir könnten die Reichert fragen, ob der Meyer bei ihr war, und wenn ja, wann er wieder gegangen ist«, schlug Julius vor.

»Und was haben wir davon? Das kann Nöbiger machen, der faule Sack«, hielt sie dagegen.

»Dazu muss er es erst einmal wissen. Wollen Sie es ihm sagen?«

»Bestimmt nicht. Er hat übrigens gekündigt«, ergänzte Benita.

»Aha. Das erklärt seinen Arbeitseifer.« Julius grinste flüchtig.

Benita beugte sich vor und stützte die Unterarme auf den Schreibtisch.

»Gut. Folgender Beschluss: Ich gehe noch mal zu Albrecht und teile ihm mit, dass und warum Meyer zu Else Reichert wollte. Den Rest soll er entscheiden. Sie können ja schon mal mit Ihrem Bericht anfangen. Ich bin sicher in ein paar Minuten wieder da.«

Während sie sprach, überlegte sie, dass sie ihren Vorgesetzten auch hätte anrufen können, um ihm die neuen Erkenntnisse mitzuteilen. Aus irgendeinem Grund hatte sie das Gefühl, es wäre besser, persönlich in seinem Büro zu erscheinen.

Albrecht rief ein knappes »Ja, bitte«, sobald sie geklopft hatte. Er stand vor dem schmalen dunklen Schrank an der rechten Wandseite seines Arbeitszimmers und nahm gerade ein leichtes hellgraues Jackett heraus.

»Ah, Frau Luengo. Ich mache mich eben auf den Weg zu Gerd Meyer. Ich finde, ein paar persönliche Worte sind in der Situation durchaus angebracht. Haben Sie etwas vergessen?«

»Nein. Aber es gibt neue Erkenntnisse.«

Rasch berichtete sie von Hartmanns Anruf.

»Das ist in der Tat ein wenig absonderlich«, bemerkte ihr Chef. Er legte sein Jackett sorgsam über den rechten Unterarm und schloss die Schranktür.

»Nun überschneiden sich doch wieder die Kompetenzen zwischen Ihnen und Nöbiger. Frau Luengo, unter den gegebenen Umständen würde ich Sie bitten, in der Sache bei Frau Reichert nachzufragen. Natürlich so einfühlsam wie möglich, Sie verstehen schon.«

»Aber ich dachte …«

Albrecht machte eine abwehrende Handbewegung.

»Ich weiß, ich weiß. Dennoch … Die alte Frau hat eben ihren einzigen Sohn verloren, unter ungeklärten Umständen. Sicher liegt ihr auch das Drängen der Stadt, ihr Haus aufzugeben, schwer auf der Seele. Nöbiger ist ein rechter Trampel, wenn ich das so sagen darf. Ich denke, Sie als Frau haben das nötige Fingerspitzengefühl, das dem Kollegen fehlt. Außerdem kennt Else Reichert Sie schon. Fahren Sie zu ihr und fragen Sie nach. Heute noch.«

37

»Hätte ich bloß bei der Stadt nicht um Rückruf gebeten!«, regte sich Benita auf. »Und den Bericht wegen Gröger muss ich auch noch schreiben. Jetzt ist es gleich halb sechs. Ich kann bestimmt nicht vor zehn Uhr Feierabend machen.«

»Ich leiste Ihnen Gesellschaft, Chefin. Und wenn ich nach dem Bericht wegen Reichert noch die alten Kartons durchwühle.«

»Das ist echt kollegial von Ihnen, Julius. Haben Sie heute Abend nichts vor?«

»Nur mein einsames Junggesellendasein vor dem Fernseher fristen, zusammen mit Häschen Krümel. Vermutlich wirft sie vor guter Laune, weil ich zu Hause bin, wieder ihre Metallschüssel durch den Käfig, und dann muss ich den Fernseher lauter stellen, weswegen sich die Nachbarin über mir beschwert.«

»Sie haben es wirklich nicht leicht«, bedauerte sie ihn. »Ich kann auch allein zu der Reichert fahren.«

»Und mich lassen Sie hier sitzen? Ich bin froh, wenn ich noch ein paar Sonnenstrahlen abkriege. Wir könnten vorn an der Zufahrtsstraße zu Elses Anwesen halten und die restlichen paar hundert Meter laufen. Als kleinen Abendspaziergang sozusagen.«

Benita zog die Augenbrauen hoch.

»Abendspaziergang? Ich bin nicht sicher, ob mir das passt.«

»Nun haben Sie sich nicht so. Fünf oder zehn Minuten zu Fuß bei dem Wetter werden uns guttun.«

»Meinetwegen.«

Jede Verzögerung verschob ihren Feierabend nach hinten. Aber sie hatte ja ohnehin nichts vor. Nur Momo wartete.

38

Julius parkte seinen Wagen seitlich der schmalen Straße.

»Ich vermisse einen Baum oder einen Busch, unter den ich das Auto stellen könnte. Wird recht warm drinnen werden.«

Benita stieg aus und klappte die Tür hinter sich zu.

»Das kommt davon. Sie wollten doch unbedingt ein bisschen laufen.«

»Das will ich auch immer noch.«

Er sperrte den Wagen ab. Wortlos liefen sie nebeneinanderher. Der Tag war noch immer sehr warm und der Himmel klarblau. Auf der Wiese rechts der Straße war das Gras frisch geschnitten und duftete. Die Bagger in der Ferne, die Benita schon bei ihrem ersten Besuch hier draußen bemerkt hatte, standen still. Ein paar Vögel zwitscherten, und in etwa hundert Meter Entfernung stolzierte ein Storch über die Wiese. Julius wies auf den Vogel.

»Meine Mutter hat früher immer behauptet, wenn man einen Storch sieht, bringt der Kinderglück.«

»Tatsächlich. Sie glauben doch nicht etwa daran?« Unvermittelt fiel Benita Else Reicherts Frage von heute Morgen wieder ein, ob sie auch Kinder habe. Schlagartig ging ihre Stimmung noch weiter nach unten. War sie bis eben erschöpft und schlecht gelaunt gewesen wegen des Arbeitspensums, das heute noch zu bewältigen war, überfiel sie nun auch wieder das Gefühl, aus jedem normalen Leben ausgeschlossen zu sein. Dazu Tom, ihre Mutter und Carmen. Am liebsten hätte sie sich in einem dunklen Loch verkrochen.

»Na ja.« Julius lachte, und sie hörte eine Spur Unsicherheit heraus. »Ich glaub nicht, dass ich dran glaube. Aber die Vorstellung gefällt mir.«

Die Straße machte eine leichte Biegung nach links. Das geduckte Anwesen von Else Reichert tauchte auf, eingerahmt von Büschen und Sträuchern.

»Den verdorrten Strauch müsste man auch mal rausmachen«, wechselte Julius das Thema und zeigte auf den eingegangenen Busch, der Benita auch schon einmal aufgefallen war.

»Ich denke, die gute Frau hat andere Sorgen. An dem Haus ist bestimmt manches zu richten, da wird der Busch das wenigste sein«, erwiderte sie.

»Sie ist im Garten«, fuhr Julius fort.

Benita folgte seinem Blick. Else Reichert trug eine dunkelgrüne Kittelschürze und stand gebückt zwischen halbhohem Gras.

Beim Näherkommen erkannte Benita, dass sie sich an einem Beet zu schaffen machte.

»Frau Reichert?«, rief sie, ehe sie das Grundstück betraten. Die alte Frau richtete sich auf. Ihre Wangen waren gerötet, und ihre Haare hingen strähnig aus dem nachlässig gebundenen Knoten im Nacken.

»Sie schon wieder.« Ein winziges Lächeln zog ihre Mundwinkel auseinander.

Benita öffnete die Gartentür und trat vor Julius hindurch.

»Frau Reichert, wir hätten noch eine Frage.«

»Wie jedes Mal, wenn Sie vorbeikommen«, sagte Else Reichert. Sie griff nach einem Bündel kleiner Kohlrabi, das neben dem Beet auf der Erde lag.

»Sie können mich übrigens auch anrufen. Der Weg hier raus ist ja nicht der nächste.«

»Frau Reichert, sagt Ihnen der Name Dennis Meyer etwas?«, überging Benita den Einwurf der alten Frau.

»Dennis Meyer?« Nachdenklich erwiderte sie Benitas Blick. »Nein, ich glaube nicht. Wer ist das?«

»Dennis Meyer ist Mitglied des Stadtrates«, erläuterte Julius.

»Hm. Aber ich interessier mich nicht für Politik. Warum fragen Sie mich nach dem? Hat er was mit meinem Hanno zu tun gehabt?«

»Nein. Sagen Sie, Frau Reichert, war am Mittwoch, dem 17.5., gegen Abend jemand bei Ihnen?«, fuhr Benita fort.

»Nein. Das ist doch … das war doch der Tag, wo Hanno …« Sie schluckte. Benita nickte.

»Aber wer sollte denn bei mir gewesen sein? Und warum?« Ihre Arme hingen seitlich an ihrem Körper herab, als wären sie eine Last.

»Wir haben eine Auskunft bekommen, dass die Stadt Bayreuth Ihr Haus und Ihr Grundstück kaufen möchte, um das Gelände für die Landesgartenschau zu nutzen. Und dass Sie nicht damit einverstanden sind. Deswegen wollte Dennis Meyer mit Ihnen sprechen. Er hat sich am bewussten Mittwoch gegen achtzehn Uhr auf den Weg zu Ihnen gemacht.«

Ein Zittern durchlief die alte Frau. Benita sah, wie sie die Hand um die Stängel der Kohlrabipflanzen krampfte. Else Reichert schluchzte auf.

»Das ist alles zu viel. Das ist wirklich alles zu viel. Die können mir doch nicht alles nehmen.« Tränen rannen über ihre runzligen Wangen.

Benita fasste sie am Ellbogen. Die Berührung kostete sie reichlich Überwindung, zumal die Arme der Frau nackt waren.

»Setzen Sie sich«, forderte sie Else Reichert auf und bugsierte sie zu der Bank neben der Haustür.

»Es stimmt also, dass Sie sich mit der Stadt nicht einig werden?«, fragte Julius.

Else Reichert setzte sich so vorsichtig, als hätte sie rohe Eier in den Taschen ihres Kittels.

»Das Haus war dem Rudolf seins, und später sollte es der Hanno kriegen. Ich lebe hier seit über dreißig Jahren. Jede Ecke, jeder Winkel ist mir vertraut. Und jetzt kommen die hohen Herren und wollen mir mein Zuhause nehmen.« Wieder schluchzte sie auf. Mit zittriger Hand legte sie ihren Kohlrabi neben sich und kramte aus der Tasche ihrer Schürze ein Taschentuch, mit dem sie sich die Nase wischte. »Ich mein, jetzt, wo mein Junge nicht mehr am Leben ist, könnt ich es ja schon verkaufen. Es gibt ja keinen mehr nach mir. Aber wo soll ich denn hin?« Wieder schluchzte sie auf.

»War Dennis Meyer denn jetzt bei Ihnen?«, hakte Benita nach.

»Nein. Niemand war bei mir. Ich kenn den Mann nicht.«

»Und Sie waren am Mittwoch, dem 17.5., ab, sagen wir, ab siebzehn Uhr fünfundvierzig zu Hause?«

»Natürlich. Wo soll ich denn sonst gewesen sein?«

Sie stopfte ihr Taschentuch weg. Ratlos sah Benita auf das zusammengesunkene Häuflein Mensch. Durch die dünnen grauen Haare schimmerte die Kopfhaut in einer seltsamen Farbe zwischen rosa und gräulich. Die Haut an den Armen der Frau war schlaff und welk. Was jetzt? Sie konnten doch nicht einfach gehen und Hanno Reicherts Mutter ihrem Gram überlassen?

»Kommen Sie, Frau Reichert. Wir bringen Sie ins Haus«, sagte Julius. »Versprechen Sie mir, dass Sie mich anrufen, wenn Sie jemand brauchen?«

Else Reichert sah zu ihm hoch. Ihre Augen waren gerötet, doch sie schien ihre Fassung wiedergefunden zu haben. Sie rieb sich die Nase.

»Unsinn, Jungchen. Das ist ja ganz lieb von Ihnen. Aber ich komm schon zurecht, und den Weg ins Haus find ich auch. Ich will noch ein bisschen was im Garten tun. Sonst wird mir der Abend zu lang, und heute ist es so schön draußen.«

»Sie kommen wirklich zurecht?«, erkundigte sich Benita sicherheitshalber noch einmal.

»Natürlich.« Else Reichert strich ihren Rock glatt. »Ich bin mein ganzes Leben lang allein zurechtgekommen. Kommen Sie gut nach Hause. Wo ist denn überhaupt Ihr Auto?«

»Wir sind ein Stück zu Fuß gegangen«, erklärte Julius.

Die alte Frau sah zwischen ihnen hin und her.

»Aha«, machte sie. Sie hob die Hand, und ihr Zeigefinger deutete wechselweise auf Benita und Julius.

»Sind Sie beide ein Paar?«, fragte sie, und ihre kleinen Augen glitzerten neugierig.

Benita durchlief es heiß und kalt.

»Nein, nein. Natürlich nicht. Wir sind Kollegen«, antwortete sie hastig.

»So. Schade. Na ja. Ich zupf mein Unkraut weiter. Und mein Haus geb ich nicht her. Das können Sie diesem Dennis Meyer sagen.« Sie stemmte sich von der Bank hoch.

Benita glaubte, ihren Blick im Rücken zu spüren, als sie hinter Julius das Grundstück verließ.

»Wir beide ein Paar«, sagte sie und schnappte nach Luft, als sie hoffte, außer Hörweite zu sein. »Das haben wir jetzt von Ihrem Abendspaziergang.«

Julius grinste.

»Lassen Sie doch der alten Frau ihre Spekulationen.«

»Wollten Sie ernsthaft, dass sie Sie anruft, wenn sie einen Tiefpunkt hat?«

»Ernsthaft nein. Aber ich wusste nicht, wie wir uns jetzt verabschieden sollen. Noch mal die Küster anrufen kam mir auch übertrieben vor.«

Benita entschied sich für einen Themenwechsel.

»Wir wissen jetzt also, dass Dennis Meyer am Mittwoch hier nicht angekommen ist«, sagte sie.

»Ich sehe zwei Möglichkeiten«, sagte Julius. »Entweder es ist unterwegs etwas passiert, oder er hatte nie vor, zu ihr zu fahren. Vielleicht wollte er mit seinen ergaunerten Beträgen das Weite suchen und hat nur vorgegeben, zu Else Reichert zu wollen. Und dann wiederum hatte er vielleicht sogar den Batzen Geld bei sich.«

»Kann sein. Wir geben das so an Albrecht weiter. Julius, ich sag Ihnen was. Ich bin völlig erledigt für heute. Wir brechen ab. Lieber fang ich morgen früh eine Stunde eher an, für die Schreibtischarbeit.«

»Ich hab nix dagegen.«

»Schön. Ich hatte es gehofft. Wir fahren zum Präsidium, aber nur, damit ich an mein Auto komme. Und dann ist Feierabend.«

39

Benita schloss ihre Wohnungstür auf und lauschte auf die Stille im Haus. Einerseits tat die Ruhe gut. Andererseits lauerte hinter ihr die Einsamkeit. Momo hockte auf dem Fensterbrett im Wohnzimmer und sah hinunter auf die Straße. Offenbar hatte sie heute keine Lust, ihr Frauchen zu begrüßen. Ausnahmsweise blinkte auch der Anrufbeantworter des Telefons nicht. Benita streifte die Schuhe ab, hängte ihre Tasche an den Garderobenhaken und ging in die Küche, wo sie sich in ihren Korbsessel fallen ließ.

Und nun? Es war halb neun. Sie hatte Hunger und fühlte sich verschwitzt und klebrig. Allein die Vorstellung, etwas zu kochen, war ihr zu viel, zumal sie nur ein paar Grundlebensmittel dahatte. Nudeln und Reis, ein paar Fertigsoßen, vielleicht im Gefrierfach etwas Gemüse oder Fischstäbchen.

Bis vor ein paar Tagen wäre sie rasch vorgelaufen zum Asia-Bistro. Aber was, wenn sie dort wieder Tom traf? Oder war er nur ausnahmsweise dort gewesen? Sie konnte sich auch ein Brot machen. Vielleicht war der Rest Leberwurst von neulich noch gut. Oder sie bestellte bei Joey's Pizzaservice etwas. Der Gedanke gefiel ihr am besten, auch wenn sie wohl mit mindestens einer halben Stunde Wartezeit rechnen musste. Oder länger.

Sie stand auf und kramte aus ihrem Papierstapel neben der Arbeitsfläche den aktuellen Flyer mit den Angeboten des Lieferservice.

»Zwanzig Minuten. Macht acht Euro fünfzig«, plapperte der junge Mann, bei dem sie kurz darauf ihre Bestellung aufgab. »Möchten Sie einen Salat dazu? Oder ein Getränk?«

»Nein, danke. Nur die Pizza.«

»Jawohl. Wäre prima, Sie hätten das Geld passend«, ergänzte er.

»Ich versuch es.«

Zwanzig Minuten. Ihr Magen protestierte. Sie dachte an das halbe Leberkäsebrötchen, das in der Büroküche im Kühlschrank lag. Ein kühles Bier hätte auch gutgetan. Aber dann war sie angeschickert, bis der Bote kam, ausgehungert und erschöpft, wie sie war.

Benita trank ein Glas Wasser, um ihren Magen zu beruhigen, und entschied sich für eine schnelle Dusche. Sie beeilte sich und war nach zehn Minuten fertig. Der Bote kam eine Viertelstunde zu spät und brummelte etwas von Schwierigkeiten mit seinem Rad.

Die Pizza war gut, wenn auch nicht mehr so warm, wie Benita es sich vorgestellt hatte. Nachdem sie die Hälfte gegessen hatte, gesellte sich Momo zu ihr und strich um ihre Beine. Benita gab ihr ein Stück vom Rand ab, mit dem sich das Tier auf den Teppich verzog. Sie beobachtete die Katze, die an dem Gebäck schnupperte und leckte und offenbar darüber nachdenken musste, ob sie das eigentümliche Zeug essen sollte. Zwei Bier, eines zum Essen und eines danach, entspannten Benita ein wenig. Sie streckte sich auf dem Sofa aus und überlegte, ob sie den Fernseher einschalten sollte. Noch ehe sie zu einem Entschluss gekommen war, war sie eingeschlafen.

Benita wurde von einem Knall geweckt. Sie fuhr hoch. Richtig wach wurde sie erst, als sie sich bereits in sitzender Haltung befand. Ihr Herz pochte hart gegen die Rippen. Bläuliches Nachtlicht drang durch die Wohnzimmerfenster. Ihr Mund war staubtrocken. Was war das gewesen? Hatte sie geträumt? Sie lauschte und hörte ein schabendes Geräusch aus dem Flur. Rasch stand sie auf, tappte auf nackten Füßen zur Wohnungstür und sah durch den Spion. Im Treppenhaus brannte Licht, vor Müggemanns Tür gegenüber war niemand zu sehen, dennoch polterte es draußen. Sie öffnete die Tür einen Spaltweit. Müggemann hockte auf der obersten Stufe und hielt sich stöhnend das Knie. Sein Geigenkasten lag am Boden.

»Herr Müggemann? Alles in Ordnung?«, zwang sie sich nachzufragen, obgleich sie lieber wieder in ihrer Wohnung verschwunden wäre. Während sie sprach, fiel ihr ein, dass sie nur ein dünnes T-Shirt und eine kurze Hose trug. Der Nachbar wandte sich ihr zu. Seine Wangen waren gerötet, und er hatte ein dümmliches Grinsen im Gesicht. Das Haar fiel ihm wirr in die Stirn.

»Haha«, kicherte er. »Die Polizei, dein Freund und Helfer. Haha. Sie kommen gerade recht. Ich bi…hin gestolpert.« Er hatte eine undeutliche Aussprache. »Die o…hoberste Stufe w… war gegen mich.«

Eindeutig, er war betrunken.

»W…ürden Sie mir auff…helfen?« Er streckte ihr die Hand hin. In Benita verkrampfte sich etwas. Seine Hände. Sie waren bleich, und dünne Haare wuchsen aus der Haut. Hier und da glaubte sie, bräunliche winzige Flecke zu sehen, ähnlich Sommersprossen.

»Ni…hicht? Okay. Ich schaff das auch allein«, nuschelte Müggemann und wandte sich um, sodass er auf den Knien kauerte.

Er krabbelte die Stufe hoch und rappelte sich auf. Seine Bewegungen waren unsicher. Als er stand, schwankte er. Scharfer Schreck fuhr ihr in den Magen. Sie sah ihn in ihrer Vorstellung rückwärts die Treppe hinunterstürzen. Dennoch stand sie wie festgenagelt in ihrem Türspalt.

»Ssoo eine sschöne Frau«, kicherte er und taxierte sie von Kopf bis Fuß.

Unten ging die Haustür auf, gleichzeitig hörte Benita ein Stockwerk über ihnen eine Wohnungstür. Ein Luftzug fuhr durchs Treppenhaus, und ihre Brustwarzen zogen sich zusammen. Gierig saugte sich der Blick des Nachbarn an dem Anblick fest.

Sie konnte sich nicht rühren. Schnelle Schritte huschten die Treppe hoch, und eine junge Frau erschien.

»Guten Abend«, grüßte sie freundlich und eilte zwischen Müggemann und Benita durch, eine Etage höher.

Der Moment löste Benitas Erstarrung. Sie trat einen Schritt nach hinten und schloss hastig die Tür. Mit pochendem Herzen stand sie in ihrem Flur. Ihre Hände und Füße waren kalt geworden. Diese Hand, die er ihr entgegengestreckt hatte! Und der Blick! Nie zuvor hatte sie in Müggemann eine Ähnlichkeit zu ihrem Erzeuger erkannt. Bis gerade eben. Ein Brechreiz überkam sie.

Benita presste die Hand vor den Mund.

»Mau«, machte es vom Wohnzimmer aus.

Momo hockte im Finsteren, und ihre zusammengekniffenen Augen funkelten. Benita kauerte sich auf den Boden, umschlang die angezogenen Beine mit den Armen und legte die Stirn auf die Knie. Jede Zelle ihres Körpers schien zu wummern. Warm und weich schmiegte sich das Kätzchen an sie und rieb den Kopf an ihrer Seite.

Sie löste die verkrampfte Haltung und setzte sich das Tier auf den Schoß. Die Nähe der Katze tat gut und beruhigte sie etwas. Behutsam leckte das Tierchen mit seiner rauen Zunge über ihren nackten Arm. Ganz ruhig. Gleich würde es ihr besser gehen. Die Tür war zu. Niemand konnte in ihre Wohnung. Von außen war auch nichts mehr zu hören. Bestimmt war Müggemann inzwischen mitsamt seinem Rausch in seinen vier Wänden verschwunden.

»Mau«, machte Momo erneut und sah ihr direkt ins Gesicht.

Benita strich sacht mit dem Daumen über die Nase der Katze, die vorsichtig an ihrem Finger zu knabbern begann. Für einen Moment überfiel sie der Wunsch, das Tier hochzunehmen und das seidige Fell mit Küssen zu übersäen. Sie ließ es bleiben. Erfahrungsgemäß mochte Momo solche Zuneigungsbeweise nicht besonders.

40

Benita fiel erst in den frühen Morgenstunden in einen unruhigen Schlaf. Bis dahin hatte sie stundenlang wach gelegen und mit dem Wunsch gekämpft, sich mit Alkohol zu betäuben. Schließlich hatte sie ja schon zum Abendessen zwei Bier getrunken, und Müggemanns Missgeschick war etwa um ein Uhr früh passiert. Je weiter die Uhrzeit gen Morgen rückte, umso unmöglicher wurde es, dem Drang nachzugeben. Sie konnte es sich einfach nicht leisten, benommen oder gar mit einer Fahne zum Dienst zu erscheinen.

Um halb sieben klingelte der Wecker. Sie spürte jeden Knochen im Leib, hatte Durst und Kopfschmerzen und glaubte, nicht aufstehen zu können. Alles wehrte sich in ihr gegen die Vorstellung zu duschen, und so verzichtete sie darauf. Während sie sich eine Tasse Kaffee aufbrühte, begann es vor ihrem rechten Auge zu flimmern. Sie ignorierte es, schob zwei Scheiben Toast in den Toaster, wartete auf ihren Kaffee und strich ihren Rest Leberwurst auf das Weißbrot. Die Wurst war geräuchert und hatte ihr tagelanges Dasein im Kühlschrank gut überstanden.

Momo saß ausnahmsweise manierlich auf den Küchenfliesen und wartete auf ihren Anteil. Benita brach ihr eine Ecke Toast ab. Das Flimmern wanderte gemächlich in einer bunten gezackten Linie über ihr Sichtfeld. Sie aß und trank langsam und versuchte, nichts zu denken.

Müggemanns Ausfall letzte Nacht erschien ihr wie einer ihrer Alpträume, die sie gelegentlich heimsuchten. Nachdem sie mit ihrem Frühstück fertig war, war das Flimmern weg, dafür setzten wie beim letzten Mal die Kopfschmerzen ein. Lauernd und dumpf spürte sie den Druck unter der Schädeldecke. Besser, sie nahm eine Schmerztablette, ehe es schlimmer werden würde.

Sie suchte im Küchenschrank nach Medikamenten und fand nur eine leere Umverpackung. Inzwischen war es halb acht. Sie hätte längst im Präsidium sein müssen, schließlich hatte sie eher anfangen wollen, um die Schreibtischarbeit zu erledigen. Regulär hatte sicher noch keine Apotheke offen. Aber wer letzte Nacht Bereitschaft gehabt hatte, war vielleicht noch im Einsatz.

Sie kramte in ihrem Papierstapel auf der Arbeitsfläche, wühlte zwischen Speisekarten vom Pizzaservice, Asia-Bistro et cetera sowie Notizzetteln, alten Kassenbelegen und dergleichen, bis sie schließlich den Apotheken-Notdienstkalender gefunden hatte. Benita suchte das heutige Datum. Nachtdienst hatte die Schwanen-Apotheke gehabt, in der sie vor ein paar Tagen bereits die Ohropax gegen Müggemanns musikalische Übungen besorgt hatte.

Müggemann. Die Kopfschmerzen wurden stärker, dazu kam leichte Übelkeit. Benita streichelte Momo über den Kopf, holte ihre Handtasche und verließ die Wohnung. Leise schloss sie die Tür hinter sich und eilte die Treppe hinunter. Auf dem Weg ins Erdgeschoss traf sie niemanden. Auch heute schien die Sonne vom klarblauen Himmel, und bereits jetzt, früh am Morgen, war es richtig warm.

Die Angestellte in der Apotheke machte einen müden Eindruck. Benita bat um eine kleine Packung Paracetamol. Während die Apothekenhelferin nach der Schachtel suchte, bimmelte die Glocke der Ladentür.

»Morgen«, vernahm sie eine weibliche Stimme.

Benita gab keine Antwort. Sie fühlte sich nicht angesprochen. Die Kundin stellte sich neben sie.

»Hach, die Benita! Dass man dich auch mal wieder sieht. Wie geht's denn so?«

Benita wandte den Kopf. Die Frau, die neben ihr stand, war eine Bekannte ihrer Mutter und etwa in deren Alter.

»Morgen, Frau Lehmann«, antwortete sie automatisch.

»Ich bin ja froh, dass ich dich treffe.« Vertraulich beugte sich die Frau zu ihr. »Sag, wie geht es denn deiner Mutter?«

Die Apothekenhelferin brachte die Tabletten für Benita und verlangte zwei Euro und zehn Cent. Benita legte das Geld passend auf den Tresen, steckte das Medikament ein und wandte sich um.

»Frau Lehmann, ich muss zur Arbeit. Tschüss.«

»Nein, nein. Nun warte doch, nur ganz kurz.« Die Frau wedelte mit der Hand.

»Ich bin gleich wieder da«, versicherte sie der jungen Frau hinter dem Tresen.

Sie fasste Benita am Ellbogen und schob sie vor sich her zur Tür. Ungehalten entzog Benita ihr den Arm.

»Frau Lehmann, ich bin spät dran.«

»Gleich. Ich muss erst wissen, wie es deiner Mutter geht. Ich schieb es seit Tagen vor mir her, sie anzurufen. Es tut mir doch so leid. Ich hab doch nicht geahnt, dass es sie so trifft.«

»Was denn?« Etwas in ihr schlug Alarm, und alle ihre Sinne gingen auf Abwehr.

»Ich hab sie doch letzte Woche beim Friseur getroffen, und da hab ich ihr erzählt, dass dein Vater zur Elke gezogen ist.«

Eine heiße wütende Stichflamme jagte von Benitas Magen bis in ihre Kehle. Immer wieder wurde sie mit dem Alten konfrontiert.

»Das hätte ich nicht machen sollen. Aber die beiden sind doch jetzt schon so lange getrennt.«

Ihr Mund fühlte sich an wie mit Sand gefüllt. Ein weiterer Kunde betrat die Apotheke und zwang Benita und die Bekannte ihrer Mutter, einen Schritt von der Tür wegzutreten. Sie nutzte den Moment.

»Sorry. Ich bin wirklich in Eile.«

Sie ließ die Frau stehen und schlüpfte zur Tür hinaus. In ihrem Kopf hämmerte es. Mit schnellen Schritten lief sie zu ihrem Auto, das noch in der Tiefgarage parkte, permanent von der Sorge begleitet, jetzt doch noch Müggemann über den Weg zu laufen, der zur Schule musste, um seine Schüler mit Deutsch oder Geschichte zu nerven. Sie ärgerte sich, dass sie vergessen hatte, aus ihrer Wohnung eine Flasche Wasser mitzunehmen, um die Tabletten zu schlucken. Trocken würde sie sie bestimmt nicht runterbringen, also musste sie warten, bis sie im Büro war.

Sie fuhr aus der Tiefgarage und lenkte den Wagen auf die Straße. Elke. Wer war Elke? Der Name kam ihr bekannt vor. Hieß nicht Frau Lehmanns Physiotherapeutin so, zu der sie wegen ihrer Rückenprobleme ging? Ab und zu hatte die Mutter den Namen und die Zusammenhänge erwähnt, wenn sie ihr bei gelegentlichen Telefonaten Banalitäten erzählte. Sinn machte das schon. Alberto Luengo ging seit seinem Unfall von vor zwanzig Jahren auch immer wieder zur Physiotherapie. Womöglich hatte die

Lehmann ihn dort ab und an getroffen, und diese Elke wiederum hatte aus ihrem neuen Liebesglück keinen Hehl gemacht. Was die alte Klatschtante postwendend weitertragen musste. Benita bremste scharf. Fast hätte sie übersehen, dass vor ihr an der roten Ampel am Wittelsbacherring ein Wagen stand.

Es war Viertel nach acht, als sie ihr Büro betrat. Julius saß hinter seinem Schreibtisch und tippte in den Computer.

»Guten Morgen«, grüßte sie. »Sagen Sie nix, ich hatte eine fürchterliche Nacht, und Kopfweh hab ich auch. Ich brauch erst mal eine Tablette.«

»Guten Morgen, Chefin. Was war los?«

Benita kramte ihre Paracetamol hervor und goss Wasser in ihr Glas, das noch vom Vortag auf dem Schreibtisch stand.

»Ich bin auf dem Sofa eingeschlafen und mitten in der Nacht von einem Poltern im Treppenhaus aufgewacht. Müggemann ist besoffen nach Hause gestolpert und mitsamt seinem Geigenkasten hingefallen. Danach konnte ich nicht mehr einschlafen.«

»Und jetzt haben Sie Kopfschmerzen«, vollendete Julius ihren Bericht.

»Stimmt.«

Sie drückte eine Tablette aus dem Blisterstreifen. Wenigstens konnte sie sich jetzt, dank ihrem Besuch in der Apotheke, zusammenreimen, wie die Mutter an das Wissen gekommen war, dass der Alte eine Freundin hatte.

»Wollen Sie einen Kaffee?«

»Danke. Jetzt nicht. Gibt's was Neues?«

»Mit Kaffee wirkt die Schmerztablette aber besser«, hielt Julius dagegen.

»Später vielleicht. Also, gibt's was Neues?«, fragte sie wieder.

»Ja. Heinrich hat angerufen. Er hat gestern länger gearbeitet und ist jetzt mit dem Netbook von Reichert durch. Er hat auch noch was gefunden. Reichert hat sich umfassend informiert, was man tun muss, wenn man jemand entmündigen möchte.«

»Entmündigen?« Verblüfft sah Benita ihren Mitarbeiter an.

»Ja. Er hat zu dem Thema jede Menge Seiten besucht. Und wie ich es drehe und wende, mir fällt dazu immer wieder seine Mutter ein.«

»Das ist ja allerhand.« Benita, die bislang vor ihrem Schreibtisch gestanden hatte, setzte sich. »Noch was?«

»Nur Kleinkram. Anscheinend hat Reichert sich seine unausgefüllte Freizeit mit diversen Spielen vertrieben. Sims Deluxe, Sims 2, World of Warcraft und so weiter, falls Ihnen das was sagt.«

»Ich hab davon gehört, ja.« Hoffentlich wirkte die Tablette bald.

»Was halten Sie davon, wenn wir heute noch mit diesem Anwalt sprechen, bei dem Reichert einen Termin haben wollte? Oder hatte«, fragte Julius.

»Viel. Rufen Sie bitte dort an, wann wir am besten vorbeikommen können. So schnell wie möglich, ist klar, oder?«

»Klar ist das klar.«

Benita fuhr ihren Computer hoch, um Albrechts Bericht in Sachen Gröger zu schreiben. Julius vereinbarte für elf Uhr einen Termin in der Kanzlei Buschwelt.

Zwei Stunden später waren die Schriftstücke betreffend den Hausarzt des Toten sowie die bisherigen Ermittlungsergebnisse zum Tötungsdelikt Reichert fertig. Julius brachte die Unterlagen zu Albrechts Sekretärin.

Pünktlich um elf Uhr betraten sie die Praxis des Anwaltes. Es handelte sich um kleine gediegene Räume in einem schmucken Altbau in der Friedrich-von-Schiller-Straße in der Nähe des Bahnhofs. Benita hatte am Springbrunnen-Rondell am Wilhelmsplatz geparkt, die letzten Meter zur Kanzlei waren sie zu Fuß gegangen.

Buschwelt war klein und dick, hatte einen dichten grauen Haarkranz um seine glänzende Glatze und erinnerte Benita von der Statur her an Albrecht. Er forderte sie auf, sich zu setzen, und bot ihnen Kaffee an, den sie beide ablehnten. Nachdem Benita ihr Anliegen vorgetragen hatte, nickte er.

»Ich kann mich gut an den Mann erinnern. Es stimmt, er wollte seine Mutter entmündigen lassen. Es gab Streit wegen einer finanziellen Angelegenheit. Seine Mutter hatte wohl ein Angebot, ihr Haus und Grundstück zu veräußern, ausgeschlagen. Reichert passte das nicht. Ihn hat das Geld gereizt. Er sagte, er sei der einzige Erbe der alten Frau und könne mit dem maroden Gebäude nichts anfangen. Als ich ihm gesagt habe, dass so was noch lange kein Grund für eine Entmündigung sei, hat er behauptet, sie sei oft verwirrt und sehr halsstarrig, und deswegen war er der Ansicht, dass sie nicht mehr in der Lage sei, sinnvolle Entscheidungen zu treffen.« Der Anwalt beugte sich vor und legte die Fingerspitzen aneinander. »Ich bitte Sie: Was ist eine sinnvolle Entscheidung? Das Haus zu verkaufen, weil sich die Gelegenheit bietet? Oder wenn die alte Frau ihr Dach über dem Kopf behalten will, in dem sie seit Jahrzehnten lebt? Meine persönliche Meinung tut zwar nichts zu Sache, aber ich bitte Sie. Das ist doch menschlich nur nachvollziehbar, nicht wahr?«

Julius nickte, und Benita brummte eine kurze Zustimmung.

»Er hat aber nicht lockergelassen«, fuhr Buschwelt fort. »Wobei man dazu sagen muss, dass es den Begriff der Entmündigung in Deutschland seit 1992 nicht mehr gibt. An seine Stelle ist die sogenannte Betreuung getreten. Aber auch das ist nicht so einfach. Es muss gute Gründe dafür geben, und der Betroffene muss damit einverstanden sein.«

»Reichert hat also nichts tun können, um seiner Mutter ihre rechtlichen Entscheidungen aus der Hand zu nehmen?«, erkundigte sich Benita.

»Nein. Eventuell hätte er eine Betreuung beantragen können, wenn sie dement wäre. Aber dazu braucht es ein fachärztliches Gutachten. Das hab ich ihm auch gesagt. Niemand kann einfach verlangen, dass einem alten Menschen seine Eigenständigkeit genommen wird, nur weil man mit dessen Entschlüssen nicht einverstanden ist«, erläuterte Buschwelt.

»Ist Ihnen bekannt, ob Else Reichert von den Überlegungen ihres Sohnes wusste?«, fragte Benita.

»Dazu kann ich nichts sagen. Reichert hatte vor einigen Wochen einen Erstberatungstermin bei mir. Seither habe ich nichts mehr von ihm gehört.«

41

»Hanno Reichert, der ›gute Junge‹, wollte also seine Mutter entmündigen lassen. Irgendwie zerstört das gerade mein Weltbild«, stellte Julius frustriert fest, als sie wieder auf dem Gehweg vor dem Haus standen. »Ich dachte, die beiden hatten eine zwar etwas langweilige, aber solide Mutter-Sohn-Beziehung. Und jetzt kommt so was«, fuhr er fort.

Benita zuckte mit den Schultern.

»Man blickt halt nie dahinter. Jetzt ist die Frage, ob die alte Frau von seinen Plänen wusste. Außerdem besteht eine Restmöglichkeit, dass der Sohn recht hatte und tatsächlich in Sorge war. Aufgefallen ist mir ja nichts davon, dass sie verwirrt wäre, und halsstarrig sind viele alte Leute.«

»Übel ist das so oder so. Allein, dass er sich erkundigt hat«, beharrte Julius.

Sie hatten den Parkplatz erreicht, auf dem Benita ihren Mercedes abgestellt hatte.

»Logisch wäre für mich, wenn Reichert nach diesem Tiefschlag, weil er nichts tun kann, für das vorzeitige Ende seiner Mutter sorgt. Stattdessen hat ihn jemand ins Jenseits geschickt. Ich kann mir einfach nicht vorstellen, dass die klapprige Else für sein Ableben gesorgt hat«, sprach er weiter.

»Wir haben sie weder nach einem Alibi gefragt noch, ob sie Diabetes hat«, stöhnte Benita und sperrte das Auto auf.

»Alibi hat sie keins. Wir wollten doch neulich wissen, ob der Meyer bei ihr war, und sie hat gesagt, sie war den ganzen Abend zu Hause. Wenn sonst jemand bei ihr gewesen wäre, hätte sie das bestimmt erwähnt. Mit der Diabetes geb ich Ihnen recht.«

Benita verzog das Gesicht zu einer Grimasse.

»Das geben wir bei Albrecht aber nicht zu, dass wir nur durch den Umweg über Meyer von Elses Nichtalibi erfahren haben.«

Julius grinste.

»Verlangt ja auch keiner.«

»Ich fürchte, wir müssen die Frau mit der bitteren Wahrheit, dass ihr Sohn sie entmündigen lassen wollte, konfrontieren und sehen, wie sie reagiert.«

»Na super. Für die Ärmste bricht der Rest ihrer dürftigen Welt zusammen. Ich glaube nämlich nicht, dass sie davon wusste«, regte sich Julius auf.

»Haben Sie eine bessere Idee?«

»Wir könnten Albrecht den ganzen Scheiß überlassen«, brummte er.

»Was? Damit er zur Reichert geht und unsere Befragung übernimmt? Das glauben Sie doch wohl selbst nicht. Die Zeiten sind für den guten Albrecht vorbei. Der sitzt mitsamt seinem Übergewicht in seinem Büro und wischt sich den Schweiß der Verantwortung von der Stirn. Alles andere ist unsere Sache. Kommen Sie, das bringen wir jetzt hinter uns.«

»Ich halte schon mal die Rufnummer von der Küster bereit, falls die alte Frau danach endgültig zusammenklappt«, erklärte Julius vorsorglich.

»Machen Sie das.«

42

Else Reicherts Anwesen lag still in der Sonne des frühen Nachmittags.

»Gartenarbeit macht sie heute jedenfalls nicht«, sagte Benita und stellte den Wagen seitlich des Weges ab.

»Ist einfach zu warm heute«, erwiderte Julius.

Nacheinander betraten sie das Grundstück. Benita betätigte den gusseisernen Türklopfer. Innen blieb es ruhig. Sie versuchte es noch einmal. Nach wie vor rührte sich nichts im Haus.

»Vielleicht ist sie gar nicht da«, überlegte er.

»Bisher war sie immer da«, antwortete Benita und sah sich um.

Links vom Haus gab es einen Schuppen, der auch als Garage hätte dienen können. Die hölzernen Flügeltüren waren geschlossen. Julius war ihrem Blick gefolgt.

»Theoretisch kann sie ein Auto haben und einkaufen gefahren sein oder so«, sagte er.

»Stimmt.« Benitas Blick wanderte durch den Garten. »Trotzdem werde ich das Gefühl nicht los, dass wir nicht allein sind. Vielleicht krieg ich auch Paranoia.«

»Vielleicht. Mir ist eher die Stille unheimlich«, bemerkte Julius. »Schließlich ist sie eine alte Frau. Sie könnte …« Benita unterbrach ihn mit einer Handbewegung und schüttelte den Kopf.

»Ich glaube, wir haben beide einen an der Waffel. Ich geh mal ums Haus und sehe in die Fenster. Nicht, dass die Reichert bei der Wärme ein Kreislaufproblem hat und Hilfe braucht.«

»Moment.« Julius hob die Hand, als wollte er ein Signal geben, und senkte die Stimme, als er weitersprach. »Da war was. Hinter dem Fenster dort hat sich was bewegt.«

»Sicher?« Unwillkürlich sprach sie auch leiser.

»Ja. Entweder sie lässt uns nicht rein, oder es ist jemand bei ihr.«

Reicherts Mörder!, schoss es Benita durch den Kopf. Ein Frösteln überlief sie trotz der Wärme des Tages.

»Da stimmt was nicht. Ich hab ein saublödes Gefühl«, flüsterte sie. Und keine Waffe dabei, ergänzte sie in Gedanken.

»Ich geh jetzt doch ums Haus«, wisperte sie. »Sie bleiben hier und fordern sofort Verstärkung an, wenn Ihnen noch irgendwas Ungewöhnliches auffällt.«

Julius nickte.

So leise und unauffällig sie konnte, bewegte Benita sich zur ersten Hausecke. Das knöchelhohe Gras war trocken, knisterte bei jedem Schritt und piekte sie in die bloßen Fußgelenke. Sie näherte sich einem Fenster, das sie in ihrer Vorstellung der Küche zuordnete, und lugte seitlich hinein. Else Reichert saß auf einem Stuhl am Küchentisch. Ihre Hände lagen in ihrem Schoß.

Benita hielt den Atem an. War sie tatsächlich tot? Und welchen Schatten hatte Julius gesehen? Oder hatte er sich doch getäuscht? Vielleicht war aber auch jemand bei ihr, der durchs Haus geisterte. Sie überlegte, ob sie an die Scheibe klopfen konnte oder ob das zu gefährlich war. In dem Augenblick hob Else Reichert die Hand, fuhr sich über die Nase und ließ den Arm wieder sinken. Benita spürte einen Funken Erleichterung. Immerhin war die alte Frau noch am Leben. Sie mussten zu ihr ins Haus und feststellen, was los war. Das Klopfen an der Tür konnte sie kaum überhört haben.

Rasch ging sie zurück zu Julius, der unverändert auf seinem Posten stand.

»Sie sitzt in der Küche. Vielleicht ist jemand bei ihr. Rufen Sie die Verstärkung, Julius, ich geh noch mal von der anderen Seite ums Haus.«

Ohne seine Antwort abzuwarten, machte sie sich auf den Weg. Sie erschrak fürchterlich, als sie Schritte hinter sich hörte.

»Julius!«, fuhr sie ihn an. »Ich hab doch gesagt, bleiben Sie vorn stehen.«

»Haben Sie gar nicht. Zumindest eben nicht. Die Verstärkung ist unterwegs. Hier, sehen Sie, das Kellerfenster schließt nicht richtig. Vielleicht kommen wir so ins Haus.«

Er deutete zu einer staubigen Scheibe mit Holzrahmen, die sich auf Fußhöhe im Sockel des Hauses befand. Benita zuckte mit den Schultern. Wenn sich wirklich jemand bei der alten Frau befand, war es unter diesen Umständen zu gefährlich, unbewaffnet ins Haus einzudringen.

»Besser, wir warten ab«, sagte sie leise. »Das Fenster ist eh zu klein.«

»Ich will wenigstens mal gucken«, gab Julius zurück. Er legte sich auf den Bauch.

»Zappenduster dort unten, und die Scheibe ist so dreckig, da sieht man rein gar nix.« Er drückte mit zwei Fingern gegen den Rahmen des Fensters, das unerwartet ein Stück nach innen aufging.

»Boah!«

Julius' Kopf fuhr zur Seite, und eilig richtete er sich auf. Auf seinem T-Shirt hing trockenes Gras.

»Was ist?«, fragte Benita.

Das Gesicht ihres Mitarbeiters zeigte eine ungesunde Farbe zwischen grünlich und gelbstichig. Im selben Moment drang der unverkennbare und unerträgliche Geruch auch zu ihr. Erschrocken hielt sie die Hand vor Mund und Nase. Benita und Julius tauschten einen Blick.

»Da unten liegt jemand, und der ist tot. Und zwar nicht erst seit Kurzem«, stieß sie hervor.

Julius sprang auf.

»Kommen Sie. Wir versuchen, die Haustür zu öffnen. Durch das Fenster kommen wir wirklich nicht rein«, sagte er.

Von der Straße her hörte man Motorengeräusche. Eine Welle der Erleichterung überkam sie. Immerhin waren sie nicht mehr allein.

43

»Im Keller liegt vermutlich ein Toter«, informierte Benita die vier Kollegen, die mit zwei Streifenwagen erschienen waren. »Die Eigentümerin vom Haus sitzt in der Küche und wollte uns nicht hereinlassen. Ich gehe jetzt rein. Jemand von Ihnen begleitet mich, und mit Herrn Schwarz geht einer in den Keller. Einer sieht durchs Haus, ob sich noch jemand darinnen aufhält. Der andere wartet außen.«

Die Haustür war nicht abgeschlossen. Für einen Moment war Benita das unangenehm. In ihrer Vorstellung hatte man die Tür erst aufbrechen müssen. Dass offen sein könnte, war ihr nicht eingefallen. Vor den Streifenbeamten überging sie ihr kleines Versäumnis. Der süßliche Geruch verwesenden Fleisches hing bereits in den Mauern des Flures. Sie hielt den Atem an und eilte in die Küche. Else Reichert starrte ihr entgegen.

»Frau Reichert? Was ist los? Warum haben Sie nicht aufgemacht?«, fragte sie und blieb eine Armlänge vor ihr stehen.

Die alte Frau trug trotz der Wärme eine dünne graue Strickjacke über ihrer Kittelschürze und zog diese nun vor der Brust zusammen, ohne eine Antwort zu geben.

»Frau Reichert?«, sprach sie sie erneut an.

»Gehen Sie.« Ihre Stimme krächzte.

»Chefin?«, hörte sie Julius rufen.

»Sie bleiben bei ihr«, wies Benita den Streifenbeamten an.

»Komme«, antwortete sie ihrem Mitarbeiter.

Die Holztür, die den Zugang zur Kellertreppe verschloss, stand einen Spalt offen. Der Geruch, der Benita entgegenquoll, war unerträglich. Sie hatte das Gefühl, in Schwaden aus Verwesung einzudringen, und presste die Hand vor Mund und Nase. Die Treppe war schmal und aus felsigen Steinen und weitete sich nach unten in einen niedrigen Raum. Eine nackte Glühbirne tauchte den Keller in trübes Licht. Geradeaus und direkt unter der Decke befand sich das marode Fenster. An der linken Wandseite stand eine große Gefriertruhe, ein sogenannter Toplader, den man von oben befüllte. Über den Estrichbelag des Fußbodens sickerte Wasser aus dem Gerät.

Julius hatte die Klappe der Gefriertruhe geöffnet. Neben ihm stand, in aufrechter Haltung und mit starrem Blick, der Streifenbeamte, der ihn in den Keller begleitet hatte. Benita trat näher. Obwohl sie geahnt hatte, was sie zu sehen bekommen würde, erfassten sie Entsetzen und Ekel.

Noch ehe sie ganz vor dem Gerät stand, erkannte sie einen Brustkorb und eine Hand, und sie bekam ein Würgen im Hals. Sie zwang sich, in den veralteten Kühlapparat zu sehen.

In seltsam verrenkter Haltung lag ein Mann darinnen, die Arme vor der Brust übereinandergelegt, die Beine aus der Hüfte heraus zur Seite gedreht. Sein Gesicht war aufgedunsen, ebenso wie die Hände, die Haut in einer eigenartigen Mischung aus Rot und Lila verfärbt, aus Mund, Nase und Augen rann eine Flüssigkeit, die Benita als Fäulnisflüssigkeit erkannte.

»Verdammt«, zischte sie zwischen zusammengebissenen Zähnen hervor. »Wer ist das?« Augenblicklich musste sie an Meyer denken, der am Abend seines Verschwindens zu Else Reichert gewollt hatte. Doch wenn er es war, warum hätte sie ihn töten sollen?

Julius zuckte mit den Schultern.

»Ich hab keine Handschuhe dabei. Ich will dem jetzt nicht in die Taschen fassen und Papiere suchen.«

»Schon klar. Kommen Sie.«

Sie machte ihm ein Zeichen, die Treppe hochzugehen. Der unerträgliche Geruch haftete in ihrer Nase. Sie atmete flach und hielt dabei die Hand vor den Mund. Auch im Erdgeschoss angekommen, wagte sie nicht, nach Luft zu schnappen. Die Ausdünstungen des Todes schienen sich in jede Fuge, jeden Teppich und jeden Vorhang des alten Hauses gefressen zu haben.

»Rufen Sie Köhler und Weber an«, stieß sie hervor.

Julius nickte und ging rasch durch den Flur in den Garten, wo er sein Handy aus der Hosentasche zog. Benita zwang sich, zurück in die Küche zu gehen. Else Reichert verharrte in regloser Haltung auf ihrem Platz.

»Machen Sie das Fenster auf«, wies Benita den Streifenbeamten an, der recht blass dreinsah, und wandte sich an die alte Frau.

»Frau Reichert, wer ist der Tote, der in Ihrer Gefriertruhe liegt?«

Else Reichert presste die Lippen aufeinander.

»Hallo?« Benita sprach lauter. »Antworten Sie! Wer ist der Mann dort unten?«

Die Frau verknotete die Finger ineinander und schwieg. Benita drehte genervt den Kopf von einer Seite zur anderen, als könnte ihr die kleine Küche Auskunft geben.

»Gut. Wenn Sie nicht reden wollen, lassen Sie es. Wir finden es sowieso heraus«, sagte sie. »Und Sie nehmen wir mit.«

»Wohin?« Else Reichert sah sie mit zusammengekniffenen Augen an.

»Erst ins Präsidium zur Vernehmung und später werden Sie in Untersuchungshaft genommen. In irgendeiner Form haben Sie mit dem Toten da unten zu tun.«

»Aber ich wollte das doch gar nicht!«, fuhr sie hoch.

»Was wollten Sie nicht?«

Wenn sie nicht bald aus dem Gestank kam, würde er sie die nächsten Wochen begleiten. Er schien sich in jede Pore zu drängen. Obwohl durch das offene Fenster und die offene Haustür ein Gegenzug entstanden war, wollte der Verwesungsgeruch nicht weichen.

»Na, dass der tot ist.« Else Reichert verschränkte die Arme vor der Brust.

»Wer ist das, und was ist passiert?«, bohrte Benita nach.

»Ich sag gar nix mehr.«

Julius betrat die Küche.

»Köhler und Weber sind gleich da. Ich hab noch ’nen Doktor bestellt, für Frau Reichert«, sagte er.

»Die ist fit«, regte Benita sich auf und warf der alten Frau einen zornigen Blick zu.

Ein Beamter erschien unter der Küchentür.

»Im ganzen Haus sind keine weiteren Personen. Ich hab in jedes Zimmer und in jede Ecke gesehen, sogar in die Schränke.«

»Gut, danke«, erwiderte Benita und protestierte nicht, als der Kollege, ohne um Genehmigung zu bitten, in den Garten ging.

Von draußen näherte sich Motorengeräusch, das vor dem Haus verstummte. Benita hörte die vertrauten Stimmen des Rechtsmediziners Gerd Köhler und des Leiters der Spurensicherung, Karol Weber. Nacheinander betraten die Männer das Haus, grüßten Benita und folgten Julius in den Keller. Ein weiterer Mann kam herein. Anhand des Köfferchens, das er bei sich trug, vermutete Benita, dass es sich um den von Julius angeforderten Arzt handelte.

»Nein!« Else Reichert schlug die überkreuzten Arme vor der Brust zusammen. »Nicht mitnehmen! Ich hab gar nix gemacht. Ich wollte das nicht. Der ist einfach umgekippt.«

Benita verzog keine Miene. Sollte die Reichert ruhig glauben, dass der Doktor gekommen war, um sie zu verhaften. Der Mann sah verwirrt von ihr zu der alten Frau.

»Ich bin Carsten Wolf, der Arzt, den Ihr Kollege angefordert hat. Ist das die Patientin?«

»Benita Luengo, Kriminalkommissarin. Grüß Gott, Herr Doktor. Ich glaube nicht, dass Frau Reichert ärztliche Hilfe braucht. Trotzdem vielen Dank, dass Sie so rasch gekommen sind.«

Carsten Wolf schüttelte den Kopf.

»Sie scheint mir ziemlich außer sich, und dazu die Hitze heute. Ich würde sie schon gern …«

»Nein! Nein! Nein! Ich sag doch, ich wollte das nicht. Aber wie er dann so dalag, da wusste ich halt nicht, wohin mit ihm.«

Benita stützte die Hände auf die Kante der Tischplatte. Obwohl sie den Toten nur kurz gesehen hatte, schätzte sie, dass er zu Lebzeiten etwa achtzig Kilo gewogen hatte. Else Reichert war eine kleine zierliche Frau. Schwer vorstellbar, dass sie den Mann allein in den Keller gezerrt und in das Gerät gepackt hatte.

»Wer liegt in Ihrer Gefriertruhe und warum?«, wiederholte sie.

»Dennis Meyer«, hörte sie Julius' Stimme hinter sich. Benita richtete sich auf.

»Nicht im Ernst«, sagte sie. Sie hatte es sich nicht wirklich vorstellen können.

»Doch. Er hat Brieftasche, Geldbeutel und Handy bei sich. Der Akku vom Handy ist leer. Köhler kann noch nicht einschätzen, seit wann er dort unten liegt. Aber wir wissen ja, wann er verschwunden ist und dass er hierher wollte.«

»Wir nehmen Sie mit«, sagte Benita zu Else Reichert und machte dem Streifenbeamten ein Zeichen.

»Ich will nicht mit! Ich hab ihm nix getan, ich schwör's!« Hysterische rote Flecke erschienen im Gesicht der alten Frau.

»Gut. Dann kommen Sie eben freiwillig mit ins Präsidium. Ich muss hier raus aus dem Gestank. Sie erzählen uns, was Sie wissen, dann sehen wir weiter«, bestimmte Benita.

44

Else Reichert hockte auf dem Besucherstuhl neben dem Schreibtisch von Benita. Ihre Füße standen akkurat nebeneinander, und die Knie hielt sie geschlossen. Ihre Haltung erinnerte Benita an die von Gerlinde Köcher. Nur dass sie kein Fellhütchen trug und ihre braune abgeschabte Handtasche nicht auf dem Schoß hielt, sondern neben den Stuhl gestellt hatte.

Julius flegelte mit unbewegter Miene auf seinem Platz, und Benita fragte sich, ob sie ihre heutige Garderobe vom BH bis zu den Schuhen in den Müll stecken sollte und anschließend zwei Stunden duschen. Oder länger. Vorher musste sie mit den stinkenden Klamotten erneut in ihr Auto steigen und später ihre Wohnung betreten, obwohl sie sich am liebsten vor den Mülltonnen im Hof des Präsidiums ausgezogen hätte.

»Reden Sie«, verlangte sie, ohne noch einmal zu formulieren, was sie wissen wollte. Die Nase der alten Frau stach spitz aus dem faltigen Gesicht.

»Der Meyer war da. Er wollte mir noch mal zusetzen, das Haus zu verkaufen. Wir sind in die Küche gegangen. Ich wollte ihn ja gar nicht reinlassen, aber der ist einfach reingestiefelt, als gehörte ihm alles. Das ist doch eine Sauerei, so ein Benehmen. Und so einer will Stadtrat sein.«

»Weiter«, forderte Julius sie auf. Er spielte mit einem Bleistift. Benita hatte das Verlangen, ihm den Stift wegzunehmen.

»Ja, nix weiter. Plötzlich ist er vornübergekippt. Ich hab einen Riesenschreck gekriegt. Ich weiß doch gar nicht, woran der gestorben ist. Aber ich hab seinen Puls gefühlt, immer wieder. Und da war nix mehr.«

»Warum haben Sie keinen Arzt gerufen?«, fragte Benita.

Else Reichert zuckte mit den Schultern und sah aus dem Fenster.

»Frau Reichert! Warum nicht?«, fuhr Benita die alte Frau an.

»Na, weil der eben schon tot war.«

»Und dann? Dann haben Sie ihn in Ihre Gefriertruhe gepackt?« Julius klang sowohl ungläubig als auch zynisch.

Sorgfältig legte die Frau die Hände auf die Knie. Sie gab keine Antwort.

»Meyer war groß und kräftig. Das können Sie doch gar nicht allein geschafft haben«, fuhr Julius fort.

»Doch. Ich hab ihn unter den Armen gepackt und runtergezerrt.« Hastig klappte Else Reichert den Mund zu und machte ein erschrockenes Gesicht.

»Und wie haben Sie ihn in die Truhe gebracht?«, fragte Julius, beugte sich vor und musterte die alte Frau.

Benita hatte den Verdacht, er war ernsthaft neugierig. Else Reichert presste kurz die Lippen zusammen.

»Ich sag gar nix mehr«, wiederholte sie.

»Frau Reichert, wussten Sie, dass Ihr Sohn Hanno Sie entmündigen lassen wollte?«, fragte Benita unvermittelt.

Die alte Frau zuckte zusammen.

»Nein. Sie lügen!« Ein Zittern lief durch ihren Körper. Die Lider ihrer wässrigen grauen Augen verengten sich.

»Sie wussten es, nicht wahr?«, fragte sie noch einmal.

Else Reichert schüttelte heftig den Kopf.

»Nein. Sie lügen. Er war ein guter Junge. Aber er wollte, dass wir das Haus verkaufen. Er hat gesagt, er braucht es nicht und er wohnt lieber in der Stadt. Und für mich wäre es auf meine alten

Tage zu einsam und zu viel Arbeit. Er hat sich halt Sorgen um mich gemacht. Aber es ist doch mein Zuhause. Und entmündigen lassen wollte er mich ganz bestimmt nicht.«

»Warum haben Sie für Dennis Meyer keinen Arzt gerufen?«

»Ich hab doch solche Angst gehabt. Mir ist das alles zu viel geworden. Verstehen Sie das denn nicht? Der Meyer hat mir erzählt, es wird in der Nürnberger Straße in Bayreuth eine Seniorenwohnanlage gebaut, mit ganz tollen Wohnungen. Da hätte ich hinziehen sollen. Ich hab gedacht, wenn ich jetzt einen Arzt rufe, dann denkt der vielleicht, ich hab dem Meyer was getan, weil ich das alles nicht will, mit dem Haus verkaufen und so.«

Benita atmete tief durch. Sie hatte das deutliche Gefühl, dass Else Reichert etwas ganz Wesentliches verschwieg. Plötzlich fiel ihr noch etwas ein.

»Wer ist denn *Ihr* Hausarzt, Frau Reichert?«, fragte sie.

»Ich hab keinen. Ich bin schließlich gesund. Nur die Hüfte macht mir manchmal Ärger. Aber dafür brauch ich niemand.« Stur sah sie geradeaus.

»Das heißt, Sie sind nicht in ärztlicher Behandlung?«, vergewisserte sich Benita.

»Nein. Hab ich doch gesagt. Wozu denn?«

Benita tauschte einen Blick mit Julius. Dieser deutete ein Nicken an. Sie nahm es als Zeichen, dass er den Grund ihrer Frage verstanden hatte. Insulin war verschreibungspflichtig. Von daher konnte die alte Frau nicht Diabetes haben.

»Frau Reichert, Sie werden hierbleiben müssen. Zumindest bis die Ergebnisse der Obduktion und der Spurensicherung vorliegen«, entschied sie.

»Aber wenn ich doch nichts getan habe!«, regte sich die alte Frau auf.

»Immerhin haben Sie den Stadtrat verschwinden lassen«, meldete sich Julius zu Wort. »Er wird seit über einer Woche gesucht. Das allein erfüllt schon den Straftatbestand der Verschleierung.«

»Den was?« Else Reichert runzelte die Stirn.

»Nun, Sie wussten, wo Meyer ist, während er erst als vermisst galt und dann zur Fahndung ausgeschrieben war. Lesen Sie keine Zeitung?«, fuhr Julius fort.

»Doch«, murmelte die alte Frau. »Aber ich hätte doch nicht sagen können, dass der in meiner Gefriertruhe liegt.«

»Eben.« Benita griff zum Telefon.

»Wir lassen Sie von einem Kollegen abholen und ins Untersuchungsgefängnis nach St. Georgen überstellen.«

»Ich hab dem nichts getan. Ehrlich.« Else Reichert hockte zusammengesunken auf ihrem Stuhl. Benita verdrängte einen Anflug von Mitleid.

45

Zwei Stunden später verließ sie das Präsidium. Sie war erschöpft und fühlte sich müde und leer. Am Parkplatz fand sie ihren Schlüsselbund nicht und kramte eine gefühlte Ewigkeit in ihrer Handtasche, in der sie die Schlüssel klappern hörte, ohne sie zu finden. Stattdessen bekam sie die Medikamentenpackung von heute Morgen zwischen die Finger, wobei ihr wieder Frau Lehmann einfiel. Immerhin hatten die Tabletten geholfen, und ihr war ein Migräneanfall erspart geblieben. Erst jetzt dachte sie wieder daran – und da war auch endlich der Schlüssel. Benita öffnete sämtliche Fenster, ehe sie losfuhr, um möglichst viel Luftdurchzug zu haben.

Sie parkte wie meist in der Tiefgarage und erlaubte sich ausnahmsweise, mit dem Aufzug in den dritten Stock hochzufahren. Als sich die Aufzugtür öffnete, stand Müggemann vor seiner Wohnungstür und stocherte mit dem Schlüssel im Schloss.

»Ah, Frau Luengo.« Sein Gesicht wurde knallrot. »Ich möchte mich in aller Form entschuldigen, für meine Entgleisung letzte Nacht. Nicht nur, dass ich wohl recht laut gewesen bin … ich, äh …« Er schluckte und zerrte mit dem Zeigefinger den Kragen seines kurzärmligen Hemdes ein Stück vom Hals weg. »Nun, ich kann mich beim besten Willen nicht erinnern, ob ich mich korrekt verhalten habe.« Schweißtröpfchen bildeten sich auf seiner Stirn.

»Alles in Ordnung, Herr Müggemann«, presste sie hervor.

»Wie? Äh, ja. Natürlich ist alles in Ordnung. Sogar die Geige, dabei musste ich sie recht unsanft fallen lassen, sonst hätte ich wohl meine Vorderzähne riskiert.«

»Das hab ich nicht gemeint.« Sie wollte an ihm vorbei und in ihrer Wohnung verschwinden.

»Nicht?«

»Nein. Von meiner Seite her gibt es nichts zu entschuldigen. Kann mal passieren, dass man stolpert.«

Wenn sie jetzt die Wohnung aufsperrte, lief sie Gefahr, dass er sich Schritt für Schritt hinter ihr herschob und schließlich im Rahmen stehen blieb. Und sei es, um mit langem Hals einen Blick in ihre Privatsphäre zu erhaschen.

»Na ja.« Betrübt legte er den Kopf schief. »Ich habe wohl ein wenig zu tief ins Glas gesehen. Wissen Sie, wir hatten eine kleine Feier, die Kollegen und ich. Es war ja eigentlich ganz reizend, bis Uwe Knorr dieses Trinkspiel vorgeschlagen hat. Knorr ist neu bei uns am Gymnasium. Er gibt Mathe und Physik. Und ich trinke ja eher selten, deswegen …«

»Kein Problem. Tschüss, Herr Müggemann.«

Hastig sperrte sie auf. Müggemann schnüffelte.

»Irgendwie riecht es hier eigenartig. Wenn ich es nicht besser wüsste, würde ich glatt vermuten, im Treppenhaus liegt ein totes Tier. Eine Maus oder gar eine Ratte.« Er sah sich um.

»Ich merke nichts. Schönen Abend.«

Rasch schlüpfte sie in ihre vier Wände. Ihr Herz schlug zu schnell, und trotzdem musste sie flüchtig grinsen. Wenigstens hatte sie ihm ein wenig die Luft verpesten können. Die Erkenntnis von letzter Nacht, dass Arno Müggemann sie unter Alkoholeinfluss an Alberto Luengo erinnert hatte, verdrängte sie, so gut es ging.

Benita stopfte sämtliche Kleidung in die Waschmaschine und schaltete das Gerät auch gleich ein. Dazu gab sie das Probepäckchen eines Weichspülers mit angeblich intensivem Veilchenduft, das einer Wurfsendung von einem Drogeriemarkt beigelegen hatte. Anschließend duschte sie lange und gründlich und machte sich danach eine Dose Ravioli warm.

Momo strich um ihre Beine. In der Wohnung war es still, und wieder einmal wurde ihr bewusst, wie allein sie war. Unvermittelt hatte sie das Gefühl, etwas Schweres lege sich auf ihre Brust und ihre Schultern und mache ihr das Atmen mühsam. Sie zog die Ravioli vom Herd und holte sich ein Bier aus dem Kühlschrank. Sie trank in kleinen Schlucken und hoffte darauf, dass bald die vertraute entspannende Wirkung einsetzte.

Sogar das Trinken fiel ihr schwer. Eigentlich würgte sie das alkoholhaltige Gebräu nur zwecks Wirkung hinunter. Zumindest im Moment. Oft genug schmeckte es ihr ja auch ganz wunderbar. Benita piekte mit einer Gabel eine Ravioli aus dem Topf und schob die gefüllte Nudel in den Mund. Die Tomatensoße war fruchtig und warm, die Nudel weich, die Fleischfüllung noch kalt. Sie schob den Topf zurück auf den Herd und ließ sich in ihren Korbsessel fallen.

Ohne es sich selbst erklären zu können, fühlte sie sich so elend, dass sie am liebsten losgeheult hätte. Diese verdammte Stille. Für einen Augenblick zog sie in Erwägung, nach dem Essen ein schnelles Abenteuer zu suchen. Aber im Grunde war ihr heute nicht einmal danach. Abgesehen davon, dass sie inzwischen wegen Tom den reinsten Verfolgungswahn schob. Am Ende traf sie ihn wieder irgendwo!

Plopp, plopp machte es aus dem Topf. Rote Soße spritzte durch die Küche. Ungehalten stand sie auf, drehte den Herd ab und schob das Kochgefäß wieder beiseite. Sie dachte an Toms Visitenkarte, die in ihrer Zettelsammlung lag. Wäre sie wie andere Frauen, hätte sie ihn längst besser kennenlernen können. Aber sie war nicht wie andere Frauen, und sie wusste auch gar nicht, ob sie Tom überhaupt besser hätte kennenlernen wollen.

Seit sie letzten Sommer im Landgasthof Creußen in einem Nebenzimmer eine schnelle Affäre mit ihm gehabt hatte, übte er keinen Reiz mehr auf sie aus. Doch auch so hätte sie ihm eine SMS schreiben und fragen können, ob er etwas mit ihr trinken wolle. Vielleicht in einem Biergarten. Dann wäre der Abend zumindest nicht so einsam gewesen.

Aber Tom war gefährlich. Er studierte Psychologie. Bestimmt ahnte er längst, dass sie ein Problem hatte. Langsam aß sie die Ravioli direkt aus dem Topf. Sie schmeckten nicht schlecht, nur waren sie recht salzig. Dadurch rutschte das Bier nun besser.

Irgendwann waren die gefüllten Nudeln alle und die Bierflasche leer. Die Portion war ein bisschen zu groß gewesen. Benita sah an sich hinunter. Sie saß in BH und Slip an ihrem Küchentisch. Ihr sonst flacher Bauch wölbte sich ein klein wenig nach vorn.

Als wäre ich schwanger, dachte sie und lauschte in sich hinein, ob der Gedanke etwas in ihr auslöste. Sie fühlte nichts. Benita stand auf, stellte den Topf ins Spülbecken und holte sich ein zweites Bier. Vielleicht kam ja was im Fernsehen dran, womit sie den Abend herumbrachte.

46

»Guten Morgen, Chefin. Gut, dass Sie da sind. Es gibt jede Menge Neuigkeiten von Köhler und Weber«, plapperte Julius los, kaum dass Benita das Büro betreten hatte. Sie legte ihre Tasche auf den Schreibtisch und setzte sich.

»Guten Morgen, Julius. Wie kommt es, dass Sie zurzeit wirklich jeden Tag vor mir hier sind? Ich bilde mir ein, ich bin pünktlich. Es ist ja noch nicht mal acht Uhr.«

»Echt? Ja, ich bin ein paar Minuten eher aus dem Haus, weil ich noch zum Bäcker wollte. Möchten Sie ein Croissant oder so?« Eifrig hielt Julius eine gut gefüllte Papiertüte der Bäckerei Schaller hoch. »Ich hab eins, das ist mit Schinken und Käse gefüllt.«

»Vielleicht. Aber Sie gehen doch öfters zum Bäcker und sind nicht so früh da«, beharrte Benita. Julius' sonst eher blasse Wangen bekamen einen Hauch Farbe.

»Aha«, machte Benita. »Arbeitet eine junge, nette neue Verkäuferin dort?«

»Nö«, brummte er und legte seine Tüte wieder ab.

»Sie müssen es mir nicht erzählen. Ich nehm trotzdem ein Croissant«, sagte sie und lächelte.

»Ich mach uns einen Kaffee dazu, ja?«

»Gern.«

Julius erhob sich schwerfällig und hantierte einige Minuten in der Küche, während Benita ihren Computer hochfuhr. Kaffeeduft durchzog das kleine Büro. Julius stellte eine große Tasse mit dem dampfenden Wachmacher vor sie und hielt ihr die Bäckertüte hin.

»Danke«, sagte Benita und nahm sich ein Croissant.

»Sie heißt Grit und studiert. Und wenn ich um halb acht beim Bäcker bin und Glück hab, kommt sie auch und holt sich einen Coffee to go.«

»Ach was.« Benita grinste. »Gut, das Hörnchen.«

»Schön.« Julius straffte die Schultern. »Wenn ich sie das nächste Mal sehe, lade ich sie auf ein Eis ein. Oder so.«

»Machen Sie das.« Benita öffnete ihre Mails.

»Wollen Sie jetzt die Neuigkeiten der Spurensicherung und der Rechtsmedizin von unserem Gefriertruhen-Toten wissen?«, erkundigte er sich.

»Natürlich. Ich hab hier schon die Mails. Aber Sie können es mir auch erzählen, ehe ich den ganzen Schlonz durchlesen muss.«

»Gut. Ich fang mit Köhlers Erkenntnissen an. Das Wichtigste zuerst: Meyer hat vor seinem Tod Faltentintlinge gegessen, genau wie Hanno Reichert. Was sagen Sie jetzt?« Erwartungsvoll sah er sie an. Benita zuckte mit den Schultern.

»Ehrlich gesagt, ich weiß es nicht. Vielleicht hätten wir bei der Gesichtsfarbe von Meyer gleich an die Pilze denken sollen. Andererseits … ich zumindest hatte vorher noch keinen Toten gesehen, der eine Weile in einer defekten Gefriertruhe lag.«

»Apropos defekt, und damit komm ich jetzt rasch zu Weber. Wir hatten doch letzthin diesen Stromausfall, weil der Baggerfahrer den Verteilerkasten umgefahren hatte. Dadurch hat das Uraltgerät von Else Reichert einen Totalschaden erlitten und ist nicht wieder angesprungen, als der Strom wieder da war. Vermutlich hat sie das erst gemerkt, als der Verwesungsgeruch durch die poröse Dichtung gekrochen ist. Dann wusste sie wohl nicht mehr, was sie jetzt noch machen kann, und in dem Zustand haben wir sie gestern angetroffen.«

»Kann sein. Woran ist Meyer denn nun gestorben? Die Pilze sind doch nicht tödlich, dachte ich.«

»Stimmt. Köhler sagt, Meyer hat einen Kreislaufkollaps erlitten. Eventuell hat er paar Tage vor dem Pilzgericht gründlich einen über den Durst getrunken. Und wie wir wissen, sind die

Vergiftungserscheinungen umso heftiger, je mehr Zeit zwischen Alkohol und Essen liegt.«

»Ich versteh das alles trotzdem nicht. Wenn sowohl Meyer als auch Reichert eine Pilzvergiftung erlitten haben, dann könnte ich mir vorstellen, dass beide das Gericht bei Else gegessen haben. Else behauptet aber, Hanno wäre an seinem Todestag nicht bei ihr gewesen«, resümierte Benita.

»Die lügt«, sagte Julius entschlossen. »Wer weiß, vielleicht wollte sie beide Männer um die Ecke bringen, wegen ihrem Haus. Vielleicht dachte sie, die Pilze wirken tödlich.«

»Nein, Julius. Hier hängt was. Die Pilze wirken nicht tödlich, und trotzdem sind sowohl Meyer als auch Reichert tot. Hat Köhler bei Meyer eine Insulin-Einspritzung gefunden?«

»Nein. Meyer ist schlichtweg in der Gefriertruhe gestorben, und zwar erfroren. Das heißt, sie hat ihn lebendig hineingepackt. Und ohne den Stromausfall hätten wir den Stadtrat noch ewig gesucht. Aber ich hab noch was.« Julius grinste breit.

Benita nippte an ihrem Kaffee.

»Was denn?«

»Der gute Weber und sein Team waren besonders gründlich. Sie haben im Müll, der übrigens heute abgeholt worden wäre, eingeschlagen in ein Stück Zeitungspapier winzige Reste von Pilzstielen gefunden. Das Zeug war schon der reinste Brei. Ob es sich um Faltentintlinge handelt, wird eben untersucht. Und jetzt kommt das Beste: Im Müll lag auch ein Insulinpen!« Triumphierend sah er sie an.

»Was?« Benita richtete sich auf und fühlte sich schlagartig hellwach.

»Ja!«

»Und?«, fragte sie weiter.

»Auf dem Pen sind Fingerabdrücke von Else. Jetzt muss noch die Nadelspitze untersucht werden, ob es sich um dieselbe handelt, mit der Reichert die tödliche Dosis bekommen hat. Köhler meint, man könnte auch Elses Kittelschürzen mit den Fasern abgleichen, die in der Einstichstelle bei Reichert gefunden wurden. Als er vor Ort war, sind ihm die Schürzen aufgefallen, die an einem Haken neben der Küchentür hängen. Er sagt, seine

Oma hat die Dinger auch getragen, und die waren fast alle aus Kunststoff.«

»Super, Julius. Köhler soll sich ranhalten. Wenn das alles zusammenpasst, hat die alte Frau sowohl ihren Sohn als auch Meyer auf dem Gewissen. Unglaublich.«

»Ja.« Julius lehnte sich im Stuhl zurück. »Und das alles wegen dem maroden Hüttchen in der Röth. Was geht in so einem Menschen vor, der so was macht?«

Benita zuckte mit den Schultern.

»Das kann ich Ihnen nicht sagen. Man kann nicht einmal von einer Tat im Affekt sprechen, denn sie muss sich ja das Insulin vorab besorgt haben. Nur wie das mit den Pilzen zusammenpasst, verstehe ich immer noch nicht.«

»Vielleicht haben beide Männer das Zeug zufällig gegessen. Das muss mit Else nix zu tun haben«, schlug Julius vor.

Benita schüttelte den Kopf.

»Nein. Mein Gefühl sagt mir, die haben die Pilze von Else bekommen. Irgendwas ist schiefgelaufen, und deswegen hat sie ihrem Sohn dann noch die Spritze verpasst. Lassen Sie die Reichert herbringen. Wir reden noch mal mit ihr.«

47

Else Reicherts Gesicht hatte eine ungesunde graue Farbe, und ihre Augen waren rot gerändert. Wenige Minuten zuvor hatte Köhler die letzten Ergebnisse geliefert. Bei den Pilzresten handelte es sich eindeutig um Faltentintlinge, außerdem waren die Fasern einer der Kittelschürzen identisch mit denen, die in der Einstichstelle von Reicherts Oberschenkel gefunden worden waren. Benita hatte die alte Frau mit sämtlichen Ergebnissen der Rechtsmedizin und der Spurensicherung konfrontiert.

Wortlos hatte Else Reichert den Ausführungen zugehört. Auch jetzt schwieg sie.

»Frau Reichert, alle bisher gefundenen Indizien sprechen gegen Sie. Erzählen Sie uns, was passiert ist.«

Die alte Frau presste für einen Moment die schmalen Lippen aufeinander. Benita sah unzählige Fältchen um ihren Mund, die strahlenförmig um die Lippen saßen.

»Wozu?«, sagte sie schließlich, und ihre Stimme klang rau.

»Weil es sich günstig auf Ihr Strafmaß auswirken kann, wenn Sie kooperieren«, schaltete sich Julius ein.

Else Reichert schnaubte.

»Ich bin eine alte Frau. Wie viel Jahre werd ich denn noch leben? Wenn Sie mir die zwei Toten anlasten, bleibt nix über.«

»Die Großmutter einer Bekannten von mir ist sechsundneunzig Jahre geworden. Bis dahin haben Sie noch ein Weilchen«, antwortete Julius lakonisch.

»Und es gibt Fälle, wo auch bei Tötungsdelikten nur eine geringe Haftstrafe ausgesprochen wird. Oder gar Bewährung«, ergänzte Benita, obgleich sie sich sicher war, dass das in Else Reicherts Situation nicht zutreffen würde.

Die Frau schnaufte tief durch.

»Der Meyer ist rein in die Küche und hat die Pfanne mit meinen Pilzen auf dem Herd gesehen. Ehe ich ganz kapiert hab, was los ist, hat der sich schon einen Löffel genommen und eine Portion auf einen Teller gehäuft. Ich war vielleicht wütend. Aber er hat nur gegrinst. Der war schon immer so ein frecher Lümmel. Ich hab ja früher manchmal bei seinem Vater in der Metzgerei eingekauft. Der hat den Kunden Sachen von seinem Jungen erzählt, da war ich heilfroh, dass mein Hanno so ein guter Junge war.«

»Meyer hat also von den Pilzen gegessen. Und dann?«, hakte Benita nach.

»Plötzlich hat sein Gesicht eine ganz komische Farbe gekriegt. Ich frag noch, ob ihm schlecht ist oder so. Aber er hat keine Antwort gegeben und ist vornübergekippt. Neben den Teller. Ich hab einen Riesenschreck gekriegt.« Ihre Nasenflügel bebten.

»Okay, Meyer war also bewusstlos, und Sie wollten keinen Arzt rufen«, fasste Julius zusammen.

»Aber das konnte ich doch gar nicht! Ich hab doch die Pilze selbst gesammelt und noch gar nix davon gegessen. Ich dachte, wenn mit denen was nicht stimmt, dann denken die, ich wollte den Meyer töten. Der Doktor hätte doch bestimmt auch gedacht, dass die Pilze schuld sind, und dann die Polizei gerufen. Dann wäre herausgekommen, warum der Meyer bei mir war und … und …« Sie rang nach Luft. »Und außerdem dachte ich, dass er tot ist.« Sie klappte den Mund zu.

Julius beugte sich über seinen Schreibtisch und stützte die Ellbogen auf die Arbeitsfläche.

»Meyers Fahrrad wurde im Roten Main gefunden. Er soll damit am Abend seines Verschwindens unterwegs gewesen sein, das heißt zu Ihnen. Wie haben Sie das Rad in den Fluss gebracht?«

Else Reichert warf Julius einen vernichtenden Blick zu.

»Was denken Sie denn? Ich bin nachts mit dem Rad losgefahren und hab's in der Friedrich-Ebert-Straße in den Fluss geschoben. Ich musste das Ding doch loswerden. Zurück bin ich gelaufen.«

»Aha«, machte Julius.

Benita sah ihm an, dass er an dieser Erklärung zweifelte.

»Dachten Sie, ich kann nicht Rad fahren? Ich musste nur den Sitz tiefer stellen. Hab ja keine so langen Beine.« Auf ihrem Gesicht lag ein Ausdruck von Zufriedenheit.

»Gut.« Benita musterte die alte Frau, die in aufrechter Haltung auf dem hölzernen Besucherstuhl saß, als handle es sich um einen Thron.

»Lassen wir jetzt mal Meyer beiseite und gehen davon aus, dass es sich tatsächlich um eine Art Unfall gehandelt hat. Reden wir zwischendurch von Ihrem Sohn. Laut unserer Rechtsmedizin hat er das gleiche Pilzgericht vor seinem Tod gegessen wie Stadtrat Meyer. Es liegt also nahe, dass er auch am bewussten Tag bei Ihnen war.«

»War er aber nicht. Keine Ahnung, wo er das Zeug gegessen hatte.« Else Reichert verschränkte die Arme vor der Brust.

»Frau Reichert, die Indizien sind eindeutig. An dem Insulinpen, den die Spurensicherung in Ihrem Müll gefunden hat, sind sowohl Ihre Fingerabdrücke als auch DNA Ihres Sohnes an der Nadelspitze. Außerdem wurden Kunstfaserspuren in der Einstichstelle an Hannos Oberschenkel gefunden, die identisch sind mit einer Ihrer Kittelschürzen. Sie kommen aus der Nummer nicht mehr heraus. Wir müssen davon ausgehen, dass Sie Ihren Sohn ermordet haben. Heimtückisch und geplant.« Bei den letzten Worten war Benita lauter geworden.

»Ich wollte das alles nicht!« Die alte Frau stampfte aus ihrer sitzenden Haltung mit dem Fuß auf wie ein trotziges Kind.

»Was wollten Sie nicht? Hanno töten? Noch mal: Gehen wir davon aus, dass das mit Meyer tatsächlich so war, wie Sie sagen. Aber was ist mit Ihrem Sohn? Woher hatten Sie das Insulin, und wie haben Sie es ihm verabreicht? Durch Ihre Schürze durch? Sie müssen durch die Tasche gestochen haben! Das ist Heimtücke! Reden Sie endlich! Sie können auch anhand der Indizien verurteilt werden. Das Einzige, was Ihnen jetzt noch hilft, ist, den Mund aufzumachen!«

Benita schlug mit der flachen Hand auf den Schreibtisch. Else Reichert fuhr zusammen und presste die Faust vor den Mund. Ihre Schultern zuckten, und ihre Augen füllten sich mit Tränen. Benita fixierte die alte Frau. In jeder Zelle ihres Körpers saß das Jagdfieber. Sie war sicher, die Täterin vor sich sitzen zu haben. Sie wollte und musste sie überführen, zu einem Geständnis bringen oder was auch immer.

»Ich dachte immer, er sei ein guter Junge. Und dann kommt er und … will …« Else Reichert schluchzte auf.

»Was?«, fragte Julius ruhig.

»Mir alles wegnehmen.« Sie sank in sich zusammen.

Eine dicke Träne hing an ihrer welken Wange. Der Anblick löste Widerwillen in Benita aus.

»Wie sind Sie an das Insulin gekommen?«, fragte Julius.

»Hanno war bei mir, und wir haben ganz fürchterlich gestritten, wegen dem Haus. Er hat mir gedroht, und er hat mich beschimpft. Er hat gesagt, er wird schon dafür sorgen, dass ich nicht länger schalten und walten kann. Eigentlich würde ihm das Haus gehören, weil es vorher schon seinem Vater und seinem Großvater gehört hat, und deswegen kann er auch damit machen, was er will. Ich hab echt Angst gekriegt. Er hat gesagt, er geht zu einem Anwalt und so alt und senil, wie ich bin, darf er dann in Zukunft für mich entscheiden. Ich war völlig fertig.«

Ihre Stimme zitterte. Die Träne löste sich von ihrer Wange

und landete auf ihrem Handrücken. Else Reichert wischte sie an ihrem Rock ab.

»Ich bin doch nicht verrückt, nur weil ich alt bin. Was hätt ich denn tun sollen, wenn der Hanno recht gekriegt hätte?«

Sie warf erst Benita, dann Julius einen drängenden Blick zu. Beide schwiegen. Julius griff nach seinem Bleistift, ohne ihn zu benutzen.

»Am selben Tag war ich bei Berta Korn zum Tee eingeladen«, fuhr Else Reichert fort. »Die Berta hat Zucker, und als ich bei ihr auf dem Klo war, lagen da die Spritzen rum. Ich hab eine eingesteckt. Ich wollte den Hanno nicht töten. Ich dachte, vielleicht wird er krank von dem Zeug, und dann hat er was Besseres zu tun, als zu einem Anwalt zu gehen. Ich hab nicht gewusst, dass man daran stirbt.«

»Wer ist Berta Korn?«, fragte Julius.

»Eine Bekannte von früher. Einmal im Monat treffen wir uns«, antwortete Else Reichert.

»Wie haben Sie Ihrem Sohn das Insulin verabreicht?«, fragte Benita.

»Zuerst gar nicht. Ich hab paar Tage nix von ihm gehört. Ich konnte kaum noch schlafen, weil ich immer dachte, gleich steht er mit dem Anwalt vor meiner Tür. Irgendwann hab ich die Angst nicht mehr ausgehalten. Ich wusste doch nicht, ob er nicht schon was unternommen hatte. Der Hanno mochte Pilze immer so gern. Ich hab sie gesammelt und gekocht, und dann hab ich ihn angerufen und gefragt, ob wir uns wieder vertragen wollen. Er hat alles stehen und liegen gelassen und ist zu mir gefahren. Ich war so erleichtert und dachte, vielleicht liegt ihm sein Ausbruch inzwischen auch auf der Seele. Aber nix war. Er ist dabei geblieben, dass ich das Haus verkaufen soll. Er ist sogar wieder wütend geworden, weil ich noch immer so stur bin.«

Sie rang nach Luft.

»Glas Wasser?«, fragte Julius.

Else Reichert nickte. Julius stemmte sich von seinem Stuhl hoch und holte das Getränk aus der Küche. Die alte Frau nippte nur daran.

»Ich wusste, der hat kein Einsehen. Ich hab dann so getan, als wär ich einverstanden. Zum Abschied hab ich ihn umarmt und ihm die Nadel durch die Schürzentasche ins Bein gestochen. Genau in dem Moment kam der Meyer.« Else Reichert starrte vor sich hin ins Leere, als sähe sie die Szene wieder vor sich.

»Weiter«, verlangte Julius.

»Der Hanno ist weggefahren und der Meyer in meine Küche gestiefelt. Den Rest hab ich Ihnen schon erzählt.«

Benita lehnte sich im Stuhl zurück und verschränkte die Hände vor dem Bauch.

»Sie werden noch ein Weilchen bei uns bleiben müssen, Frau Reichert.«

»Was heißt das?« Die alte Frau zog die Stirn in Falten.

»Sie haben zwei Menschen getötet. Die Anklage wegen Meyer wird wohl auf Totschlag lauten. Aber das entscheidet die Staatsanwaltschaft. Wir können Sie im Moment nicht einfach nach Hause gehen lassen.«

»Aber Sie haben gesagt, wenn ich rede …« Ihr Blick flackerte, und ihre Finger krampften sich um den Stoff ihres Rockes.

»Richtig«, unterbrach Benita sie. »Das bezog sich aber auf das Strafmaß bei der Gerichtsverhandlung. Im Augenblick müssen Sie hierbleiben.«

Sie gab Julius ein Zeichen, der zum Telefon griff, um Bescheid zu geben, dass Else Reichert wieder abgeholt werden konnte.

48

»Donnerwetter«, sagte er, nachdem die alte Frau weggebracht worden war. »Das hätte ich der niemals zugetraut.«

Benita zuckte mit den Schultern.

»Wenn ich ehrlich bin, ich auch nicht. Trotzdem glaube ich ihr nicht, was sie sagt.«

»Wie meinen Sie das? Denken Sie, sie deckt jemand?« Julius zog die Augenbrauen hoch.

»Nein. Ich denke, sie hat die Taten geplant, und zwar mit tödlichem Ausgang. Wie sie das gemacht haben könnte, ist mir noch nicht klar, aber ganz so naiv, wie sie tut, ist sie nicht. Vielleicht wusste sie sogar, dass Meyer zu ihr wollte. Er könnte sie vorher angerufen haben, das haben wir noch nicht überprüft.«

»Aber auch wenn er sie angerufen hat, konnte sie nicht wissen, dass er sich über ihre Pilze hermacht«, hielt Julius dagegen.

»Nein. Aber sie könnte sie ihm angeboten haben.«

»Was ihr nichts genutzt hätte, ohne Alkohol.«

»Sie könnte ihm auch den angeboten haben. Sie hatte doch alle Zeit der Welt, die Flaschen wieder wegzuräumen«, konterte Benita.

»Das herauszufinden, wird kaum möglich sein. Die Frage ist jetzt, wie Richter und Staatsanwalt das Ganze sehen. Ist ihr Heimtücke zuzutrauen, oder ist etwas fatal aus dem Ruder gelaufen?«

»Kann uns eigentlich egal sein. Sie war es, und sie hat es notgedrungen zugegeben. Der Rest geht uns nix an«, versuchte Benita, die Diskussion zu beenden.

»Ich würde es aber trotzdem gern wissen«, maulte Julius. Benita verdrehte die Augen.

»Warten wir ab, wofür sie verurteilt wird.«

Julius seufzte. »Bleibt uns wohl nichts anderes übrig.«

49

»Gute Arbeit, Frau Luengo. Wirklich, sehr gute Arbeit. Wenn Sie so weitermachen, sehe ich Ihre Beförderung zur Kriminalhauptkommissarin in großen Schritten heraneilen.« Albrecht grinste und klopfte ihr flüchtig auf den Oberarm. »Auch an Sie, Herr Schwarz, ein großes Kompliment. Ich meine, Sie beide sind ein hervorragendes Team.«

Julius grinste, Benita zwang sich zu einer freundlichen Miene. Dann erlosch Albrechts Lächeln.

»Gleichwohl bin ich erschüttert. Wissen Sie denn schon das Neueste?«

»Nein?« Fragend sah Benita ihren Vorgesetzten an.

»Ein Teil des von Meyer unterschlagenen Geldes wurde gefunden. Ob der Sachlage sahen wir uns gezwungen, eine Hausdurchsuchung seiner Privaträume vorzunehmen. Ich bin äußerst verunsichert, ob seine Frau Nadine nicht von den Unterschlagungen wusste oder gar die treibende Kraft war. Die kleine Mia, das unschuldige Kind, hat in der Richtung was ausgeplaudert. Sie wollte kürzlich von Gerd, ihrem Großvater, wissen, ob es schwarzes Geld gäbe. Ich bitte Sie! Schwarzes Geld. Das Kind redet von Schwarzgeld. Mia meinte, die Mutter hätte das Wort einmal verwendet. Nun, das werden wir herausfinden müssen, aber das ist nicht Ihre Aufgabe. Die Praxis Gröger wurde übrigens auch geschlossen, wegen Kassenbetrugs et cetera. Ich muss schon sagen, Frau Luengo, wenn ich mir Ihren Erfolg bei diesem Fall durch den Kopf gehen lasse, ist die Beförderung nahezu zwingend. Was natürlich auch Ihre Position anheben würde, Herr Schwarz.«

»Schon gut, Chef. Immer mit der Ruhe«, erwiderte Benita, die sich mittlerweile gezwungen sah, eine Reaktion auf Albrechts angedachte Aufstiegsaussichten zu zeigen. Julius warf ihr einen vorwurfsvollen Blick zu.

»Was wird denn jetzt mit dem Haus von der Reichert?«, fragte er, als Albrecht nicht weitersprach.

Der Chef zuckte bekümmert mit den Schultern.

»Das steht in den Sternen. Die Stadt wird wohl das Gelände der Landesgartenschau in der Tat um das Eckchen Land herumbauen müssen oder gerichtliche Schritte einleiten. Aber Sie wissen ja selbst, wie langsam solch ein Prozedere abläuft. Die Reichert bleibt jedenfalls eisern dabei, ihr Haus nicht herzugeben.«

50

Benita saß an ihrem Schreibtisch und sortierte Papiere. Julius tippte mit zufriedener Miene in seinen Computer, nachdem er Benita darüber informiert hatte, dass er seit Kurzem mit jener Grit, der Studentin, die er beim Bäcker kennengelernt hatte, über Facebook befreundet war. Er wollte ihr nur rasch eine Nachricht schreiben, um sich in Erinnerung zu bringen.

Es war Mitte Juni. Else Reichert saß seit über zwei Wochen in der JVA St. Georgen. Benita zuckte zusammen, als das Telefon schellte.

»Ich geh schon ran. Schreiben Sie ruhig weiter Ihren Liebesbrief«, sagte sie zu Julius, der eine Grimasse schnitt und feixte.

»Besten Dank, Chefin.«

Sie nickte ihm zu, sah aufs Display und hob ab.

»Luengo hier. Was gibt's denn, Herr Oswald?«

»Hallo, Frau Luengo. Ich hab einen Herrn Pawlak in der Leitung, der Sie unbedingt persönlich sprechen will.«

»Stellen Sie durch.« Gleich darauf hörte sie hektisches Schnaufen.

»Frau Kommissarin? Spreche ich mit der Frau Kommissarin?« Der Mann war hörbar aufgeregt.

»Ja. Luengo am Apparat. Wer sind Sie, und worum geht es?«

»Ich bin hier draußen in der Oberen Röth.« Sie hörte ein hysterisches Schluchzen im Hintergrund. »Zusammen mit der Frau Köcher. Wir wollten einen Baum pflanzen und … also … ich glaube, da liegt ein Toter.« Der Mann schluckte vernehmlich.

»Was?« Benita setzte sich aufrecht hin und tauschte einen Blick mit Julius, der eben den Kopf hob.

»Ja, wenn ich es doch sage. Wir, das heißt, ich, ich hab ein Loch gegraben. Gar nicht mal allzu tief, und da stoß ich doch glatt auf was, also ich schmeiß mich weg, wenn das kein Schädel ist. Können Sie vorbeikommen?«

»Wo genau sind Sie?«

»Na, auf dem Grundstück von der Reichert. Die Köcher sagt, Sie wissen, wo das ist.«

»Ja. Bleiben Sie vor Ort und Frau Köcher auch. Wir kommen.«

51

An der Straße parkte der Lieferwagen einer Gartenbaufirma. Benita stellte ihren Mercedes dahinter ab und sah in den Rückspiegel. Köhler und Weber mussten auch gleich hier sein.

»Können wir?«, fragte Julius, der auf dem Beifahrersitz saß.

»Ja.«

Benita näherte sich, gefolgt von ihrem Mitarbeiter, der Stelle in Else Reicherts Garten, an der eine noch immer schluchzende Gerlinde Köcher stand, zusammen mit einem großen kräftigen Mann um die vierzig. Am Boden lagen einige Gerätschaften. Eine Schaufel, eine Hacke und ein Rechen, außerdem lehnte ein knapp mannshoher Ahorn mit einem in Jute eingeschlagenen Wurzelballen an einem hohen Laubbaum. Die Stelle im Erdreich, an der gegraben worden war, war etwa einen halben Meter tief und noch nicht allzu groß.

»Luengo«, sagte Benita kurz und nickte dem Mann zu. »Sie haben angerufen?«

»Ja, klar.« Er wischte sich den Schweiß von der gebräunten Stirn, in die hellbraune Locken hingen. »Pawlak, mein Name. Hier, sehen Sie. Das ist doch ein Kopf. Ich bin doch nicht blöd, oder?«

»Keineswegs.«

Benita trat dichter an die Stelle. Julius stellte sich neben sie. Der Schädel war ein wenig zur Seite gewandt und schien hämisch zu grinsen. Krümelige trockene Erde rahmte die Knochen ein und saß in den Höhlen von Augen, Mund und Nase.

»Ich bin drangestoßen, beim Graben«, erklärte Pawlak. »Herrschaft, am Ende hab ich dem den Kopf abgerissen. Na ja, wird keinen Unterschied mehr machen, oder?«

»Wir warten auf die Spurensicherung«, sagte Benita und wandte sich an Gerlinde Köcher.

»Was machen Sie hier?«

Die Frau schniefte vernehmlich.

»Ich wollte doch dem Rudolf einen Baum pflanzen. Einen Ahorn, den mochte er so gern.«

»Auf Else Reicherts Grundstück?«, fragte Benita. »Wusste Frau Reichert davon?«

»Natürlich nicht!« Empört sah die Frau sie an und hörte auf zu schniefen und zu schluchzen.

»Sie haben gar kein Recht dazu, hier etwas zu verändern«, konnte sie sich nicht verkneifen zu sagen.

Gerlinde Köcher zog ein Stofftaschentuch aus ihrer Handtasche und putzte sich geräuschvoll die Nase.

»Der kaputte Busch da hat mich schon lange gestört«, sagte sie, ohne auf Benitas Hinweis einzugehen. Sie zeigte zu dem verdorrten Strauch, der Benita auch schon aufgefallen war. »Ich dachte, da passt der Ahorn gut hin. Aber der Herr Pawlak meinte, wir müssten ihn ein bisschen weiter weg vom Zaun setzen. Er wollte erst ein Loch für den Baum buddeln und dann den Strauch wegmachen. Und jetzt so was!«

Benita hörte die Autos der Kollegen kommen.

»Ich hab ja immer gewusst, dass mit der Else einiges nicht stimmt. Aber dass sie jetzt auch noch eine Leiche im Garten hat. Wenn das mal nicht der Rudolf ist.« Gerlinde Köcher schlug die Hände vor den Mund, und neues Schluchzen schüttelte sie.

»Das wird sich herausstellen«, sagte Benita, der dieser Gedanke auch schon gekommen war.

»Das war ja auch nicht normal, dass der damals einfach gegangen sein soll und ihr auch noch den Jungen dagelassen hat«, klagte Gerlinde Köcher.

Benita ging durch den Kopf, dass die Frau bei ihrer Aussage derzeit darauf beharrt hatte, dass Rudolf Reichert mit einer anderen Frau das Weite gesucht habe. Sie verzichtete darauf, sie daran zu erinnern.

Köhler und Weber betraten mit einigen weiteren Kollegen den Garten. Benita klärte sie kurz über den Sachverhalt auf und verließ eine halbe Stunde später zusammen mit Julius das Grundstück. Köhler hatte versprochen, notfalls eine Nachtschicht einzulegen, um so rasch wie möglich Ergebnisse vorzuweisen.

»Mir fehlen die Worte«, sagte Julius, während sie zum Auto gingen. »Das wäre echt ein Ding, wenn die ihren Mann auch noch um die Ecke gebracht hätte.«

»Stimmt. Das würde allerdings erklären, warum sie so unerbittlich den Verkauf des Grundstücks verweigert hat«, antwortete Benita.

»Ich bin jetzt richtig ungeduldig, was Köhler und Weber herausfinden«, gestand Julius.

»Wir werden abwarten müssen. Ich fahr uns ins Präsidium

zurück, und dann machen wir Feierabend. Auf meinen Altpapierkram kann ich mich jetzt sowieso nicht mehr konzentrieren«, entschied Benita.

Eine Stunde später betrat sie ihre Wohnung. Sie hatte Hunger, und sie hatte sich weder aufraffen können, auf dem Heimweg noch Lebensmittel einzukaufen, noch, ein fertiges Essen irgendwo mitzunehmen. Vielleicht lagen ein paar Vorräte im Küchenschrank, aus denen sich etwas fabrizieren ließ. Nudeln oder Reis. Oder sie fand etwas im Gefrierschrank, das sie längst vergessen hatte.

Benita zog eine Grimasse. Gefrierschrank. Für die nächste Zeit würde sie in dem Zusammenhang immer an eine stinkende Leiche denken, von Else Reichert gewaltsam in die Tiefe des alten Gerätes gestopft. Nein, vielleicht lieber nichts aus dem Gefrierschrank. Momo kam ihr entgegen und bewegte sacht die Spitze ihres steil aufgerichteten Schwanzes.

»Momo, meine Kleine. Komm her«, lockte sie das Tier.

Die Katze blieb unter der Tür zum Wohnzimmer stehen, setzte sich elegant und hob die Pfote, um sie zu putzen.

»Na, dann nicht«, sagte Benita.

Das Lämpchen ihres Anrufbeantworters blinkte. Sie zögerte nur einen Augenblick, wandte sich dann ab und ging in die Küche. Tatsächlich fand sie etliche Packungen Nudeln und eine Tüte Reis, außerdem zwei Dosen Thunfisch im eigenen Saft. Hätte sie noch Sahne und Kräuterquark zu Hause gehabt, hätte sie eine Thunfischsoße zubereiten können. Mit frischen Kräutern und etwas Knoblauch mochte sie die Soße besonders gern. Oder Nudeln mit Garnelen, Sahne, Dill und Weißwein, wie sie Julius einmal für sie gekocht hatte.

Benita dachte nach. Für keine dieser Soßen hatte sie die Zutaten komplett im Haus. Sie müsste also noch einmal einkaufen. Bis zum Lidl in der Nürnberger Straße war es nicht weit. Sie schob die Vorratsschublade zu und ließ sich in ihren Korbsessel fallen.

Himmel! Sie hatte Hunger und keine Lust zum Einkaufen. Das dauerte alles viel zu lange. Ihr Handy surrte. Benita stemmte sich aus ihrem Sitz hoch. Vielleicht sollte sie in Zukunft, wenn sie denn überhaupt mal kochte, immer die doppelte Portion zubereiten und die Hälfte einfrieren. Dann war zumindest ab und zu was im Hause, was schnell zubereitet war. Das Handy surrte noch immer.

Auf dem Display sah sie eine Nummer, die ihr zumindest zum Teil im Gedächtnis war, obwohl sie sie noch nie gewählt hatte. Sie kämpfte mit sich. Rangehen oder nicht? Sie konnte so lange ausweichen, bis der Anrufer aufgab.

Das Surren brach ab. Okay, das hatte sich eben erledigt. Sie war ihm auch keine Rechenschaft schuldig, warum sie weder rangegangen war noch die Absicht hatte, zurückzurufen. Sie legte das Handy auf den Küchentisch.

Und jetzt? Pizzaservice? Asia-Bistro? Toast mit Frischkäse? Frischkäse war vielleicht noch ein Rest da. Ihr Mobiltelefon meldete den Eingang einer SMS. Für einen kurzen Augenblick hoffte sie, Köhler oder auch Weber hätten bereits Ergebnisse, doch sie wusste, beide würden anrufen und keine Kurznachricht schreiben. Sie rief die SMS auf.

Einladung zum Abendessen. Vorschlag: acht Uhr im Restaurant Zum Griechen. Würde dich gern abholen. Gruß Tom.

Benita ließ das Handy sinken. Das Restaurant befand sich in der Carl-Schüller-Straße. Sie war vor einigen Jahren schon einmal dort gewesen. Das Essen hatte gut geschmeckt, und die Preise waren moderat. Ihr Magen knurrte vernehmlich, und bei dem Gedanken an Souvlaki, Gyros, Zaziki, gebackene Tintenfischringe und Scampi lief ihr das Wasser im Mund zusammen. Allein dort hinzugehen, war okay, vielleicht auch noch mit Julius. Aber mit Tom?

Seit ihrer letzten Begegnung auf dem Parkplatz des Clubs »Fly to Hell« war ihr weniger denn je danach, ihn zu treffen. Sie konnte auch die SMS ignorieren. Sie sah einen Teller vor sich mit duftendem gebratenem Fleisch, Krautsalat, Tomatenreis, dazu ein kühles Bier. Verdammt! Die nächste SMS ging ein, und ein Funken Ärger züngelte in ihrem Bauch auf. Auch noch rumdrängeln ging gar nicht. Schon deswegen sollte sie ihn ignorieren. Oder absagen.

Muss morgen für ein paar Monate nach München. Würde dich gern noch mal sehen.

Benita las die Nachricht ein zweites Mal. Dass er vorübergehend weg aus Bayreuth musste, änderte die Sachlage. Und ihr Hunger auf all die Köstlichkeiten, die es beim Griechen gab, wurde immer größer. Nach zwei Stunden konnte sie sich verabschieden, und dann war hoffentlich alles gut.

»Gern. Treffen wir uns dort, um acht«, tippte sie und schickte rasch die Nachricht weg. Im Geist saß sie bereits vor einem randvollen Teller. Unmöglich, jetzt noch auf ihre Trockenvorräte zurückzugreifen.

Tom wartete vor dem Restaurant auf sie. Er trug eine an den Knien abgeschnittene ausgefranste Jeans und ein weißes Poloshirt. Benita wurde zum ersten Mal, seit sie ihn kannte, bewusst, wie jung er aussah. Sie schätzte ihn auf höchstens Mitte zwanzig.

»Hey«, sagte er freundlich und lächelte, als sie auf ihn zuging. Er küsste sie flüchtig auf die Wange.

»Hey«, antwortete sie.

Mehr wollte ihr beim besten Willen nicht einfallen. Sie fühlte sich beklommen. Es war endlos her, dass sie tatsächlich eine Verabredung mit einem Mann gehabt hatte. Sie setzten sich auf die Sonnenterrasse hinter dem Haus, studierten die Speisekarte und sprachen zunächst wenig. Benita spürte Toms Verlegenheit und entspannte sich etwas.

Der Kellner kam, um ihre Bestellung aufzunehmen. Benita hatte sich für einen sogenannten Mykonos-Teller entschieden, der nahezu alles enthielt, worauf sie gerade Appetit hatte, und Tom nahm eine Grillplatte. Dazu bestellten sie jeder ein Bier.

»So, Frau Kommissarin«, sagte er und lächelte ihr über den Tisch zu. »Endlich hab ich dich da, wo ich dich haben wollte.«

Ein Schreck durchzuckte sie und fuhr ihr bis in den leeren Magen. Sie verzog keine Miene.

»Wie meinst du das?«

Tom grinste breit.

»Normalerweise gehe ich erst mit einer Frau essen und dann … du verstehst? Bei uns ist es umgekehrt gelaufen. Ich wollte dich besser kennenlernen. Bisher hast du mir das nicht leicht gemacht, und jetzt hab ich die nächsten Monate keine Zeit mehr. Schade. Aber ich komm ja wieder.«

Benita schluckte. Tatsächlich bewegte sich das Gespräch in eine riskante Richtung.

»Warum musst du weg?«, fragte sie, für ihre Begriffe ein wenig zu hastig.

»Ich mach ein Praktikum zum Studium. Es ist nicht ganz einfach, einen Platz zu kriegen. Morgen geht's los.«

»Schön.«

Der Kellner brachte die Getränke.

»Prost«, sagte Tom und hob sein Bier. Sacht stießen sie die Gläser aneinander. Benita trank langsam, als könnte sie damit Zeit schinden. Tom suchte über den Rand ihres Glases ihren Blick.

»Setz ab«, sagte er schließlich. »Ich weiß, dass du wie auf heißen Kohlen sitzt. Ich frag dich auch nicht, was du nicht gefragt werden willst. Deswegen weichst du aus, nicht wahr?«

Benita spürte den Schaum des Getränkes auf ihrer Oberlippe.

»Keine Sorge. Man kann was dagegen tun, aber nur, wenn du es willst.«

Sie hatte den Wunsch, Tom das Bier ins Gesicht zu kippen. Ihr Essen konnte sie mitnehmen und zu Hause essen.

»Glückwunsch übrigens noch zu dem von dir gelösten Fall. Nun hast du den Meyer doch noch gefunden«, sagte er übergangslos.

»Das war Zufall. Den Fall haben Julius und ich zusammen gelöst«, sagte sie und versuchte, ihre Gedanken beisammenzuhalten, die eben wie Fäden in alle Richtungen auseinanderdrifteten. Sie musste etwas dagegenhalten, gegen seine Unterstellung, die er nicht beim Namen nannte. Nur wollte ihr nichts einfallen. Die Dumme spielen, die nicht kapierte, was er andeutete? Wütend werden? Sich zum Lachen zwingen und behaupten, er hätte etwas völlig falsch verstanden? Alles Lügen und er würde sie durchschauen. Er wusste längst viel zu viel, und sie war einfach nur bescheuert, dass sie sich auf diese Verabredung eingelassen hatte.

»Dass Nadine in solch krummen Geschäften mitmischt, wie

ihr Mann sie aufgezogen hat, hätte ich nie gedacht«, fuhr er fort. »Die ist für mich gestorben.«

»Woher kennst du die Meyers überhaupt?«, fragte Benita und überlegte, ob sie unter einem Vorwand wieder verschwinden konnte. Sie hätte allein zu irgendeinem anderen Griechen gehen können. Ins Plaka in der Sophienstraße zum Beispiel oder ins Poseidon in der Kulmbacher Straße.

Vielleicht konnte sie aufs Klo gehen und von dort Julius eine SMS schreiben mit der Bitte um zügigen Anruf, dass sie beruflich gebraucht wurde? Verdammt! Sie würde es ihm im Nachhinein erklären müssen, und die Sache verfuhr sich immer mehr.

Das Essen wurde gebracht. Der Kellner stellte die großen weißen Teller vor sie. Der Duft von Knoblauch, Gewürzen und gebratenem Fleisch stieg ihr in die Nase.

»Guten Appetit«, wünschte Tom.

»Dir auch, danke«, murmelte sie.

»Ich kenne Nadines Schwester Lucy. Sie war mit mir in der Schule und studiert jetzt auch, allerdings BWL. Über Lucy habe ich Nadine und Dennis kennengelernt«, erklärte er.

»Mhm«, machte Benita mit vollem Mund. Sie würde sich jetzt den Bauch vollschieben und danach zügig gehen. Selbst wenn es unhöflich kam. Eine weitere Verabredung würde es definitiv nicht geben, auch nicht Monate später.

Ihr Handy surrte, und sie verschluckte sich beinahe. Mist. Einige Minuten eher und sie hätte den Anruf zum Anlass nehmen können zu gehen, egal, wer es war. Auf dem Display war keine Nummer. Sie nahm ab und legte wenige Sekunden später wieder auf. Der Anrufer hatte sich verwählt.

»Keine Ruhe hat man«, grinste Tom und trank einen Schluck. »Erzähl mal von deiner Arbeit. Die ist doch bestimmt düster und unheimlich. Fühlt man sich nicht irgendwann selbst ganz schrecklich, wenn man ständig mit Mord, Totschlag und Kriminellen zu tun hat?«

Benita warf ihm einen schnellen Blick zu.

»Nein. Überall gibt es Verbrecher, und kaum einem sieht man es an. Ich versuche, jemand, der eine Straftat begangen hat, aufzuspüren, damit er zur Rechenschaft gezogen wird. Das ist nicht düster und unheimlich, sondern einfach Realität.«

»Kein schöner Beruf.«

»Aber ein wichtiger, denke ich. Es gibt viel zu viele Monster, die ungestraft davonkommen.«

»Das klingt nach reichlich ungelösten Fällen. Oder Freisprüchen, wo man auf eine Verurteilung …«

Wieder meldete sich ihr Handy.

»Entschuldige. Das ist ja fürchterlich heute«, seufzte Benita. Auf dem Display sah sie Köhlers Nummer.

»Herr Köhler, hallo. Was gibt's?«

»Hallo, Frau Luengo. Nur ganz kurz, weil ich mir vorstellen kann, dass Sie das interessiert. Die Leiche, oder besser das Skelett, das in Reicherts Garten lag, ist mindestens dreißig Jahre alt und gehörte definitiv einem Mann. Er muss zum Zeitpunkt seines Todes zwischen dreißig und vierzig Jahre alt gewesen sein. Nach ersten Erkenntnissen wurde ihm mit einem schweren Gegenstand das Schädeldach eingeschlagen. Wer immer es war, derjenige hatte sehr viel Kraft oder auch sehr viel Wut in sich. Ich habe eine Bruchstelle an der linken Schädelhälfte gefunden. Sein Mörder stand vermutlich schräg hinter ihm. Im Schädel selbst lag ein winziger Fremdkörper. Ich vermute, er stammt von dem Gegenstand, mit dem der Mann erschlagen wurde.«

»Aha«, machte Benita, um Köhler zu signalisieren, dass sie noch in der Leitung war.

»Ja. Vielleicht ist der Fremdkörper zunächst in den Wundrändern hängen geblieben und, sowie die Leiche verwest ist, durch das Loch in der Schädeldecke Richtung Gehirn gerutscht. Sobald ich weiß, um was genau es sich handelt, sage ich Ihnen Bescheid. Hat sich die Spurensicherung schon bei Ihnen gemeldet?«

»Nein.« Sie schielte zu Tom, der ungerührt weiteraß. »Warum?«

»Ich meine, die haben auch was Interessantes. Aber das soll Weber Ihnen selbst sagen.«

»Jetzt sprechen Sie doch nicht in Rätseln. Worum geht es?« Ihr Essen würde kalt werden.

»Nein. Da misch ich mich nicht ein. Ach, noch was. Der Tote muss vor seinem Ableben einen Oberschenkelhalsbruch gehabt haben. Die Bruchstelle ist gut erkennbar, aber ausgeheilt. Ich kümmere mich jetzt noch um die DNA aus den Knochen. Vielleicht hilft uns das, ihn zweifelsfrei zu identifizieren. Schönen Abend noch.«

»Danke, Herr Köhler. Ihnen auch.« Sie drückte das Gespräch weg. Von einem Augenblick zum anderen wurde ihr klar, dass sie nicht länger mit Tom hier sitzen konnte. Sie wollte weg, und zwar allein.

»Tom, es tut mir wirklich sehr leid. Das war ein Kollege von mir. Ich muss noch mal los.«

Tom legte sein Besteck neben den Teller.

»Das ist nicht dein Ernst.«

»Doch. Bitte sei nicht böse. In meinem Beruf gibt es keinen Feierabend.«

»Deine Arbeit frisst dich auf.«

Augenblicklich rebellierte etwas in ihr. Er hörte sich an wie Carmen mit ihren ewigen Vorträgen.

»Das lass meine Sorge sein.« Sie machte dem Kellner ein Zeichen.

»Nicht. Ich zahle. Ich hab dich eingeladen, dabei bleibt es.« Er sah ernst drein.

»Nicht nötig.«

»Doch.« Der Kellner kam an ihren Tisch.

»Würden Sie das Essen bitte einpacken? Ich muss überraschend weg«, sagte Benita.

Der Mann nickte.

»Klar«, murmelte er und zog mit ihrem Teller ab.

Tom lehnte sich im Stuhl zurück.

»Mist. So hab ich mir den Abend nicht vorgestellt. Soll wohl nicht sein mit uns.«

»Wie gesagt, es tut mir leid. Viel Erfolg bei deinem Praktikum.«

Er grinste schwach.

»Mal sehen. Ich melde mich bei dir, wenn ich wieder hier bin.«

Der Kellner kam mit einem Styroporkarton zurück, in dem vermutlich ihr Abendessen war. Benita blieb Tom die Antwort schuldig. Sie nahm ihr Bier und trank es in einem raschen Zug aus. Tom musterte sie.

»Ganz schön mutig, die Kommissarin. Alkohol im Dienst.«

Heiß lief es ihr den Rücken hinunter. Ein grober Schnitzer. Sie wagte ein Grinsen.

»Immerhin bin ich unerwartet abkommandiert worden. Mach es gut, Tom, und danke für das Essen.«

»Keine Ursache.«

52

Karol Weber, der Leiter der Spurensicherung, lehnte am Türrahmen von Benitas und Julius' gemeinsamem Büro. »Nicht schlecht, was? Die Reichert muss sich sehr sicher gewesen sein, dass nie jemand die Leiche findet. Sonst hätte sie die Dinger ihrem Mann bestimmt nicht mit ins Grab gegeben«, sagte er.

Benita warf einen Blick auf das durchsichtige Tütchen, das Weber ihnen mitgebracht hatte und das nun auf ihrem Schreibtisch lag.

»Da könnten Sie recht haben«, stimmte sie zu. Sie würde der alten Frau Webers Fund unter die Nase halten. Irgendeine Reaktion mussten die Gegenstände bei ihr auslösen.

»Köhler lässt übrigens ausrichten, dass der Fremdkörper, der im Schädel lag, ein winziges Stückchen einer Legierung ist. Vermutlich der Goldüberzug eines Metallgegenstandes, der zusätzlich mit Lack versiegelt wurde. Er denkt an einen massiven Kerzenhalter oder so. Das würde seiner Meinung nach auch zur Tatwaffe passen.«

»Sagen Sie, Herr Weber, nur mal angenommen, es war tatsächlich Else Reichert und sie hat ihren Mann erschlagen. Einen Kerzenständer schmeißt man ja nicht so einfach weg. Könnte man, wenn wir einen bei ihr finden, anhand der Schädelbruchstellen herausfinden, ob es die Mordwaffe ist?«

»Das fragen Sie besser Köhler. Ich kann Ihnen aber sagen, wenn sie das Teil nicht endlos geputzt und geschrubbt hat, kann man auch Jahrzehnte später noch winzigste Blutpartikel daran finden. Die wenigsten Kerzenhalter, Messingteller oder Ähnliches haben glatte Ränder. Ist immer alles geschwungen, verschnörkelt und so weiter. Da bleibt garantiert was hängen.«

»Okay. Herr Weber, gehen Sie noch mal zu dem Anwesen und nehmen Sie alles gründlich auseinander. Alles. Vielleicht finden Sie noch irgendeine Kleinigkeit, die uns weiterhilft. Wir brauchen auch Vergleichsmaterial für die DNA, die Köhler isolieren will. Sonst nutzt uns die ja gar nichts«, sagte Benita.

»Ja. Vielleicht ist noch Kleidung von Rudolf Reichert da oder sein Rasierzeug«, meldete sich Julius zu Wort.

»Sein Rasierzeug?« Benita hob die Augenbrauen. »Nach über dreißig Jahren?«

»Die Reichert stammt aus einer Generation, die nix weggeworfen hat. Am Ende hat sie sich gedacht, irgendwann kann der Hanno Pinsel und Messer benutzen«, verteidigte Julius seine Überlegung.

»Alles klar. Bin so gut wie unterwegs«, sagte Weber und verließ rasch das Büro.

»Und jetzt?«, fragte Julius, nachdem sie wieder allein waren.

»Sie könnten einen Bericht für Albrecht schreiben. Wir haben ja eine neue Entwicklung der Dinge«, schlug Benita vor.

»Jetzt schon? Hat das nicht noch Zeit?«

»Okay, Sie haben keine Lust dazu. Dann schreib ich den Bericht, und Sie bringen die Kartons mit Reicherts altem Papierkram in seine gammlige Wohnung zurück. Das Zeug brauchen wir nicht mehr.«

»Wir müssen auch mit der Reichert reden, wegen dem Fund in ihrem Garten«, erinnerte sie Julius.

»Sicher. Aber erst will ich noch weitere Ergebnisse von Köhler und Weber. Vielleicht wissen wir morgen schon mehr. Nach den Kartons können Sie wegen mir Feierabend machen. Holen Sie sich einen Kollegen dazu, der beim Tragen hilft. Wir sehen uns dann morgen.«

Eine Viertelstunde später war sie allein. Eine weitere halbe Stunde später war der Bericht für ihren Vorgesetzten fertig.

Benita verließ das Präsidium und fuhr nach Hause.

In ihrer Wohnung blinkte der Anrufbeantworter. Erst in diesem Moment fiel ihr ein, dass er das gestern schon getan hatte, ehe sie Toms Vorschlag, essen zu gehen, zugestimmt hatte.

»Benita? Ruf mich doch bitte zurück. Danke.«

Es war ihre Mutter. Da sie kein weiteres Mal angerufen hatte, mochte es um nichts Wichtiges gehen. Benita beschloss, den Rückruf vor sich herzuschieben. Vielleicht bis morgen oder übermorgen.

53

»Morgen, Julius«, sagte Benita und betrat das Büro. »Gibt's was Neues?«

»Morgen, Chefin.« Julius kaute lustlos auf einem Hörnchen herum. Auf seinem hellen T-Shirt hingen etliche Krümel.

»Ja, gibt es«, beantwortete er ihre Frage. »Und sogar was sehr Interessantes.«

»Haben Sie schlechte Laune? Sie gucken so miesepetrig«, erkundigte sich Benita.

»Ja. Die schöne Grit war heute Morgen mit einem Typen beim Bäcker und hat Händchen gehalten und geflirtet. Außerdem hat mir irgendein Trottel meine Tageszeitung aus dem Briefkasten geklaut. Reden wir lieber von unseren Neuigkeiten. Die Spurensicherung hat in der Kommode in Else Reicherts Wohnzimmer einen Laptop gefunden.«

»Einen Laptop?«, wiederholte sie verblüfft.

»Ja, tatsächlich. Ich dachte auch, ich glaub es nicht. Weber hat ihn gestern Abend noch zu Heinrich gebracht, und der war so freundlich, länger zu arbeiten. Nach ersten Erkenntnissen hat die Reichert zwar weder Mails geschrieben, noch war sie in Facebook aktiv …«

»Haha«, machte Benita und setzte sich hinter ihren Schreibtisch. »Einen Laptop! Ich dachte, der ihr Leben besteht aus Unkrautzupfen, Suppekochen, und ihre Wäsche macht sie im übergroßen Topf auf dem Herd. Und jetzt hat die einen Computer! Fehlt nur noch ein Handy mit WhatsApp und so.«

Julius grinste schwach.

»Jedenfalls hat sie sich im Internet umgetan«, ergänzte er. »Und zwar auf Seiten, in denen es um Insulin ging, um Pilzvergiftungen und so weiter. Das heißt, die hinterhältige alte Schachtel hat uns tatsächlich angelogen. Sie hatten recht, die ist nicht so naiv, wie sie tut. Sie muss genau gewusst haben, dass das Insulin bei Nichtdiabetikern tödlich wirkt. Damit hat sie ihren Sohn absichtlich ermordet.«

Benita schlug mit der Faust in die flache Hand.

»Ich wusste doch, dass die uns was verschweigt!«

»Übrigens muss sie sich auch auf dem lokalen Wohnungsmarkt umgesehen haben. Das kapier ich jetzt nicht. Das klingt, als hätte sie doch überlegt, auszuziehen«, ergänzte Julius.

»Wir lassen sie herbringen und reden mit ihr. Gibt es noch mehr Neues?«, fragte sie.

»Ja. Es gibt mehrere Gegenstände aus Messing im Haus. Einen mehrarmigen Kerzenständer, zwei verschieden große Schalen und einen Brieföffner. Der scheidet als Mordwaffe zwar aus, weil er verhältnismäßig klein und leicht ist, aber Weber hat trotzdem alles zu Heinrich in die KTU bringen lassen. Die Ergebnisse haben wir aber noch nicht. Köhler wird die DNA mit der von Hanno vergleichen, wenn die Ergebnisse da sind. Aber es dauert noch, weil die Leiche ja doch ein paar Jahrzehnte verbuddelt lag. Wir können parallel dazu beim Oberschenkelhalsbruch ansetzen. Vielleicht weiß die rührige Gerlinde, wo der derzeit behandelt wurde, und vielleicht gibt es noch alte Röntgenbilder. Soll ich die Reichert schon mal kommen lassen?«

»Ja. Aber erst will ich mit Gerlinde Köcher sprechen.« Benita kramte in ihren Papieren nach der Telefonnummer.

»Falls Sie nach ihrer Nummer suchen, die haben Sie in das mittlere Ablagekörbchen gelegt«, half Julius weiter.

»Danke«, brummte Benita und fand den Zettel nun auf Anhieb.

Gerlinde Köcher war beim dritten Läuten am Apparat und lebte hörbar auf, nachdem Benita sich gemeldet und den Grund ihres Anrufs genannt hatte.

»Ja, natürlich weiß ich das noch, wie der Rudolf sich das Bein gebrochen hatte. Der ist beim Kirschenpflücken von der Leiter gefallen. Das war kurz nach seiner ersten Hochzeit. Er lag ja dann eine Zeit im städtischen Krankenhaus. Ich hab ihn besucht. Seine Frau konnte doch nicht, die war mit dem Hanno schwanger. Ich bin ja immer mit dem Rad hingefahren …«

»Hatte Herr Reichert einen Hausarzt? Oder wissen Sie, bei wem er im Krankenhaus in Behandlung war?«, unterbrach Benita das Geplapper der alten Frau.

»Natürlich hatte der Rudolf einen Hausarzt. Sogar einen sehr guten. Das war der Dr. Krug, bei dem war ich nämlich auch. Der ist aber schon lange in Pension. Ich telefoniere ja noch ab und an mit ihm. Wollen Sie seine Nummer haben?«

»Gern, Frau Köcher. Vielen Dank.«

Nachdem sie das Gespräch beendet hatte, fasste sie für Julius zusammen, was sie erfahren hatte.

»Ich rufe diesen Dr. Krug an. Vielleicht kann der uns sagen, ob und wie wir an alte Röntgenbilder kommen.«

Julius nickte. »Sie wollen erst alle Infos zusammenhaben und sie dann der Reichert präsentieren, was?«

»Genau«, bestätigte sie und griff erneut nach dem Hörer.

»Da braut sich ganz schön was zusammen über der guten Else«, folgerte Julius.

»Drei Morde, Julius! Die ist ja die reinste Serientäterin.«

»Und sieht so harmlos aus und wie aus dem vorigen Jahrhundert«, ergänzte er.

»Da gab es auch schon Morde, und bestimmt nicht wenige. Moment.« Sie hob die Hand, um zu verhindern, dass Julius weitersprach.

»Heinz Krug«, meldete sich eine sonore Männerstimme.

»Guten Morgen, Herr Dr. Krug. Mein Name ist Luengo, Kriminalkommissariat Bayreuth. Wir ermitteln im Todesfall Hanno Reichert. Sagt Ihnen der Name etwas?«

»Selbstverständlich. Worum geht es? Ich dachte, die Täterin sitzt bereits in Haft?«

»Das ist richtig. Im speziellen Fall geht es aber um den derzeit verschwundenen Rudolf Reichert. Er war Ihr Patient?«

»In der Tat, das war er. Aber ich verstehe nicht.«

»Rudolf Reichert hatte sich seinerzeit den Oberschenkel gebrochen. Wissen Sie, ob es dazu noch Röntgenbilder gibt? Und wenn ja, wo wir sie finden?«

»Nun ja ...« Dr. Krug zögerte. »Ich bin nicht sicher. Ich habe seinerzeit meine Praxis niemand übergeben. Ich bin sogar noch im Besitz der alten Räumlichkeiten. Meine Unterlagen bewahre ich bis heute dort auf. Vielleicht findet sich dort etwas. Darf ich fragen, weshalb Sie die Bilder brauchen?«

Benita überlegte einige Sekunden. Spätestens morgen stand es sicher in der Zeitung, dass auf Else Reicherts Grund und Boden eine skelettierte Leiche gefunden worden war. Vielleicht stand es auch schon heute drin, und Krug war so früh am Morgen noch nicht zum Zeitunglesen gekommen.

»Wir haben die Überreste eines Toten gefunden und können nicht ausschließen, dass es sich um Rudolf Reichert handelt«, informierte sie den pensionierten Arzt.

»Verstehe.« Er klang nicht sonderlich überrascht oder bestürzt. »Kommen Sie vorbei. Ich wohne in der Opernstraße, gleich gegenüber dem Markgräflichen Opernhaus. Meine ehemalige Praxis befindet sich im ersten Stock, meine Wohnung ist ein Stockwerk höher.«

»Wir fahren zu ihm«, sagte Benita zu Julius, nachdem sie das Gespräch beendet hatte. »Kann sein, er hat noch Röntgenbilder, die uns weiterhelfen.«

54

Es war später Vormittag, als sie zurück ins Präsidium kamen. Julius brachte die alten Röntgenaufnahmen, die der betagte Arzt erstaunlich rasch gefunden hatte, zu Köhler, der sich sofort darum kümmern wollte.

Benita sah zwischenzeitlich bei Heinrich vorbei.

»Herr Heinrich, haben Sie schon Ergebnisse?«, fragte sie direkt.

Heinrich hatte eine Tasse in der Hand, über deren Rand

das Etikett eines Teebeutels hing, und in der anderen Hand ein Salamibrötchen. Er warf ihr einen missmutigen Blick zu und legte seine Brotzeit auf einen Bogen Papier neben einen seiner unzähligen Computer. Einen guten Meter daneben stand der fünfarmige Kerzenständer, den sie bei einer ihrer Befragungen in Else Reicherts Wohnzimmer gesehen hatte. Ein kurzer Schauer rann ihr über den Rücken bei der Vorstellung, der Leuchter könnte Werkzeug eines Mordes sein.

»Ja«, nuschelte er, kaute eilig und schluckte.

»Und?«, drängte Benita.

»Die Metallschale ist sauber. Aber am Rand vom Kerzenhalter habe ich in der Ziselierung winzige Blut- und Hautpartikel gefunden. Mit bloßem Auge absolut nicht erkennbar. Wir haben einen Abgleich gemacht, Köhler und ich. Es handelt sich einwandfrei um Blut und Haut von der skelettierten Leiche.« Er schubste den Drehstuhl, auf dem er saß, an seiner meterlangen Arbeitsfläche entlang, die sich über die gesamte Wandbreite zog, und stoppte auf Höhe des Kerzenständers.

»Außerdem stimmt die Bruchkante im Schädel des Toten mit dem Kranz hier überein«, erläuterte er und zeigte auf eine der Tropfauffang-Schalen unterhalb der Kerzenhalterung. »Wir haben hier also zweifelsfrei die Mordwaffe.«

»Danke, Herr Heinrich. Toll gemacht und so schnell«, lobte sie ihn.

Heinrich zuckte mit den Schultern, ohne das Gesicht zu verziehen. Sie hätte nicht sagen können, ob er sich über ihre Worte freute oder sie lediglich als durchaus angebracht empfand.

Sie traf Julius auf dem Gang vor ihrem gemeinsamen Büro.

»Ich denke, wir haben sie«, informierte sie ihn und trat vor ihm in das Arbeitszimmer. »Wenn Köhler uns jetzt noch bestätigt, dass der Tote Rudolf Reichert ist, schließt sich der Kreis.«

»Köhler ist sicher«, bemerkte Julius.

»Wunderbar. Dann lassen wir jetzt die Reichert kommen und überrumpeln sie mit allem, was wir haben.«

55

Else Reichert saß in einem grau karierten Wollrock, der viel zu warm für die Jahreszeit war, auf dem Besucherstuhl neben Benitas Schreibtisch. Ihre hellrote Bluse war hochgeschlossen, und dünne graue Haare hatten sich aus dem Knoten in ihrem Nacken gelöst. Benita fand, sie sah aus, als hätte sie sich für einen Kirchgang zurechtgemacht, aber die Frisur vergessen.

»Was gibt es denn noch?«, erkundigte sich Else Reichert. »Darf ich endlich nach Hause?«

»So schnell geht das nicht. Wir haben neue Erkenntnisse, über die wir reden müssen«, sagte Benita.

»Was denn für Erkenntnisse? Ich hab Ihnen doch schon alles gesagt. Ich will nach Hause. Der Garten muss gegossen werden, und außerdem kann eingebrochen werden, wenn ein Haus so lange leer steht. Wissen Sie das denn nicht?« Verärgert sah die alte Frau Benita an.

Benita ignorierte ihre Einwände. Seit Julius veranlasst hatte, dass die vermutliche Dreifach-Mörderin hergebracht wurde, überlegte sie, womit sie sie zuerst konfrontieren sollte. Mit ihrem toten Ehemann oder mit der Annahme, dass sie durchaus um die tödliche Wirkung des Insulins gewusst hatte. Spontan entschied Benita sich, erst die Tötung von Hanno Reichert anzusprechen.

»Sie haben einen Laptop, Frau Reichert?«, fragte sie und ließ Else Reichert nicht aus den Augen.

»Nein.« Die alte Frau verzog keine Miene.

»Doch. Wir haben ihn gefunden, und jetzt lassen Sie die Lügereien. Sie kosten Sie und uns nur Zeit.« Benita sprach mit erzwungener Geduld, als rede sie mit einem Kleinkind.

»Der Laptop gehört aber nicht mir«, beharrte Else Reichert. »Warum schnüffeln Sie überhaupt in meinen Sachen?«

»Das gehört zur Arbeit der Spurensicherung. Wem gehört er dann, wenn nicht Ihnen?«, fragte Benita.

»Dem Meyer. Er hat ihn mitgebracht, als er das erste Mal da war. Ich sollte mir Wohnungen ansehen. Ich wollte aber nicht. Deswegen hat er mir das Ding dagelassen, falls ich es mir überlege.«

Ein Funken Überraschung durchzuckte Benita. Sie war bisher davon ausgegangen, dass Meyer die alte Frau nur einmal besucht hatte, und das mit für ihn tödlichem Ende.

»Wann war das?«, fragte sie.

»Keine Ahnung. Irgendwann Ende April.« Else Reichert zupfte an ihrem Rock.

»Sie kennen sich mit Computern aus?«, fragte Julius.

Else Reichert rümpfte die Nase.

»Nein. Aber ich bin nicht doof. Er hat mir gezeigt, wie man das Ding einschaltet und wie man damit was suchen kann. War ganz interessant.«

»Das glaube ich. Ist Ihnen klar, dass wir alles mit Datum und Uhrzeit zurückverfolgen können, was Sie sich angesehen haben?«, sagte Benita.

Röte schoss in die Wangen der alten Frau.

»Unsinn. Sie lügen. Außerdem hab ich das Ding gar nicht angefasst. Es war mir unheimlich, und der Meyer hat gesagt, er will es ohne Schaden zurückhaben. Er hat es neu gebraucht gekauft, was immer das heißen soll.«

Benita verzichtete auf eine Erklärung, stattdessen tippte sie auf der Tastatur ihres Computers herum. Sie rief die Nachricht von Heinrich auf, der eine Liste erstellt hatte, wann welche Seiten mit dem Laptop besucht worden waren.

»Sie haben in der Zeit vom 2. bis zum 13. Mai etliche Seiten zum Thema Pilzvergiftung aufgerufen. Besonders Seiten, in denen auf die giftige Wirkung vom Faltentintling hingewiesen wird, wenn dazu Alkohol getrunken wird«, sagte sie mit monotoner Stimme zu der alten Frau. Else Reichert presste die Lippen aufeinander. »Möglicherweise haben Sie die giftige Wirkung mit dem Tod gleichgesetzt«, fuhr sie fort. »Am 13. Mai haben Sie sich über die Wirkung von Insulin bei Nichtdiabetikern informiert. Unter den Umständen müssen wir davon ausgehen, dass zumindest die Tötung Ihres Sohnes geplant war.«

Else Reichert kniff die Augen zusammen.

»Was soll das? Das denken Sie sich doch alles aus! Ich bin eine alte Frau und hab keine Ahnung von dem modernen Zeug. Sie behaupten das einfach, damit ich schuld bin.« Sie rang nach Luft.

»Irrtum, Frau Reichert. Mit schlichten Behauptungen kommen wir von der Polizei nicht weiter. Unsere Kriminaltechnik hat den Laptop untersucht. Sie haben sich im Internet informiert. Abgesehen davon sind reichlich Fingerabdrücke von Ihnen auf dem Gerät, und man kann nachvollziehen, von welchem Standort aus sich jemand ins Internet eingewählt hat. Die angesprochenen Seiten wurden nachweislich von der Oberen Röth aus besucht.«

»Dann war das vielleicht der Meyer, der da rumgeguckt hat.«

»Nicht doch. So besehen hätte Herr Meyer sehr oft und zu unterschiedlichen Uhrzeiten bei Ihnen sein müssen«, wandte Benita sanft ein.

»Sie können mir gar nichts beweisen.« Die alte Frau straffte die Schultern und sah trotzig geradeaus.

»Doch, Frau Reichert. Sie haben uns selbst erzählt, dass Ihr Sohn zu viel getrunken hat. Sie hatten gehofft, dass die Pilze zusammen mit dem Alkohol für sein Ende sorgen. Offenbar hat das nicht geklappt, und Sie haben mit dem Insulin nachgesetzt.«

»Sie können mir gar nichts beweisen«, sagte sie erneut.

»Dann kam Meyer dazu, hat sich über Ihr Essen hergemacht und ist kollabiert. Vielleicht hatte er in den Tagen zuvor Alkohol getrunken. Danach wussten Sie nicht mehr weiter und haben ihn in die Kühltruhe gepackt.«

»Das hab ich doch schon gesagt.«

»Die Anklage wird wohl auf Mord an Ihrem Sohn und auf Totschlag an Meyer lauten«, folgerte Benita.

Else Reichert kniff die Augen zusammen und fixierte sie.

»Sie können mich mal. Suchen Sie sich lieber einen Mann, ehe Sie über andere richten.«

Benita verschlug es die Sprache. Für einen unkontrollierten Moment hatte sie den Drang, der alten Frau ins Gesicht zu schlagen. Sie beherrschte sich.

»Apropos Mann«, ging Julius rasch dazwischen.

Else Reichert wandte sich ihm zu.

»Was denn noch?«

»Sie sagten doch, Ihr Mann sei etwa ein Jahr nach der Hochzeit verschwunden«, fuhr er fort.

»Richtig.« Sie legte die Hände auf die akkurat nebeneinandergestellten Knie.

»Wir haben ihn gefunden«, sagte Julius.

Benita beobachtete die Mimik der Frau. Es dauerte ein paar schier endlose Sekunden, ehe Julius' Worte bei ihr angekommen schienen.

»Was?« Ungläubig starrte sie ihn an.

»Ja.« Julius verzog keine Miene.

»Das … das ist doch nicht …« Sie rang um Worte.

»Nicht möglich?«, ergänzte Benita. »Wieso nicht?«

»Na, dass der nach all den Jahren plötzlich wieder hier steht. Wo ist er? Dem würd ich gern was erzählen!«

Else Reichert schien ihre Fassung wiedergefunden zu haben.

»Momentan liegt das, was von ihm übrig ist, in der Rechtsmedizin«, ließ Julius sie wissen.

»Ach?« Wieder kniff sie die Augen zusammen. »Das heißt, er ist tot?«

»Ja.« Benita sprach das Wort hart und schnell aus.

Else Reichert schwieg.

»Sie wissen, wo wir Ihren Mann gefunden haben, nicht wahr?«, fuhr sie fort.

»Woher soll ich das wissen?«

Else Reichert blickte stur geradeaus. Julius beugte sich vor.

»Auf Ihrem Grundstück.«

Die alte Frau wandte den Kopf zu ihm.

»Was haben Sie auf meinem Grundstück zu suchen?«, zischte sie.

»Nichts. Jemand anderes war dort. Derjenige wollte einen Baum pflanzen, sicherlich unerlaubt. Sie haben völlig recht, es ist ja Ihr Garten. Was nichts daran ändert, dass derjenige auf das von Ihnen für Ihren Mann geschaufelte Grab gestoßen ist.«

Else Reichert schnellte vor und schlug mit der Faust auf den Schreibtisch.

»Ihr Dreckspack habt bei mir nix zu suchen! Wer war dort?«

»Das tut nichts zur Sache«, erwiderte Benita ruhig.

»Wohl tut es das. Ich will Anzeige erstatten. Das lass ich mir nicht bieten.«

»Das mit der Anzeige bleibt Ihnen unbenommen«, sagte Benita und überlegte flüchtig, ob das unter den gegebenen Umständen überhaupt möglich war. Sie ließ den Gedanken fallen.

»Sprechen wir jetzt von dem Toten, den wir gefunden haben.«

Die alte Frau verschränkte die Arme vor der Brust.

»Was weiß ich, wen Sie gefunden haben? Der Rudolf ist es jedenfalls nicht. Der ist verschwunden.«

»Natürlich ist er das. Nachdem Sie ihm mit einem gusseisernen Kerzenhalter den Schädel eingeschlagen haben.«

Else Reichert zuckte zusammen.

»Wir haben die Tatwaffe bei Ihnen im Haus gefunden. Es befinden sich noch Reste von Blut und Hautpartikeln Ihres Mannes daran. Alte Röntgenbilder sowie ein DNA-Test haben ergeben, dass es sich bei dem Toten in Ihrem Garten eindeutig um Rudolf Reichert handelt.«

Die alte Frau schnaufte.

»Sagen Sie etwas!«, fuhr Benita sie an.

»Nein! Was soll ich denn sagen? Selbst wenn Sie den Rudolf bei mir gefunden haben, heißt das noch lange nicht, dass ich es war, die ihn dort hingelegt hat.«

Benita zog die oberste Schublade ihres Schreibtisches auf, nahm das durchsichtige Tütchen heraus, das Weber ihnen übergeben hatte, und legte es vor die alte Frau an den Rand des Tisches.

»Ich nehme an, Sie kennen den Inhalt?«

Else Reichert schlug beide Hände vor den Mund. Rasch wandte sie den Blick von den beiden goldenen Ringen ab, die sich darin befanden.

»Es sind Ihre Eheringe, nicht wahr?«, fragte Benita weiter. Das Gesicht der Frau lief rot an. Heftig schüttelte sie den Kopf.

»Frau Reichert, es sind die Initialen von Ihnen und von Ihrem Mann eingraviert, ebenso Monat und Jahreszahl der Hochzeit. Die Ringe lagen bei dem Toten, den wir auf Ihrem Grundstück gefunden haben. Wer außer Ihnen sollte sie Rudolf Reichert beigelegt haben?«

»Es sind nicht unsere Ringe! Es sind die Ringe von ihm und seiner ersten Frau«, stieß die alte Frau bebend hervor.

»Was?«, fragte Benita und zog die Stirn in Falten.

»Ja. Der Rudolf war ein Schwein. Der hat mich nur geheiratet, damit ich ihm die Hemden wasche, koche und den Kleinen versorge.« Sie klappte den Mund zu. Die Röte in ihrem Gesicht hielt sich.

»Erklären Sie uns das mit den Ringen«, verlangte Benita.

»Da gibt's nicht viel zu erklären. Er wollte keine neuen kaufen für unsere Hochzeit. Die Edith war ja eh nicht mehr, da dachte er, er kann sich das sparen. Er fand es sogar noch richtig gut, dass mein Vorname auch mit E angeht. Nur das Datum von der Hochzeit hat nicht gepasst. Die Edith hat er 1976 geheiratet und mich 1978. Er hatte mir versprochen, wenigstens die Jahreszahl ausbessern zu lassen. Geht ja ganz einfach, aus einer Sechs eine Acht zu machen. Aber nachdem wir verheiratet waren, wollte er davon auch nix mehr wissen. Und sonst wollte er auch nix von mir.« Die Röte ihrer Wangen vertiefte sich, und ihre Augen bekamen einen stechenden Blick. »Ich hab die Jahreszahl dann selbst ändern lassen. Er war stinkwütend, weil ich dafür Geld ausgegeben hab.«

Benita war vorübergehend aus dem Konzept gebracht. Was für ein gefühlloser Mensch mochte dieser Rudolf Reichert gewesen sein, wenn es stimmte, was seine Frau sagte?

Else Reichert beugte sich plötzlich vor zu Benita.

»Wissen Sie, wie das ist, wenn einen der eigene Mann nicht anfasst? Nie! Stattdessen hat er sich abends in Schale geschmissen und ist fortgegangen, während ich auf den Jungen aufgepasst habe. Und wenn er zurückgekommen ist, hatte er eine Fahne und hat nach Weiberparfüm gestunken. Irgendwann hat er mich sogar verhöhnt! Wegen meiner Hüfte. Mit mir könnte er nicht zum Tanz gehen, so schief, wie ich laufe. Da hab ich zugeschlagen.«

»Zugeschlagen?«, wiederholte Julius.

»Ja. Er hockte vor dem Spiegel im Schlafzimmer und hat seinen Schlips gebunden. Ich hab den Kerzenständer gepackt und ihm auf den Kopf gehauen. Ich wollte nicht, dass er tot ist. Aber er sollte an dem Abend nicht mehr fortgehen können.«

Sie lehnte sich wieder zurück. Ihr Atem ging schwer.

»Und dann haben Sie das Loch gebuddelt und ihn hineingeschleift?«, fragte Benita.

»Ja. War eine Schweinearbeit. Der Boden wollte nicht nachgeben, und ich musste doch fertig werden, ehe die Nacht rum war. Und der Kleine hat auch ständig gebläkt.«

»Wieso haben Sie die Ringe mit ins Grab gelegt?«, wollte Julius wissen.

Else Reichert warf ihm einen wütenden Blick zu.

»Die Ringe, die Ringe! So was kann auch nur ein Mann fragen. Ich dachte mir, soll er seinen Scheiß behalten. Weg das Zeug, war eh nie meines. Wenn er abends fort ist, hat er seinen immer abgenommen. Er dachte, ich merk es nicht. Aber ich bin ja nicht blöd. Wenn er zurückgekommen ist und angesoffen war, hat er nämlich nicht mehr dran gedacht, und da war dann auch nix an seinem Finger. Der Rudolf war ein Lump. Der hat es nicht besser verdient.«

Sie verschränkte die Arme vor der Brust.

»Tja, Frau Reichert«, sagte Benita. »Das sind dann zwei Morde. Einer geplant, der an Ihrem Sohn, und der an Ihrem Mann vermutlich im Affekt. Dazu der Totschlag an Dennis Meyer.«

»Mir doch wurscht. Drei Dreckskerle weniger auf der Welt«, knurrte die alte Frau.

Benita griff zum Telefon, um Else Reichert wieder in die JVA überstellen zu lassen.

56

Es war erst halb fünf Uhr an diesem Nachmittag, als Benita das Präsidium verließ. Vor ihr lag ein freies Wochenende. Wenn nicht wieder irgendwo ein Mord geschieht, dachte Benita, während sie zu ihrem Wagen ging. Flüchtig dachte sie an Tom, der bestimmt schon in München war. Sie wollte diese Episode als abgeschlossen ansehen.

Sie lenkte den Wagen vom Parkplatz und fuhr stadtauswärts Richtung Nürnberger Straße, um im dortigen Discounter einzukaufen. Nicht nur für die nächsten drei Tage, sondern auch ein paar Zutaten, um frisch zu kochen und einige Vorräte einzufrieren. Hackfleischsoße für Nudeln zum Beispiel. Sie konnte sich auch an einem Gulasch probieren. Oder sie kochte eine Gemüsesuppe, die sollte ja gesund sein.

Anderthalb Stunden später schleppte sie ihre Einkäufe hoch in ihre Wohnung. Diesmal blinkte das rote Lämpchen des Anrufbeantworters nicht. Dennoch fiel ihr mit einem Grummeln im Bauch der noch immer ausstehende Rückruf bei ihrer Mutter ein. Benita stellte ihre Tüten im Flur ab, ermahnte Momo, nicht dranzugehen, und griff nach dem Telefonhörer. Margarita Luengo hob erst nach dem fünften Läuten ab.

»Benita. Ich dachte nicht, dass du noch zurückrufst.« Sie klang frostig.

»Entschuldige, Mama. Ich hatte viel zu tun.« Am liebsten hätte sie den letzten Satz wieder zurückgenommen. Sie wollte sich nicht rechtfertigen. »Was wolltest du denn?«, fragte sie.

»Wenn ich wirklich etwas gewollt hätte, wäre es reichlich spät, sich zu erkundigen«, kritisierte ihre Mutter.

»Mama, bitte. Wenn sich der Grund für deinen Anruf erledigt hat, kann ich ja auflegen.«

»Du änderst dich wirklich nicht mehr. Mir ist schon klar, dass es dich nicht interessiert, aber ich will dir trotzdem sagen, dass sich dein Vater von dieser jungen Schlampe getrennt hat. Zumindest wohnt er nicht mehr bei ihr, sondern wieder in Heinersreuth. Womit sich, hoffe ich, auch die Sache mit der Scheidung erledigt hat.«

Übelkeit zog wie ein dicker Strom von Benitas Kehle bis in den Magen. Ihre Hand, mit der sie den Hörer hielt, wurde feucht.

»Benita? Bist du noch dran?«

»Du hast recht, es interessiert mich einen verdammten Dreck. War das alles?« Himmel, sie wollte sich nicht aufregen. Sie hatte einen Fall gelöst, eine Täterin hinter Gitter gebracht und ein freies Wochenende vor sich. Und was Alberto Luengo machte, brauchte sie nie wieder zu interessieren.

»So redest du nicht mit mir! Alles, was unsere Familie betrifft, geht dir sonst wo vorbei.« Margarita Luengo war laut geworden. »Ich verstehe das einfach nicht. Deine Schwester ist doch auch nicht so. Aber du –«

»Du hast völlig recht«, unterbrach Benita die empört vorgebrachten Vorwürfe ihrer Mutter. »Diese ›Familie‹, von der du sprichst, gibt es nämlich gar nicht. Und ich will jetzt meine Ruhe haben. Schönes Wochenende, Mama.«

Ehe die Mutter antworten konnte, legte sie auf. Ihr Puls raste, und ihr Herz schlug hart gegen die Rippen. Ganz ruhig. Sie würde jetzt ihre Einkäufe verstauen und danach einen großen Topf Gulasch kochen, mit Paprika, Zwiebeln und Knoblauch.

Nein, vielleicht lieber ohne Knoblauch. Dann konnte sie später noch weggehen. Schließlich war die Gefahr, Tom über den Weg zu laufen, zumindest für die nächste Zeit gebannt. Auch die Gefahr, ihrem Erzeuger in der Innenstadt über den Weg zu laufen, war im Moment nicht mehr gegeben.

Benita ging in den Flur und holte ihre Tüten. Während sie die Einkäufe auspackte, überlegte sie, doch Knoblauch ins Gulasch zu geben, und zwar reichlich. Sie konnte auch morgen weggehen oder übermorgen. Es eilte ja nicht. Sie konnte auch Julius anrufen und fragen, ob er mit ihr essen wollte. Das hatte sie noch nie gemacht. Vielleicht war es ganz unterhaltsam.

Nein, sie würde ihn nicht anrufen. Oder doch? Das konnte sie sich während des Kochens überlegen. Benita stellte den Topf auf den Herd. Wie auch immer, sie würde sich jetzt ein ruhiges Wochenende gönnen.

Jacqueline Lochmüller
FRÄNKISCHE VERFÜHRUNG
Broschur, 432 Seiten
ISBN 978-3-95451-360-4

»In ›Fränkische Verführung‹ von Jacqueline Lochmüller sorgt die in Bayreuth ermittelnde nymphomane Kommissarin selbst für den besonderen Kitzel.« heimatzeitung.de/pnp